KB032902

A4,
나와 그의 거리

A4,
나와 그의 거리

초판 1쇄 찍은 날 | 2020년 3월 23일
초판 1쇄 펴낸 날 | 2020년 3월 31일

지은이 | 문희
펴낸이 | 예경원

편집 | 주승아

펴낸곳 | 예원북스
등록번호 | 제396-2012-000132호
등록일자 | 2012. 7. 25
YRN | 제1-0261호

주소 | 경기도 고양시 일산동구 호수로 646-24 위너스21-Ⅱ 206A호 (우) 10401
전화 | 031-819-9431 팩스 | 031-817-9432
http://cafe.naver.com/yewonromance
E-mail | yewonbooks@naver.com

ⓒ 문희, 2020

ISBN 979-11-365-2209-2 03810

A4, 문희 장편 소설

나와 그의 거리

YEWONBOOKS ROMANCE STORY

Contents

프롤로그

서울 도심의 풍경을 바꿔 놓은 랜드마크인 민국일보 사옥은 유니크한 디자인으로 사람들의 눈길을 끌었다. 최첨단 공법을 도입한 독일 설계사의 치밀한 계산이 건물에 잘 녹아 들었단 찬사를 받는 곳이었다.

넓은 공원은 아니더라도 본사 사옥 주변에는 도심에서 잠깐이나마 자연과 함께 숨 쉴 수 있는 공간도 있었다. 차가운 스틸 재질의 건물은 언론의 독립성을 상징하는 것으로 국내 최대의 언론사다운 이미지였다.

다이는 잠시 걸음을 멈춘 후 고개를 들어 민국일보 본사 건물을 올려다보았다. 끝을 보려면 땅바닥에 누워야 볼 수 있을 정도의 높은 건물이었다. 그리고 4년간의 노력이 결실이자 다이의 어릴 때부터의 꿈인 기자로서의 삶이 시작되는 순간이었다.

"그렇게 목을 꺾으면 끝을 보기도 전에 뇌출혈로 돌아가시겠어. 나야 네가 그래 준다면 오늘의 기사를 따니까 좋긴 하지만."

같은 인턴 사원인 혜련이 그녀의 옆에 서서 수다를 떨기 시작했다. 같은 고등학교, 같은 대학 동기이기도 한 혜련은 그녀의 단짝 친구였다.

"언제 왔어?"

다이는 계속해서 건물을 올려다보고 있었다.

"네가 지하철에서 내릴 때부터."

"아는 척하지."

"나도 너와 떨어져 있는 시간을 즐길 권리가 있다."

"알았다, 친구."

다이가 혜련의 어깨에 손을 올리며 본사 안으로 들어갔다. 인턴 기자의 신분이 된 지 한 달 만의 본사 출근이었다. 인턴십 기간이 6주인데 서울 시내의 각 경찰서에서 숙식하며 보내는 것이었다. 그런데 오늘 갑자기 본사에서 호출되어서 모처럼 인턴들이 한자리에 모이게 되었다.

"오랜만에 사람의 몰골이구나."

혜련이 그녀의 멀쩡한 모습을 보고는 감탄에 마지않는 시선을 보냈다. 그동안은 매일같이 씻지도 못하고 냄새나는 이불을 덮고 살다 보니 거의 노숙자 수준의 모습이었기 때문이다.

"너도 경찰서의 더러운 쥐에서 탈출한 걸 축하해."

그래도 어차피 2주는 더 경찰서에서 살아야 한다. 아니 재수가 없으면 그보다 더 오래 있어야 할지도 몰랐다.

"야, 야……."

"왜 또?"

사옥 로비에 들어서자마자 혜련이 호들갑을 떨며 다이의 어깨를 때리기 시작했다. 어깨를 도대체 몇 번을 치는지. 아파 죽겠단 소리도 못 하고 그대로 당했다.

"저, 저기……."

짙은 색 정장을 입은 한 무리의 사람들이 사옥 안으로 들어왔다. 옷에다가 기름칠이라도 했는지 너무나 번쩍이는 모습이었다.

"저기, 저 눈에 띄는 사람 보이지?"

"……."

"감탄사를 부르는 외모 아니니? 사람이라는 게 자고로 단점이 있어야 하는데 저 인간은 그런 게 하나도 없다는 거지."

다이는 입을 다물고 가만히 혜련의 긴 설명을 들었다. 여기서 다이가 쉼표를 하나라도 찍으면 이 대화의 마침표를 기약할 수 없기 때문이었다.

"슈트발이란 자고로 저런 모습이지. 지금 입은 슈트는 슈트의 명가인 브리오니 제품이야. 체사리 아톨리니, 키톤과 함께 세계 3대 명품 슈트로 불리지. 브리오니는 마스터 테일러를 배출하는 학교를 설립한 것으로도 유명해."

혜련은 명품 덕후였다. 비록 다 사 모을 수는 없지만, 혜련의 명품 지식은 대단했다.

"007 슈트도 거기서 나왔어. 말이 삼천포로 빠졌네. 일단 시계는 피아제에 넥타이핀도 다이아몬드가 박힌 제품이고 신발은 또……."

갑자기 혜련이 말을 멈추었다.

"봤어? 나를 보고 있어!"

혜련이 몸을 구십 도로 숙이자 다이도 어쩔 수 없이 같이 고개를 숙였다.

"명품이고 뭐고 다 필요 없어. 역시 사람은 잘생기고 봐야 해. 정말 멋지지 않니? 그런 남자가 우리의 오너라니. 우린 복 받은 거야."

"……."

김범후. 나이는 서른다섯. 한 번의 이혼을 경험했고 자식은 없다. 키는 농구선수를 해도 될 만한 187cm, 몸무게는 85kg의 건장한 체격, 아침에 일어나면 식사 전에 전용 헬스장에서 30분 이상 트레이닝을 하고 아침 식사로는 주로 부드러운 죽 종류를 먹는다.

그가 좋아하는 음식은 전복죽, 알레르기 음식은 없으며 아주 건강하다. 그리고 그는 그녀의 첫 키스, 아니 첫 섹스 파트너였다.

"너도 넋을 놓을 정도로 멋지지?"

"……아니."

"거짓말, 여자라면 꿈에 그리는 남자 아니야? 저런 놈과 한 번만 뜨거운 섹스를 하고 싶다."

"그만하고 빨리 가자. 이러다가 늦겠어."

조금 전, 그와 눈이 마주쳤다. 피하고 싶었지만, 피하지 않았다. 어차피 이제 다이는 그의 도우미가 아니었다. 그녀는 지금 새로운 인생의 첫 발을 내딛은 상황이었다.

"제발……."

그냥 잊어 주길 바라는 수밖에 없었다.

"엘리베이터 왔어."

"어."

아직 출근 시간이 아니어서 회사 안은 한산했다. 민국일보의 사장이 이렇게 일찍 출근하는 줄은 몰랐었다. 다음엔 시간대를 조정해야 할 것 같았다. 이렇게 마주치는 건 달갑지 않았다.

"잠깐만요."

엘리베이터가 닫히려는 순간, 한 남자가 엘리베이터의 문을 손으로 잡았다. 그리고 문이 열리더니 최악의 상황이 벌어졌다.

"……."

김 사장이 비서진들과 함께 엘리베이터에 올랐다. 45층, 이 건물의 가장 꼭대기 층에 그가 있었다. 다이와 혜련의 뒤에 선 김 사장은 아무 말 없이 서 있기만 했다.

그녀가 내리는 층은 23층이었다. 얼마 되지 않는 시간이었지만 숨이 막혔다. 게다가 유리로 된 엘리베이터는 그들의 모습을 고스란히 비추고 있었다. 다이는 정면을 바라보았고 그런 다이를 김 사장이 뚫어지게 바라보았다. 심장이 거칠게 뛰는 소리가 귓가를 울렸다.

그를 피해 도망친 지 정확히 두 달째가 되는 날이었다. 민국일보에서 합격 통지를 받던 날, 다이는 솔직하게 고민했었다. 이곳을 포기하고 다른 언론사에 갈까? 하는 생각을 말이다. 하지만 사법고시, 행정고시의 뒤를 이어 어렵기로 소문이 난 언론고시의 합격이었다.

다이로서도 쉽지 않은 결정이었다. 그리고 솔직하게 민국일보의 직원은 천 명이 넘었다. 그렇게 많은 사람 중에 그녀를 찾는다는 건 하늘의 별 따기와 같다고 생각했다.

그런데 그놈의 별이 이렇게 쉽게 따질 줄은 예상하지 못했었다. 그의 사나운 눈길이 마치 그녀를 잡아먹을 것 같았다. 그날도 그랬다. 그의 시선은 맹수의 그것과도 같았다. 처음인 그녀와의 섹스는 그에게 꽤 신선했던 모양이었다.

처음 이후 주말 동안 그녀는 그의 침대에서 빠져나올 수가 없었다. 아름다울 거라 생각했던 첫 섹스는 그녀의 상상과는 달랐다. 오로지 욕망만이 존재하는 짐승들의 섹스였다. 떠올리지 않으려고 해도 침실을 울리던 신음과 그들이 어떻게 살을 섞었는지, 넘쳐나는 정액의 향이 어땠는지 자꾸만 떠올랐다. 아직도 그때의 기억은 그녀의 심장 박동 수를 증가시켰다.

그도 같은 생각일 것이다. 어떻게 그 뜨거움을 잊을까? 그래서 도망쳤다. 그렇게 그와 함께 있다가는 정말 창살 없는 우리에 갇힌 짐승이 될까 봐……

띵!

23층이었다. 혜련이 그들에게 고개 숙여 인사를 하고 내렸지만, 다이는 그렇지 않고 찬바람을 날리며 그냥 내렸다. 다시는 엘리베이터를 타지 않으리라고 굳게 결심하면서…….

"왜 그래?"

혜련이 그녀의 눈치를 살피며 물었다.

"뭐가?"

"화가 난 것 같아서."

"아니야."

"아니긴, 숨소리도 거칠어. 다른 사람이 머리끄덩이라도 잡은 것 같아."

한숨을 쉬며 다이는 사회부 기자실로 들어갔다. 그다음은 혹독한 선배들의 가르침을 들어야 해서 잠시나마 김범후에 관한 생각은 접을 수 있었다.

짙은 회색의 브리오니 정장은 범후의 명품 바디를 만나 그 빛을 더하고 있었다. 여자들은 물론이고 그가 나타나면 남자들의 부러움이 묻어난 한숨 소리도 들리곤 했다. 어딜 가나 범후는 사람들의 시선을 받았다.

그것이 익숙한 범후지만, 매번 느끼는 그런 시선들이 달갑지는 않았다. 아니 단 한 명, 그를 뜨겁게 바라보는 시선이 마음에 든 적이 있었다. 그로서도 신선한 경험이었다. 그런데 그때 그 시선을 오늘 출근길에서 마주하게 될 줄은 꿈에도 생각지 못했다.

"오늘 오전에 각 부서 편집장들과 회의……."

"……."

로비에서 그에게 오늘의 스케줄에 대해 브리핑을 하는 손 비서의 말이 더는 들리지 않았다. 두 달이나 찾고 있던 미꾸라지가 그의 눈앞에 나타났기 때문이었다.

"드디어……."

"네? 사장님……."

"아니, 하던 말 계속해."

"네, 점심은 회장님과 약속되어 있고……."

범후의 시선이 로비 구석에 서 있는 두 여자에게로 가 있었다. 목에 직원 카드를 멘 걸 보니 다이는 민국일보의 직원이 분명했다.

"여기 있었어……."

등잔 밑이 어두운 법이었다. 범후는 비릿한 미소를 지었다. 편하게 사는 방법을 모르는 것인지 아니면 영악한 것인지. 그는 아직 감이 오지 않았다. 뜨겁게 달아올랐을 때 도망가서 이렇게 간절하게 찾는 것인지도 모른다.

다시 다이를 안는다면 별것 아니란 생각이 들 수도 있었다. 다이는 승부욕이 강한 그의 심리를 아주 잘 이용하고 있다는 생각이 들었다.

"영악해."

다이의 옆에 있는 직원이 그의 시선을 느꼈는지 구십 도로 인사를 했고 다이도 같이 머리를 숙였다. 이제 찾은 이상 그는 진실을 알고 싶었다. 불면의 연속인 나날에서 탈출하고 싶었다.

"별것 아닐 거야."

"사장님?"

그의 중얼거림을 비서가 들은 모양이었다.

"신경 쓰지 마."

"네, 알겠습니다. 일정 조율이 필요하시면 말씀해 주십시오."

그의 눈은 계속해서 다이를 향해 있었다.

"아니야, 그럴 필요는 없어."

"네, 사장님."

대답은 했지만, 손 비서의 표정은 의문투성이였다.

"잠깐."

"네? 조금 있다가 타지."

범후는 직원들보다 이른 시간에 출근했다. 굳이 수많은 인사를 받을 필요가 없다고 생각했기 때문이었다. 사람들의 관심은 그를 언제나 따라다녔지만 피할 수 있으면 피하는 게 그도 편했다. 손 비서는 그가 여직원들을 피하는 거라는 걸 직감적으로 알고 직원들이 엘리베이터를 먼저 타게 비켜 주었다. 둘은 무슨 말을 하는지 사장이 옆에 있는 것도 모르고 수다 떨기에 열중하고 있었다.

곧, 엘리베이터가 도착했고 다이와 그 친구가 엘리베이터에 올랐다.

"잡아."

"네?"

"잡으라고."

그의 말을 알아차린 손 비서가 빠르게 뛰어가서 엘리베이터를 잡았다.

"잠깐만요."

손 비서는 필사적으로 달려 겨우 엘리베이터를 잡았다. 그리고 그는 자연스럽게 엘리베이터에 올랐다. 그와 동행한 다른 비서실 식구들도 놀란 모양이었지만 티는 내지 않았다. 범후는 자연스럽게 다이의 뒤에 가서 섰다.

그가 잊지 못한 다이의 은은한 향이 코끝을 스쳤다. 태어나면서부터 그는 가지고 싶은 건 다 가지고 살았다. 그런데 유일하게 잡히지 않은 것이 그의 앞에 서 있는 다이였다.

오늘 다이의 복장은 눈에 거슬렸다. 다이는 다리가 무척 예뻤다. 그런데 그런 다리를 가리다니, 그건 죄악이었다. 더구나 장례식장에 가는 것도 아닌데 검은 바지 정장을 입은 것은 더더욱 마음에 들지 않았다.

하긴 옷이 무슨 상관인가? 이미 그는 그 안에 들어 있는 것을 봐 버린 상황인데…….

처음이라고는 상상도 할 수 없을 만큼 다이의 몸짓은 대범했었다. 경험이 많은 그를 뜨겁게 달아오르게 만들 줄도 알았다. 그래서 처음이라고는 상상도 하지 못했었다. 다이가 그의 밑에서 신음하던 것이 떠오르자 그는 아래로 피가 몰리는 걸 느꼈다.

격정적인 시간이 흐르고 처음인 걸 알았을 때 그는 기뻤다. 다이의 처음이 그라는 사실이 어찌나 기쁘던지, 그는 또다시 다이를 안았다. 처음인 여자와 첫날 세 번의 섹스를 했다. 다이가 정말 지쳐 나가떨어질 정도로 무섭게 몰아붙인 건 분명 그였다.

그렇게 눈이 마주치기만 하면 섹스를 했다. 그를 그렇게 섹스에 집중하게 만든 여자는 이제껏 없었다. 그의 이혼한 부인인 시은과는 이런 섹스를 단 한 번도 하지 않았다. 그건 섹스가 아닌 의무였다.

손을 뻗으면 닿을 거리에 다이가 있었다. 평소 범후의 성격이라면 사람들이 있건 말건 다이를 안았을 것이다. 하지만 뭔가 그를 못 하게 만드는 것이 있었다. 그것이 참 신기했다. 다른 여자에게는 한 번도 느껴 보지 못한 감정이었다.

사랑? 그런 게 아니었다. 그는 다이를 함부로 하고 싶지 않았다. 다이를 그렇게 생각했다면 그렇게 찾아 헤매지도 않았을 것이다. 이제 찾았으니 덫을 놓고 기다리기만 하면 된다. 그리고 그는 다이와 섹스를 한 후에 별것이 아닌 걸 확인하고 두 달간의 고통스러운 생활을 털어 버리고 싶었다.

띵!

다이가 그의 앞에서 또 사라졌다. 저도 모르게 손이 나갔지만, 가까스로 참았다. 그는 엘리베이터의 문이 닫힐 때까지 다이가 빠져나간 방향을 뚫어지게 바라보았다.

'기대해, 한다이.'

그는 속으로 이렇게 생각하며 두 주먹을 꽉 쥐었다.

1. 일생일대의 아르바이트

3개월 전.

서울의 부유층들이 모여 산다는 유엔빌리지의 위치한 고급 빌라 앞에 어울리지 않게 낡은 붉은색 모닝 한 대가 섰다. 그리고 그 안에선 때 아닌 실랑이가 이어졌다.

"꼭 가야겠어?"

"땅 파 봐. 돈이 나오나. 그리고 오빠는 이제 장가가야 하는데 나도 원룸이라도 얻어서 나가야지."

"기자가 되면……."

"돼도 언제 될지 모르잖아. 그러니까 딱 3개월만 고생하면 월세로 안 가고 전세로 갈 수 있다고."

서울에서 월세는 너무 부담스러웠다. 그러니 허름한 전세라도 얻으려면 고수익의 아르바이트가 필요했다. 대호 오빠는 보육원에서부터 같이 자라서 친오빠나 다름없는 사람이었다. 그래서 대학 때부터 오빠 집에 얹혀산 다이였다.

하지만 오빠에게 애인이 생기고 나서부터는 그녀가 한집에 있는 게 부담스러워졌다. 물론 오빠는 괜찮다고 하지만 그게 아니었다.

"그런데 여긴 괜찮은 거야? 도우미인데 보수가 너무 세잖아. 300만 원에 숙식 제공이라니……."

오빠는 고소득이라는 게 마음에 걸리는 것 같았다. 형사란 직업답게 상식에서 벗어나는 것 같으면 일단 의심부터 하는 오빠 때문에 다이는 힘이 들었다.

"그 대신 입주잖아."

"그래서 더 걸려. 네가 어지간히 예뻐야지. 그리고 넌 음식도 잘 못하는데……."

하나부터 열까지 오빠가 아닌 아빠처럼 걱정해 주는 대호는 다이의 모든 걸 좋게 보았다. 너무 그러니까 어떨 때는 민망할 때도 있었다.

"반찬은 본가에서 온대. 난 청소하고 설거지만 하면 된다고 했어."

"이상한 변태는 아니겠지?"

"아닌 것 같아, 지난번에 근무하신 분도 굉장히 오래 계셨고 난 다음 사람 올 때까지 3개월만 대타야."

그래도 오빠의 표정은 굳어 있었다.

"그리고 세현이가 소개해 줬는데 이상한 곳이겠어?"

"하긴……."

세현이는 오빠와 결혼할 사람이자 그녀의 친구였다.

"내가 돈 많이 벌어서 다른 차 사 줄게."

덩치는 황소만 한 오빠가 작은 차에 몸을 구겨 겨우 타는데 마음이 안 좋은 다이였다.

"이 차가 어때서? 5년은 더 탈 거니까 너나 차 사."

"나 들어가 볼게."

"알았어."

오빠가 차에서 내려 그녀의 트렁크를 꺼내 주었다. 그리고는 다정하게 포옹해 주며 따뜻한 말 한 마디도 잊지 않았다.

"힘들면 그만두고 들어와. 네 뒤에는 언제나 오빠가 있다는 거 잊지 말고."

"알았으니까 얼른 가."

커다란 여행용 가방에 짐을 챙겨 오긴 했지만, 3개월 동안 남의 집에 있는 것은 처음인 다이는 걱정이 밀려왔다.

"아니, 잘할 수 있어."

멀어져 가는 오빠의 차를 보며 다이는 속으로 다짐했다. 하지만 세현이 가르쳐 준 비밀번호를 누르고 현관문에 들어선 순간 걱정은 현실이 되었다. 대호 오빠의 24평 아파트도 넓다고 생각하며 살았는데 태어나서 100평의 빌라는 처음이었다.

"여긴 매일같이 청소하는 것보다 운동장에 쌓인 눈을 치우는 게 나을 것 같다. 후……."

한숨이 절로 나왔다. 다이는 세현에게 받은 매뉴얼을 다시 한번 보았다. A4용지 가득 주의 사항이 적혀 있었다.

"첫째, 눈에 띄지 말 것, 둘째, 아침 8시 전에는 1층으로 내려오지 말 것. 셋째, 저녁 6시 이후엔 1층으로 내려오지 말 것. 넷째, 후……."

아예 자신의 눈에 띄지 말라는 것이었다. 주말엔 외출할 수 있지만, 평소엔 벨을 누르면 언제든지 나타나야 한다는 내용도 있었다.

"3백은 적은 돈이었어."

고용주에게 자신의 모든 시간을 투자해야 하는데, 전임자는 어떻게 살았는지 모르겠다는 생각이 들었다. 하지만 다이는 좋았다. 나머지 시간은 방해받지 않고 시험을 준비할 수 있었기 때문이었다.

"혼자 산다는데 대박 능력잔가 보네."

그녀는 2층에 있는 자신의 방으로 캐리어를 들고 올라갔다. 복층 구조의 집은 넓기는 했지만, 생각보다 정리할 건 많지 않아 보였다. 다이는 머물게 될 자신의 방이 아주 마음에 들었다. 침대도 깨끗했고 TV도 있었다. 거기에 작지만 주방도 있어서 그녀는 따로 음식을 해 먹을 수 있었다. 쉽게 말해서 원룸에 이사 온 기분이었다.

침대 위에는 그녀가 입어야 하는 유니폼이 놓여 있었다. 검은색 유니폼은 마치 만화 주인공 같은 느낌이었다. 170cm가 넘는 다이가 입기엔 상당히 짧은 치마였다. 하지만 오늘은 어쩔 수 없는 상황이니까 일단 입기로 하였다.

다이는 청소기를 돌리고 물걸레질을 했다. 대리석 바닥은 먼지 하나 없이 깨끗했지만 일단 할 일이 청소라서 열심히 쓸고 닦았다. 그리고 아침에 먹고 나간 그릇을 설거지하고 나니 할 일이 없었다.

그래도 첫날인데 열심히 해야 할 것 같아서 다이는 물걸레를 들고 이곳저곳을 닦기 시작했다. 걸레질은 청소기를 돌릴 때와는 달리 허리가 부러질 것처럼 아파 왔다. 그래도 열심히 물걸레질하다 보니 시간 가는 줄도 몰랐다.

"뭐 하는 거지?"

"어머!"

너무 놀란 나머지 다이는 그 자리에 주저앉아 버렸다. 밖은 아직 밝았고 6시는 안 됐을 것 같은데 벌써 이 집의 주인이 돌아온 모양이었다.

"아직 시간이……."

"6시 30분이야."

"너무 밝아서 생각하지 못했습니다. 죄송합니다."

다이는 얼른 자리에서 일어났다.

"……."

큰 키의 다이가 고개를 들어서 봐야 할 정도로 이 집의 주인은 키가 컸고 생각보다 젊었다. 30대 중반 정도의 남자는 성공한 남자의 표본처럼 보였다. 모르긴 몰라도 혜련이라면 단번에 알아볼 수 있는 명품 옷과 시계를 찼을 것이고, 좋은 대학을 나와 중소기업 이상의…….

아니다, 다이는 이 남자를 어디서 본 것 같았다. 연예인인가? 화면과 실물이 다른 연예인들이 있다는데 이 사람이 그런 건가? 다이의 머릿속엔 별별 생각이 다 들었다.

"언제까지 그러고 있을 거지?"

남자가 못마땅한지 한쪽 눈썹을 치켜세우며 그녀를 보았다.

"아, 안녕하십니까? 저는 오늘부터 이 집에서 일하게 된 한다 이입니다."

"다이?"

그가 목에 손을 그으며 그녀의 이름을 말했다. 그녀의 특이한 이름 때문에 웃을 만도 한데 남자는 표정이 없었다.

"많을 다(多)에 이로울 이(利)입니다."

다이는 침착하게 자신의 이름을 설명했다.

"지침서는 읽었나?"

남자는 그녀의 말에 그다지 관심이 없어 보였다.

"네, 읽었습니다."

"그럼 지키도록 해. 그리고 월급은 말일에 통장으로 들어갈 거야."

"네."

"올라가도록. 다음엔 시간 지켜서 올라가 줘. 난 프라이버시가 중요한 사람이니까."

그는 차가운 바람을 일으키며 자신의 방으로 들어가 버렸다.

"어디서 봤더라?"

저렇게 잘생긴 사람을 한 번이라도 봤다면 기억하지 못할 리가 없었다.

"보긴 봤는데……."

다이는 방 안으로 들어와 불편한 도우미 옷을 벗어 던지고 샤워를 하기 위해 욕실로 들어갔다. 그리고 샤워기의 차가운 물을 맞는 순간, 심장이 철렁하고 내려앉았다.

"김범후, 민국일보 사장……."

다이는 눈을 감아 버렸다. 자신이 원서를 넣은 곳의 사장이라니. 기가 막힐 노릇이었다. 그의 집이 왜 이렇게 커다란지 알 것 같았다. 그는 언론 재벌이었다. 날 때부터 다이아몬드 수저를 입에 물고 태어난 재벌 3세였다.

"어떻게 몰라볼 수가 있지? 이러니 떨어지지……."

굳이 변명을 하자면 김범후는 실물이 백배 더 잘생긴 사람이었다. 사진이나 방송은 그의 분위기까지 담아내지 못했다. 차가운 얼음 왕자 같은 그의 모습은 조금은 비현실적이었다. 한 번 보면 잊을 수 없는 얼굴이었다. 솔직하게 다이는 잘생긴 남자를 그다지 좋아하지 않았다.

오히려 예쁜 여자를 좋아해서 연예인들도 보통은 섹시한 여가수를 좋아했다. 그런데 왜 이렇게 한 번 본 남자의 얼굴에 질척이는 것일까? 아마도 그건 김범후의 상식을 뛰어넘는 외모 때문일 것이다.

그런 인물에 사연까지 가진다면 더 끌리게 되어 있는데, 김범후가 바로 거기에 속했다. 우리나라 최대 기업의 딸인 박시은과의 이혼이 그것이었다. 결혼 당시 영국의 황실 결혼식보다 요란했던 그들이 결혼은 1년 만에 떠들썩하게 막을 내렸다.

박시은이 바람을 피우다가 김범후에게 들킨 것이었다. 그것도 그들의 침대에서 다른 남자와 뒹구는 장면이 목격된 것이었다. 분노한 김범후는 언론 재벌답게 아내의 침실 사진을 과감히 세상에 뿌려 버렸다.

태한그룹은 망신살이 뻗쳤고 그들의 이혼은 전 국민이 다 아는 사실이 되어 버렸다.

"까칠한 이유를 알겠어. 그런데 어떻게 세현이는 이런 집을 알고 날 소개해 준 거지?"

다이는 샤워를 얼른 끝내고 물기도 다 닦지도 않은 채 핸드폰을 들었다.

"세현아, 어디야?"

[어디겠니? 나도 오갈 데 없는 처지에 대호 오빠 집이지.]

"너 진짜 집에 안 들어갈 거야?"

세현이 집을 나와 대호 오빠의 집에 들어오면서 그녀가 자연스럽게 나오게 된 것이었다.

[응, 집에선 나한테 너무 관심이 없잖아.]

세현의 어머니는 단 한 번도 본 적이 없었다. 그것도 그랬지만 세현의 집엔 단 한 번도 가 본 적이 없었다. 집이 너무 가난해서 보여 주기 싫다고 했다. 하지만 세현이 하고 다니는 건 거의 명품이라고 혜련이 말해 준 적이 있었다. 하여간 미스터리한 친구였다.

"넌 왜 이렇게 비밀이 많아?"

다이는 솔직하게 물었다. 그동안은 친구니까 그냥 넘어갔는데 오늘은 너무 궁금해서 평소처럼 넘어갈 수가 없었다.

[내가?]

"응, 나랑 혜련이는 모든 걸 다 너한테 말하는데 넌 아닌 것 같아서."

[그렇게 생각했어?]

"말하라는 게 아니라 그렇게 느껴진다고."

[알아, 때가 되면 다 말해 줄게.]

"알았다. 그런데 너 어떻게 민국일보 사장을 알아?"

[난 뭐 좀 알면 안 되는 거야?]

"아니, 그런 건 아니지만."

오늘따라 세현이 조금 까칠했다. 세현은 평소에는 그렇지 않은데 자신에 관한 이야기엔 늘 예민하게 굴었다. 그래서 다이와 혜련은 될 수 있으면 세현의 가족에 대한 건 묻지 않았다.

가끔 이러는 걸 빼면 세현은 무난한 친구였다. 사람이 매일같이 좋을 순 없으니까 이해했다.

[오늘 일은 할 만했어?]

"청소밖에 안 했어. 오늘은 청소에 너무 열중하느라 근무시간 초과했는데 딱 걸렸지 뭐야?"

[너, 오빠랑 만났어?]

"오빠?"

[아니, 그러니까 거기 주인이랑 만났냐고?]

"응, 혼이 좀 나긴 했는데 괜찮았어. 나중에 한턱낼게. 일단은 민국일보 떨어지면 다른 곳에 원서 낼 거야. 그래서 나의 공부는 아직 끝나지 않았다는 거지. 넌 어떻게 할 거야?"

[난 방송국 아나운서 시험 보려고.]

"민국방송?"

[아니, SBC.]

"넌 예쁘고 실력도 좋으니까 합격할 거야."

[고맙다.]

"그런데 너 아나운서 됐다고 우리 오빠 버리면 안 돼."

다이는 솔직하게 세현과 대호 오빠는 어울리지 않는다고 생각했지만, 세현이 오빠를 너무 좋아하니까 잘 맞추며 살 거란 생각은 했다. 대호 오빠 앞에선 아주 여우였다.

[야, 내가 버리는 게 아니라 대호 오빠가 날 버릴 것 같아. 아나운서 붙으면 자기 같은 사람 만나면 안 된다고 했거든.]

"오빠가 어때서?"

[형사처럼 쥐꼬리만 한 월급에 그렇게 화려한 직업의 여자는 어울리지 않는다고.]

하여간 주제 파악을 잘하는 게 오빠의 단점이었다. 사람이 너무 바른 게 흠이었다.

"하여튼……."

[오빠 왔다. 끊을게.]

"응."

세현에겐 대호가 세상의 전부였다. 오빠도 세현을 좋아하긴 했지만, 자신과 어울리지 않는다고 생각하는 것 같았다. 하지만 다이가 보이엔 오빠는 어떤 상황에서도 떨어질 수 없을 만큼 세현을 사랑하는 것 같았다.

어쨌든 보기 좋은 커플이었다.

다이는 2층 거실 책상에 앉아 노트북을 펼쳐 들었다. 이렇게 저녁 시간에 공부할 수 있다는 게 감사했다. 편의점 아르바이트를 할 때는 공부할 시간이 없어서 거의 매일 잠도 제대로 자지도 못하고 일과 공부를 병행했기 때문이었다.

"붙어도 걱정이다."

솔직하게 붙어도 걱정이었다. 수습기자 때는 그렇게 급여가 높지 않기 때문이었다. 몇 개월은 생활할 생활비가 있어야 하는데 다른 아르바이트는 큰돈을 벌 수 없었다. 다행히 이곳은 3개월에 9백만 원이나 벌 수 있고 지금 가진 5천만 원을 합치면 변두리 옥탑방의 전세 자금은 될 것 같았다. 일단은 보육원을 나와 처음으로 그녀 혼자 사는 집을 구하는 것이었다.

솔직하게 들뜬 마음이 드는 것도 사실이었다.

"자, 이제 엉뚱한 생각은 그만하고……."

다이는 한동안 접어 두었던 중국어 공부에 열중하고 있었다. 요즘은 영어만 잘한다고 스펙이 좋은 게 아니었다. 보통 2, 3개

국어는 유창하게 해야 외국어 좀 한다는 소리를 들었기 때문에 다이도 노력 중이었다.

그런데 그때 아래층에서 소리가 들렸다. 다이는 집주인이 와인이라도 한잔하고 자려나 보다 생각했다. 하지만 은근히 신경 쓰였다.

다이는 애써 중국어 공부에 집중했다. 이렇게 평화로운 시간은 상당히 오랜만이었다. 그래서인지 오늘은 목표했던 것보다 더 많이 진도를 뺐다.

"으으윽!"

기지개를 켠 다이는 자기 위해 소파에서 몸을 일으켰다. 그녀의 방은 완전히 독립된 구조라서 문을 열지 않으면 밖의 상황을 알 수 없었다.

쿵!

갑자기 1층에서 요란한 소리가 들려 다이는 문을 열고 나가 1층을 내려다보았다. 주방에 김 사장이 쓰러진 채였다. 다이는 너무 놀라서 정신없이 1층으로 내려갔다.

"사장님!"

놀란 다이가 달려가 엎드린 채 쓰러진 김 사장을 살폈다. 술 냄새가 아주 지독하게 났고 와인 병이 아닌 소주병이 바닥을 나

뒹굴고 있었다.

"사장님……."

다이는 혹시 그가 죽은 게 아닌가 싶어서 가슴에 얼굴을 대고 귀를 기울였다. 심장 박동이 빠르긴 했지만 죽은 게 아니라 취해서 뻗은 것이었다. 하지만 다이 혼자 거구의 김 사장을 안으로 옮길 수는 없는 노릇이었다.

다이는 할 수 없이 김 사장의 방에 들어가서 베개와 이불을 꺼내 왔다.

"여름이지만 대리석 바닥에서 자면 입 돌아가요."

"……."

다이는 그의 머리에 베개를 받쳐 주고 이불도 잘 덮어 주었다.

"내일 출근하시려면 이렇게 주무시면 안 되지만 지금은 방법이 없네요."

다이는 술병을 대충 치우고 다시 위로 올라갔다.

"주사가 있어서 내려오지 말라고 한 건가?"

잘생긴 외모에 다 가졌으니 하나는 좀 모자라도 티도 나지 않을 것이다.

다음 날. 다이는 근로 기준 조약, 아니 매뉴얼에 적힌 대로 8

시 이후에 1층으로 내려갔다. 아직 그가 널브러져 있을 거라 생각했는데 아니었다. 언제 그랬냐는 듯이 모든 게 깔끔하게 치워져 있었다.

"창피했나 보네."

다이는 김범후란 사람은 자존심이 굉장히 강한 사람이란 생각이 들었다. 그를 몇 번 보진 않았지만, 그가 보여 준 행동에서 모든 게 드러났다.

"조심해야겠네."

딩동!

누군가 온 모양이었다. 문을 열자 그녀와 똑같은 차림의 여자가 서 있었다. 나이는 50대 정도의 작고 귀여운 아주머니였다.

"안녕하세요?"

언제나 인사성이 바른 다이는 웃으며 상대방에게 인사했다.

"새로 온 도우미인가 봐요?"

아주머니도 미소 지으며 그녀가 누군지 물었다.

"네, 3개월간 일하게 됐습니다."

"사장님께서 이렇게 신참은 잘 쓰지 않는데, 이상하네요."

아주머니는 이렇게 말을 하며 커다란 아이스박스를 캐리어에서 내렸다.

"도와줄래요?"

"네, 그럼요."

다이는 흔쾌히 아이스박스를 혼자 들어다가 주방에 놓았다.

"그러다가 허리 다쳐요. 같이 들자는 말이었는데……."

"괜찮습니다. 가진 게 힘뿐이라."

그녀의 말에 아주머니가 호쾌하게 웃었다.

"이거 냉장고에 정리해 두고 갈게요."

"그게 뭔데요?"

냉장고에 집어넣는 건 꼭 인스턴트 음식처럼 낱개 포장이 되어 있었다.

"죽인가요?"

"매일 아침 전복죽을 드시고 가세요. 보통 점심, 저녁은 나가서 드시고 주말만 집밥을 드시죠."

아주머니가 친절하게 설명을 해 주셨다. 이 집에 대해 이렇게 많이 알면 오래 근무했다는 말인데 이 아주머니는 텃새 같은 건 찾아볼 수가 없었다.

"사장님은 아침 일찍 일어나셔서 운동 후에 죽을 드시고 출근하시는 게 보통의 일상이에요."

아닌 것 같다는 말이 나올 뻔했다. 어제의 상황이 종종 있을 것 같아 바른 생활 이미지는 아니었다.

"죽 이외의 나머지는 도우미분이 드시면 됩니다."

"한다이입니다. 많을 다에 이로울 이입니다."

"이름 때문에 놀림을 많이 받았나 봐요?"

"네."

아주머니가 또다시 다정하게 웃어 주자 다이는 마음이 따뜻해지는 걸 느꼈다. 엄마 또래의 아주머니들이 이렇게 푸근하게 대해 주면 기분이 아주 묘했다. 이런 다정한 말을 들어 본 적이 없기 때문에 더 그런 것 같았다.

"우리 사장님은 다 좋으신데 좀 예민한 부분이 있으니까 각별하게 신경 써야 다이 씨가 상처 안 받아요. 마음은 안 그러신데 차갑게 말씀하실 때가 있거든요."

그건 어제 경험해서 알았다.

"압니다."

"벌써 알면 안 되는데……."

아주머니가 웃으시면서 말했다.

"방법만 알면 요즘 말로 꿀알바지."

"네."

"난 갈 테니까 밥 잘 챙겨 먹고."

정말 엄마처럼 따뜻하게 이야기해 주시고 가시는 아주머니가 고마웠다. 그날 저녁은 6시에 꼭 맞춰서 사라져 주리라고 생각하고 시간을 수시로 확인했다. 집이 넓다 보니 청소기 돌리고 물걸레질하고 가구의 먼지만 털어 내도 하루가 금방 갔다.

"어머, 꽃이 피었네."

작은 선인장에 꽃이 피었다. 어제는 못 본 것 같은데 오늘 손톱보다 작은 붉은 꽃을 피웠다.

"예쁘네."

다이는 선인장을 바라보며 살며시 미소 지었다.

"내가 그간 이런 걸 보며 즐길 시간이 없었네."

너무 바쁘게 살다 보니 작은 것에 관심을 가지고 미소 지을 여유가 없었던 것 같았다. 하루 종일 아등바등 살다 보니 이런 여유는 그저 호사라고만 생각했었다.

"향기도 날까?"

작은 선인장을 들고는 향을 맡아 보았다.

"그건 조화야."

순간 놀란 다이는 시간을 보았다. 5시 55분이었다.

"아직 시간이……."

"오늘은 내가 먼저 온 거니까. 신경 쓰지 마."

"네, 그런데 속은 괜찮으세요? 본가에서 죽을 좀 가져오셨는데 데워 드릴까요?"

어제 상태로는 속이 안 좋을 것 같았다. 그래서 일찍 온 걸까? 순간 그의 표정이 묘해졌다. 괜한 짓을 한 모양이었다.

"아니, 그러니까……."

"좋아, 죽 좀 데워 줘."

"네."

그는 옷을 갈아입기 위해 들어갔고 다이는 그가 먹을 죽을 데우기 시작했다. 보육원에서 자라면서 다이는 가장 서러울 때가 몸이 안 좋을 때였다. 그래서 누가 아프다고 하면 어떻게 해서든지 도와주고 싶은 마음이었다.

가끔 그 오지랖 때문에 이렇게 문제가 되기도 하고 말이다. 다이는 죽을 예쁜 그릇에 담아냈다. 그러자 김 사장이 어느 사이엔가 식탁에 앉아 있었다.

"드세요. 본가 아주머니께서 그러시는데, 전복죽을 좋아하신다고요?"

"맞아."

그가 전복죽을 먹기 시작했다. 그때 자리를 피했어야 하는데 그놈의 오지랖이 또 발동했다.

"위가 안 좋으신가요?"

"아니, 돌아가신 어머니가 어릴 때 끓여 주시던 거라서……."

그의 아픈 과거사를 듣고 싶었던 건 아닌데……. 역시 그냥 들어갔어야 했다.

"아……."

"뭐, 그렇게 놀랄 건 없어."

"아뇨, 전 어릴 때부터 보육원에서 자랐거든요. 그래서 엄마가 요리해 준 적이 없어서……."

그가 갑자기 수저를 옆에 내려놓았다. 손으로 입을 때리고 싶어졌다. 아픈 과거 배틀을 하는 것도 아니고 쓸데없이 말이 많았다.

"내가 괜한 말을 한 건가?"

"아뇨, 그렇다는 말이에요. 맛있게 드시고……. 이거 꿀물인데 속이 편안해지실 거예요."

그가 전복죽을 다시 먹기 시작했고 다이는 그의 곁에 서서 그가 다 먹기를 기다렸다. 조각같이 생겼다는 게 이런 거라는 생각이 들었다.

"이 일을 하기 전엔 뭘 했지?"

"과외도 하고 편의점 알바도 하고 그랬죠."

다이는 갑작스러운 그의 물음에 당황스러웠지만 차분하게 답을 했다.

"여기선 얼마나 일할 거라고?"

"3개월 계약직입니다."

"그렇군, 그런데 계속 있을 건가?"

"다 드시면 설거지도 해야 하고……."

그녀가 빤히 보고 있는 게 불편한 모양이었다. 하긴 먹을 땐 개도 안 건드린다고 했다.

"내가 할 테니까 들어가서 쉬어."

"알겠습니다. 그런데 밥은 혼자 먹는 거 아니라고 하던데……."

"누가?"

"저희 오빠가요."

"……올라가서 쉬어."

다이는 더는 말하지 않고 2층으로 올라갔다. 그는 오늘따라 기운이 없어 보였고 다이는 왠지 그게 신경 쓰였다.

민국일보 사장의 집에 들어온 지 2주가 지났다. 그날 이후에 그들은 단 한 번도 부딪치지 않았다. 주말에 다이는 대호의 집에서 지냈다. 그냥 김 사장이 불편할 것 같아서였다. 사실 다른 사람이 없는 김 사장의 집은 아주 커다란 감옥과 같았다.

1주일에 한 번 아주머니가 오시는 걸 제외하고는 사람의 출입이 없었다. 그러니 다이도 답답할 수밖에 없는 상황이었다.

"왜 그렇게 말이 없어?"

"아니야."

전복죽을 먹고 있던 다이가 멍한 눈으로 세현을 바라보았다.

"그리고 보니까 너도 전복죽을 좋아하네?"

"나?"

"응, 너도 최애 음식이 전복죽 아니야?"

"맞아."

"요즘 이상하게 내 주위에 전복죽 파티가 열리는 것 같아서. 전복죽은 아플 때나 먹는 줄 알았는데 말이야."

다이는 고개를 절레절레 흔들며 전복죽을 먹었다.

"마음이 아플 때 먹어도 좋아."

세현의 말이 이상하게 가슴에 박혔다. 마음이 아플 때…….

"어?"

"추억의 음식이란 게 있잖아. 나도 어릴 때 엄마가 끓여 주신 음식이라서 좋아하는 거야."

"그것도 누구랑 똑같이 말하네."

다이는 세현과 김 사장과의 관계가 궁금했지만 묻지 않았다. 굳이 친구가 싫어하는 짓은 하고 싶지 않았기 때문이었다. 그리고 언젠가 말하고 싶을 때 말하겠지 하는 생각이 들었다.

"이렇게 오빠랑 있는 거 안 좋아? 왜 이렇게 살이 빠졌어?"

세현이 요즘 부쩍 살이 빠져 보였다.

"좋은데, 나만 오빠를 좋아하는 것 같아."

"왜?"

"요즘 거의 집에 안 들어와."

"……바쁘니까. 요즘 사회가 워낙 험악하잖아."

세현의 표정이 어두웠다.

"왜 또 비운의 여주인공 표정이야?"

"나 비운의 여주인공 맞아."

"요즘은 여주인공 놀이에 빠졌나?"

다이는 대수롭지 않게 말하며 전복죽을 싹싹 긁어먹었다.

"나 아직 오빠랑 각방 써."

"……."

세현이 집에 들어왔을 땐 다이와 한방을 썼었다. 그건 그녀의 눈치를 보기 때문이라고 생각했는데 아닌 모양이었다.

"야, 내가 알아서 피해 준 지가 2주가 넘었어."

그런 건 둘이 알아서 해야 하는 것이었다. 어떻게 성생활까지 그녀가 참견할 수 있겠는가? 자기 앞가림도 못 하는데…… . 은근히 세현은 솔로인 그녀의 염장을 질렀다.

"알아. 하지만 오빠는 나한테 손끝 하나도 안 대."

"그게 말이 되는 소리야?"

"그러니까. 네가 집까지 나와서 이렇게 있는 게 마음에 안 든대."

대호 오빠의 성향상 그건 맞았다. 오빠는 고아로 자랐다는 게 믿어지지 않을 만큼 바른 생활을 하는 사람이었다.

"세현이 너도 고민이 많겠다."

"점점 지치고 있다. 하지만 집에는 안 들어가."

"왜?"

다이가 보기에도 세현이 괜한 고집을 부리는 것 같았다. 이렇게 집을 나와 있으면 부모님께서 더 반대하실 것 같았다.

"이번에 들어가면 정말 못 나올 것 같아. 그렇게 되면 대호 오빠도 영원히 못 만날 것 같은 불안한 마음이 들어."

"네가 잘 판단해. 난 언제나 네 편이야."

"고맙다, 친구."

세현이 그녀의 목을 꼭 끌어안았다.

"오빠는 오늘 당직이야?"

"조금 있으면 올 거야. 네가 있는 주말은 일찍 들어와."

정말로 대호 오빠가 일찍 들어왔다. 손에는 그녀가 좋아하는 옛날 통닭과 맥주가 들려 있었다.

"우리 다이도 왔으니 시원한 맥주 한잔할까?"

"좋지. 죽은 금방 소화되니까."

방금 죽 한 그릇을 비우고도 다이는 통닭을 뜯기 바빴다.

"이렇게 먹는데도 살 안 찌는 거 보면 희한해."

대호가 옷도 안 갈아입고 다이의 앞에 앉아 사랑스러워 죽겠다는 표정으로 그녀를 보고 있었다.

"그건 사랑을 못 받고 자라서 그래."

"야, 넌 대호 오빠한테 무한한 사랑을 받고 있잖아, 나도 못 받는⋯⋯."

세현이 울컥했는지 말을 흐렸다.

"왜 분위기 묘하게 만들어. 대호 오빠가 널 얼마나 사랑하는데. 오빠가 여자랑 만나는 거 난 한 번도 못 봤어. 네가 처음이야."

다이는 일부러 거짓말을 했다.

"뭐가 처음이야, 다 아는데……."

"그런가? 그러니까 분위기 이렇게 만들지 마. 오빠는 세현이한테 왜 그래? 싫은 거면 빨리 말해. 관계 이상하게 만들지 말고."

"……세현이는 좋지만, 난 어른들이 반대하는 걸 굳이 하고 싶지 않아."

"왜 그렇게 답답하게 굴어?"

세현이 화가 났는지 약간 목소리를 높여 말했다.

"난 이제 집에 들어가면 못 나와. 알아? 우린 진짜 끝이라고."

"알아."

"오빠……."

둘의 대화 사이에 끼어 있기가 상당히 무안했다.

"둘이 알아서 해. 난 일단 궁궐로 돌아갈 테니까."

어쩔 수 없이 자리를 피한 다이는 뜻하지 않게 토요일에 집으로 들어가게 되었다. 오늘은 밤이 늦었으니 어떻게 보낸다고 해도 내일은 정말 종일 집에 갇혀 있어야 할 것 같았기 때문이다.

"오빠는 좋으면 좋다고 하지. 여자는 말을 해 줘야 아는데……."

다이는 대호가 얼마나 세현을 사랑하는지 잘 알았다. 대호는 모든 사람에게 친절한 사람이었다. 그런데 유일하게 세현에게만 까칠하게 굴었다. 처음엔 그게 되게 신기했는데 지금 보니 세현이를 아끼는 마음이 크기 때문에 그만큼 거리를 두는 것 같았다.

디리릭—

비밀번호를 누르고 몰래 집으로 들어갔다. 11시가 넘은 시간이라서 다이는 도둑고양이처럼 살금살금 집 안으로 들어갔다. 그런데 집 안에서 낯익은 광경이 펼쳐져 있었다. 김 사장이 거실 바닥에 널브러져 있었던 것이다.

"후……."

이젠 놀랍지도 않았다. 다이는 방으로 들어가 베개와 이불을 가져왔다. 오늘은 더 가관인 게 그는 로프 가운만 걸친 상황이었다. 일단 다이는 그의 곁에 앉아서 머리를 들고는 베개를 베 주었다.

"뭐가 그리 속상해서 매일같이 술을 드세요?"

"……."

"난 아무리 속상해도 술은 안 마셔요. 그게 손해 보는 장사더라고요. 뭐랄까? 내 돈 주고 마시는데 다음 날 머리는 깨질 듯이 아프고, 잊고 싶은 기억은 그대로 남아 있고 말이죠."

"……."

그는 쓸데없이 잘생긴 얼굴을 하고 정말 죽은 듯이 자고 있었다.

"그게 얼마나 바보 같은……. 어머!"

그가 갑자기 다이의 팔을 잡아 자신의 품에 안았다.

"사장님……?"

"……."

술 냄새와 그의 체향이 섞여 묘하게 자극적이었다. 대호가 자주 안아 주긴 했지만, 남자의 품 안에 안긴 건 처음이었다. 탄탄한 그의 품은 다이가 원하는 이상적인 남자의 품이었다. 뭔가 퍼즐 조각이 맞춰진 듯이 딱 맞아떨어진 느낌이었다.

"사장님, 이러시면……."

그의 품을 억지로 빠져나오려 했지만 그의 얼굴에서 흐르는 눈물을 보고는 그대로 멈췄다. 세상의 모든 걸 다 가진 남자의 얼굴에 눈물이 흐르고 있었다. 도대체 무슨 일이 있었기에 이 사람은 이렇게 아파하는 걸까?

다이는 저도 모르게 손을 들어 그의 눈물을 닦아 주었다.

"너무 슬퍼하지 말아요."

자신보다 많이 가진 사람이 왜 이렇게 안쓰러운 걸까? 다이는 그의 얼굴을 손으로 만지며 곁을 지켜 주었다. 그리고는 무심코 그의 품 안에서 잠이 들어 버렸다.

　모처럼 알람이 울리기 전에 눈을 뜬 다이였다. 오늘따라 천장
의 높이가 끝도 없었다. 눈이 이상한가? 다이는 눈을 감았다가
다시 떴다. 그래도 역시 끝도 없이 높은 천장이었다. 거기다가
몸을 일으키려는데 뭔가 가슴을 누르고 있어서 도저히 일어날
수가 없었다.

　가위에 눌린 건가? 눈을 다시 뜬 다이는 자신의 가슴 위에 놓
인 구릿빛 팔을 보고 화들짝 놀랐다. 어제 김 사장이 그녀를 끌
어안았는데 그대로 잠이 든 모양이었다.

　미치지 않고서야 모르는 남자의 품에서 그렇게 꿀같이 잠이
들다니. 아무래도 어젯밤 자신은 제정신이 아니었나 보다.

　다이는 최대한 조심스럽게 남자의 팔을 자신의 가슴에서 밀어
내려 했지만 그는 꼼짝을 안 했다.

　'제발…….'

　다이는 속으로 중얼거리며 그의 팔을 다시 한 번 밀어냈다.

　"으음……."

　"……."

　그가 소리를 내자 다이는 그대로 얼어붙었다. 그가 깬다면 분

명히 그녀를 자를 것이다. 2주 만에 억울하게 집으로 향하게 생겼다. 이래서 사람은 아무 때나 오지랖을 떨면 안 되는 것이었다.

입이 돌아가거나 말거나 그대로 두었어야 했다. 거기다가 그들은 이불까지 같이 덮고 있었다. 그 와중에 춥긴 한 것 같았다. 그의 숨소리가 고르게 들리자 다이는 다시 한 번 용기를 내서 그의 팔을 밀어냈다.

하지만 팔을 밀어낸다고 해도 그녀의 허벅지에 걸쳐진 다리도 문제였다. 그를 깨우지 않고 일어날 방법은 없었다. 다이는 그녀의 등 뒤에 바짝 붙어 있는 김 사장의 팔을 살짝 들어 올리며 말했다.

"사장님……."

"으으음……."

아직 수면 상태임이 분명했다.

"팔을 좀……."

"……왜 이렇게 있는 거지?"

그가 깼는지 잠긴 목소리로 물었다. 하지만 표정은 마치 늘 그랬던 것처럼 너무나 담담했다.

"그러니까, 그건 제가 묻고 싶은 말이네요. 왜 자꾸 여기서 주무세요?"

"술 마시고 취해 잠든 게 잘못인가?"

"아니, 침대에도 못 가실 정도로 드시는 건 아니죠."

그는 여전히 그녀를 안고 있었다.

"그리고 좀 놔주시면 안 될까요?"

그가 순순히 그녀는 풀어 주었다. 김 사장이 일어나서 소파에 앉았다. 가운이 벌어져서 탄탄한 가슴이 다 보였다. 이런 몸은 처음이었다.

"언제까지 감상할 거지?"

"죄송합니다."

이건 그녀의 잘못이 아니었다. 그의 몸이 비정상적으로 멋진 게 잘못이지.

"올라가 봐."

"죽 데워 드릴까요?"

그가 이불과 베개를 들고 있는 다이를 빤히 바라봤다.

"이거 가져다 놓고 올게요."

다이는 이렇게 말을 하고는 찌뿌둥한 어깨를 으쓱이며 그의 침실로 향했다. 아무것도 없이 침대 하나만 있는 그의 침실은 청소하기는 편했지만 마치 병원 같은 느낌이었다.

"딱 링거만 놓으면 병실이네."

다이는 이렇게 말을 하며 죽을 데우기 시작했다. 며칠 동안 전복죽만 보니 이제는 냄새도 별로였다.

"앉으세……."

소파에 앉아 있을 거라 생각했는데 김 사장은 보이지 않았다. 샤워하러 들어간 모양이었다. 다이는 상을 차리느라 자신이 지금 짧은 청반바지에 흰 티셔츠 차림이라는 걸 인지하지 못하고 있었다.

"깜짝이야."

꿀물을 타다가 뒤를 돌아보니 그가 어느새 그녀의 뒤에 서 있었다. 여전히 가운 차림에 머리는 젖어 있었다. 그에게 술 냄새 대신에 상쾌한 향이 났다.

"잘 놀래는 것 같아."

"제가 놀라는 건 당연한 것 아닌가요?"

그의 말에 솔직히 욱했다. 일어날 수 없는 일들이 자꾸만 일어나니 심장에 무리가 온 것 같았다.

"그런가?"

그가 피식 웃었다. 다이는 상을 차려 주었으니 올라갈 생각이었다.

"같이 먹지."

"네?"

"밥은 혼자 먹는 게 아니라며?"

"그렇지만……."

"오늘은 혼자 먹기 싫으니까 같이 먹지."

다이는 할 수 없이 죽을 데우고 남은 죽을 그릇에 담아 그의 맞은편에 앉았다.

"왜 그렇게 술을 드셨어요?"

"취하려고."

"그렇게 드시면 안 좋아요. 돈 주고 사서 먹는 건데 속 쓰리고 머리 아프고. 때로는 사람을 이상하게 만드는데, 정말 화나는 건 지우고 싶은 기억은 그대로라는 거죠."

"……."

그가 죽을 다 먹고 그녀를 빤히 봤다.

"8월은 내 친구가 자살한 달이야. 아니, 타살인가?"

이건 또 무슨 소리인지. 다이는 죽을 먹던 숟가락을 든 채로 그를 바라보았다.

"결혼은 했지만 별로 신통치 않았어. 그때가 사장에 취임한 지 얼마 되지 않았을 때였고, 우린 정략결혼을 한 거야."

그가 사적인 이야기를 하고 있었다.

"모든 재벌이 그렇듯이 우리는 쇼윈도 부부였어."

아주 멋진 부부였다. 태한그룹의 박시은은 재벌가 중에 가장 아름다운 상속녀였고 김 사장이야 말이 필요 없는 미남이었으니, 언론이 탐을 낼 만한 부부였다.

그래서 그들의 일상은 언제나 화제의 중심에 있었다.

"그게 불만이었던 거지. 내 친구를 유혹했으니까."

그러니까 불륜의 상대가 김 사장의 친구였다는 말이었다.

"내 친구는 그 일이 세상에 알려지고 자살했어. 자살을 해야 할 쪽은 너무 멀쩡하게 살아 있고."

"바람이라는 건 서로의 잘못이 아닌가요?"

"맞아, 그래서 죽은 거고. 책임을 지고 싶었던 거야. 친구는 그동안 유혹을 계속 뿌리쳐 오다가 그날 무슨 이유에선지 그렇게 됐다고 했어. 나에게 무릎을 꿇고 빌었는데…… 내가 받아 주지 않았지."

그래서 죄책감에 시달리고 있는 것이었다.

"괜찮아, 이번 달만 지나면 나도 괜찮아지니까."

"힘들면 말하세요. 들어 드릴게요."

다이는 진심으로 말했는데 그가 콧방귀를 뀌었다.

"세상을 너무 쉽게 보는 거 아니야? 누가 자신의 이야기를 모르는 사람에게 할까?"

하긴 그의 말이 맞았다.

"다이라고 했던가?"

"네."

"어제 먹은 술이 덜 깬 상태니까 다이가 이해해. 다이는 기자도 아니고, 내 비밀을 세상에 뿌릴 일도 없을 테니까."

기자는 아니었지만, 기자를 꿈꾸고 있는 게 조금 마음에 걸렸다.

"이미 다 아는 이야기 아닌가요? 그리고 사장님께서 털어 버리셔야 할 이야기고."

"바람피운 상대가 누군지, 그리고 자살했다는 건 모르니까."

"……"

그렇다. 그 내용은 발표되지 않았다. 그게 언론사 사장의 힘이었다. 처음에 크게 터트려 버리니 대중의 관심은 모두 전 부인을 향했다. 아름다운 상속녀의 불륜, 그리고 이혼.

"친구분의 마음을 이해하신다면 그분은 사장님이 괴롭길 바란 건 아니실 거예요. 그냥…… 그렇게 용서를 구하고 싶었던 게 아닐까요. 한순간의 실수에 대한 그분의 사과인 거죠."

"……."

다이는 이유를 알고 나니 모두가 불쌍하다는 생각이 들었다. 그리고 먹은 그릇을 설거지하는 동안 소파에 앉아 그녀를 응시하는 시선 때문에 더는 다른 생각을 할 수 없었다. 김 사장이 그녀를 보고 있다는 생각이 들자 다이는 저도 모르게 행동하는 게 어색해졌다.

설거지를 마치고 뒤를 돌아보니 다행히 김 사장은 없었다. 다이는 서둘러 2층으로 올라가 하루 종일 방에서 내려오지 않았다. 그리고 처음으로 아르바이트를 괜히 했다는 생각이 들었다. 자꾸 김 사장의 개인적인 일들이 마음에 쓰이는 게 싫었기 때문이다.

지금 다이는 자기 몸 하나 건사하는 것도 힘이 드는데 남자에게 신경을 쓰다니. 그것도 그녀보다 천만 배 나은 재벌남을 말이다.

2. 어쩌다 보니 그의 침실

별일 없이 2주가 흘렀다. 김 사장은 더는 술을 마시지 않았고 그녀는 김 사장과 부딪치지 않기 위해서 칼같이 시간을 지키며 지냈다. 물론 그건 김 사장도 그런 것 같았다. 예전엔 조금 일찍 들어오는 날이 많았는데 2주간은 그런 일은 없었다.

다행인지 불행인지 어쨌든 아쉬움은 있었다. 다이는 민국일보에서 1차 합격 통지를 받았다. 기뻤지만 그와 동시에 생각이 많아졌다. 김 사장과 같이 일을 해야 하는데 그게 가능할까? 2차 면접이 다음 주였다.

하긴 2차에서 떨어지는 사람들이 가장 많으니 기대도 하지 않앉다.

다이는 주말에도 집에 있었다. 세현과 대호 사이에 끼는 게 싫었기 때문이었다. 속도 상하고 기분도 우울해서 다이는 소주 한 잔을 하고 잘 생각이었다.

오늘은 불금이었고 내일부터 이틀은 이곳에 틀어박혀 있어야 하니 답답하다는 생각이 들었다. 아직 김 사장이 오지 않았으니 1층에 있는 소주를 가져와야겠다고 생각한 다이는 잠옷을 입은 채로 1층으로 내려갔다.

"없으니까 괜찮겠지?"

다이는 얇은 면 원피스를 입었는데 그 안엔 팬티만 입은 상황이었다. 냉장고의 문을 열자 녹색병이 그녀를 반겼다. 김 사장이 마음에 드는 이유 중의 하나는 그는 소주 파라는 것이었다. 그것도 그녀가 좋아하는 소주를 마셨다.

"땡큐요."

그녀가 소주 한 병을 들고 돌아서는데 검은 그림자가 그녀의 바로 뒤에 서 있었다.

"깜짝이야!"

김 사장이 빤히 그녀를 바라보고 있었다.

"그, 그러니까……."

"내 소주를 훔쳐 먹고 있었나?"

그가 턱으로 그녀의 두 손에 꼭 들린 소주를 보며 말했다.

"그, 그러니까……."

발뺌을 해 봐야 두 손에 소주가 들려 있는 한 그녀는 소주 도둑이었다.

"평소에 소주가 이유 없이 줄었던 이유가 이건가?"

"아, 아니에요. 오늘이 처음인데……."

억울했다.

"처음이라……."

그가 한 걸음 다가왔다. 그의 몸에서 묘한 알코올과 향수 향이 뒤섞여 굉장히 퇴폐적인 향이 났다.

"술 드셨어요?"

"와인 몇 잔, 난 와인은 별로야. 이게 좋지."

그녀의 손에 들린 소주를 빼앗았다.

"한잔할 텐가?"

"네?"

"한잔하자고. 어차피 마시려고 가져가는 거 아니었어?"

"그, 그렇기는 하지만……."

범후는 냉장고로 가서 그가 소주에 즐겨 먹는 안주들을 꺼냈다. 그래 봐야 집에 있는 반찬들이었다.

"굉장히 도시적으로 생기셨는데 술은 토속적으로 드시네요?"

그가 김치를 꺼내자 다이가 말했다.

"다이는 안주로 뭘 먹지?"

"아무거나요."

그러고 보니 소주 안주로 과자를 먹을 생각이었다. 그도 한국적인 걸 찾는 게 아니라 아무거나 먹는 것이었다. 손에 잡히는 대로.

식탁에 마주 앉아 소주 한 병을 사이좋게 마시는 동안 그들은 말이 없었다. 그의 옷 상태가 조금 달라지는 걸 빼면 틀린 그림찾기를 할 정도로 둘은 대화가 없었다. 처음엔 재킷을 벗더니 그다음은 넥타이를 쓱 하고 풀었다.

지금은 답답한지 단추 몇 개를 풀어 가슴 근육을 자랑하고 있었다. 남자가 이렇게 섹시하게 느껴지기는 처음이었다. 손을 뻗으면 만져질 위치였다. 다이는 심장이 두근거리는 걸 느꼈다. 그래서 빠르게 소주를 입에 털어 넣었다.

소주를 마시다가 그와 눈이 마주쳤다. 짙은 눈썹에 커다란 눈은 한국 사람이라기보다는 서양인에 가까웠다. 깎아 놓은 듯이 조화로운 얼굴은 배우를 해도 될 것 같았다.

"뭘 그렇게 보지?"

"잘생기셨다는 생각을 했어요."

그가 피식 웃었다.

"위험하다고도 생각했고."

"뭐가 위험하지?"

"여자들에겐 치명적인 얼굴이잖아요. 한 번쯤 이런 남자를 만나 보고 싶다는 생각이 들게 하는. 사장님도 아시면서……."

원래 잘생긴 사람들은 자신이 잘생긴 걸 알고 있다. 그래서 남들이 자신을 바라보는 시선을 즐긴다고 했다.

"나도 다이가 위험하다는 생각을 해."

"네?"

"다이도 남자들에겐 치명적이지. 건강에 해로울 정도야."

왜 이런 말을 하는 걸까? 남자에 대해 잘은 모르지만 다이는 이런 남자라면 그녀의 첫 경험 상대로 괜찮겠다는 아주 불순한 생각을 하고 있었다. 말로 하진 못했지만 그를 처음 본 순간부터 생각했었던 것 같았다.

"남자 친구 있나?"

그가 뜻밖의 질문을 했다.

"아뇨. 여자 친구 있으세요?"

"아니."

그들은 한참 동안 서로를 말없이 바라보았다. 심장이 터질 것 같았다. 그리고 다이는 자신이 이 남자를 강하게 원한다는 것도 알게 되었다.

"그럼, 우리 잘래요?"

"······."

자신이 말을 하고도 너무 놀라서 숨을 잠시 멈추었다. 김 사장도 놀란 눈으로 그녀를 바라보았다.

"적극적이군. 아주 마음에 들어."

그는 농담으로 받아들이는 것 같았다.

"놀리시는 건가요?"

"아니, 다시 한 번 생각할 시간을 준 거야. 난 한 번 문 먹이는 놓치지 않아."

그의 목소리는 낮았고 눈빛은 매우 위험했다.

"제가 물린 건가요?"

"아마도······."

그가 자리에서 일어나 그녀의 곁으로 왔다. 그게 무슨 뜻인지 다이도 알았다. 그녀는 의자에서 천천히 일어났다.

"지금이 위층으로 올라갈 마지막 기회야."

"안 올라가요."

다이의 목소리는 떨렸고 심장은 터질 듯이 뛰었다. 그가 다이의 얼굴을 양손으로 잡아 키스했다. 그의 입술에서 알코올 향과 과일 향이 묘하게 섞여서 났다. 소주 반병을 마셨는데 10병은 마신 것처럼 그의 키스에 취기가 올라왔다. 다이는 저도 모르게 발꿈치를 들고는 그의 목에 팔을 감았다. 그가 다이의 허리를 양팔로 감싸 꽉 끌어안았다. 그들의 몸은 한 치의 오차도 없이 딱 달라붙어 있었다.

그의 한 손이 등줄기를 타고 올라와 그녀의 뒷덜미를 받치며 더 깊이 그녀의 입술을 빨아들였다. 그가 혀로 그녀의 입술을 열고 들어와 혀를 빨기 시작했다. 그녀의 타액을 다 마실 것처럼 혀를 강하게 빨아 당겼다.

그의 혀는 지배자처럼 입안 구석구석을 쓸고 다녔다. 다이는 정신이 쏙 빠져나가는 느낌이었다. 다리에 힘이 풀려 그의 목에 더 매달렸다. 그녀의 부드러운 가슴은 그의 탄탄한 가슴에 눌려 있었다. 참 이상한 것이 유두가 단단해져서 그의 가슴에 쓸린다는 것이었다.

온몸이 그에게 반응했다. 유두도 그렇지만 지금 난감한 건 그녀의 팬티가 젖어 든다는 것이었다. 이렇게 예민하게 반응하는 자신이 부끄러울 정도로 그녀의 몸은 솔직했다. 키스하는 내내 그의 손은 다이의 몸을 어루만졌다.

엉덩이를 감싸기도 하고 등을 쓸어 내리기도 했다. 키스를 잘하는 건 아니었지만 다이도 그의 키스에 열렬히 반응했다.

"흡!"

갑자기 발이 땅에서 들려 올랐다. 그가 안아 든 것이었다. 하지만 둘은 한참 동안 키스에 열중해 있었다. 이제는 다이가 그의 얼굴을 손으로 감싸고 그의 입술을 빨아들이고 있었다.

"하아……."

신음까지 내뱉으며 다이는 그들이 침실 안으로 들어왔다는 것도 모르고 있었다. 그가 다이를 카펫 위에 내려놓았다. 온몸이 예민하니 발바닥도 예민해졌는지 발에 닿은 부드러운 융이 간지럽게 느껴졌다.

그가 다시 다이의 허리를 강하게 끌어안았다. 그리고는 입술을 거칠게 빨아 들었다. 식탁 옆에서의 키스와는 달랐다. 그의 손이 원피스 안으로 미끄러지듯이 들어와 다이의 가슴을 부드럽게 잡았다.

그의 차가운 손이 가슴에 닿자 온몸에 소름이 돋았다. 이렇게 은밀한 곳까지 남자의 손길이 닿은 적은 없었다. 그간 남자 친구들과 했던 키스는 뽀뽀에 지나지 않았다는 걸 다이는 알 수 있었다.

"으으음."

다이는 그가 손가락으로 단단해진 유두를 잡아 비틀자 저도 모르게 신음을 내뱉었다. 풍만한 가슴을 주무르는 그의 손길에 자비란 없었다. 거칠게 그녀의 가슴을 만지던 손은 점점 아래로 내려와 단번에 그녀의 팬티 안으로 들어갔다.

"아, 거기는……."

저도 모르게 그의 손을 잡았지만, 그의 힘을 당할 수는 없었다. 믿어지지 않지만, 그의 손이 그녀의 여성을 감싸고 만지기 시작했다.

"하아……."

손이 여성을 만질 때마다 다이는 그의 목에 더더욱 매달렸다. 어떻게 이렇게 은밀한 곳을 만지는 것일까? 머릿속에선 이해가 되지 않았지만, 그녀의 몸은 그의 손길에 반응했다. 팬티는 마치 실수를 한 것처럼 젖어 버렸다.

그의 손이 여성을 가르고 들어가서 클리토리스를 만지기 시작하자 질척이는 소리가 방 안을 울렸다.

"하아……. 이상해요."

그의 손가락이 계속해서 그녀의 작은 돌기를 미친 듯이 건드리고 있었다. 다이는 더더욱 그에게 매달렸다. 그러지 이번엔 김 사장이 그녀의 질에 손가락을 넣었다.

"아악!"

처음 느끼는 이물감에 다이는 비명을 질렀다. 그녀의 질 안에서 움직이는 손가락이 주는 느낌은 태어나서 처음 느끼는 야릇함이었다. 온몸에 힘이 모조리 빠져나가는 것 같았다.

"제발……."

그녀가 그렇게 말하는 사이에 팬티가 무릎 아래로 내려졌고 김사장도 무릎을 꿇고 앉았다. 도대체 뭘 하려는 걸까? 생각하기도 전에 그는 그녀의 여성을 삼켜 버렸다. 놀란 다이가 몸을 뒤로 빼려 했지만 김 사장은 다이의 엉덩이를 잡고 놓아주지 않았다.

"하아앙……."

그녀의 여성을 빨아들이는 그는 한 치의 망설임도 없었다. 어떻게 이렇게 민망한 짓을 할 수 있을까? 이건 야한 영화에서나 나오는 장면인 줄 알았는데 그녀가 하고 있었다.

"하아……."

할짝거리는 소리가 민망할 정도로 적나라하게 들렸다. 그녀는 마치 전신에 전기가 통한 듯 찌릿했다. 이것이 쾌감일까? 갑자기 오늘이 처음이자 마지막일 것 같은 느낌이 든 다이는 이렇게 된거 즐기자는 생각을 했다.

그리고 이제부터는 그가 주는 쾌락의 늪에 같이 빠질 생각이었다. 그녀가 그의 어깨에 다리를 올렸다. 그건 그가 좀 더 깊이 그녀의 여성을 빨아들이게 하기 위함이었다. 그의 혀가 여성을 가르고 들어와 그녀의 질 안으로 들어갔다.

한 번도 상상하지 못했던 일들이 벌어지고 있었다. 이런 은밀한 행위의 끝은 어딜까?

츄읍 츄읍―

그가 다시 돌기를 핥는 소리에 다이는 정신이 들었다.

"이제 더는 참기 힘들어."

그가 몸을 일으키더니 다이를 침대 위에 눕혔다. 그리고는 위험할 정도로 짙어진 눈으로 다이를 내려다보았다.

"이렇게까지 나를 몰아붙인 여자는 없었어."

그가 와이셔츠를 찢듯이 벗었다. 사방으로 단추가 흩어지는 게 보였다. 그리고 그의 셔츠는 바닥에 포물선을 그리며 떨어졌고, 다이가 그의 조각 같은 가슴 근육에 넋을 놓은 사이 그의 바지도 사라졌다.

방이 어두웠으면 하고 바라긴 처음이었다. 그의 벗은 몸이 그녀의 눈에 온전히 보였기 때문이었다. 그리고 그 중심엔 말도 안되게 큰 페니스가 있었다. 아무리 섹스에 관해 몰라도 페니스의

용도를 알기에, 다이는 이제 죽었다는 생각이 들었다.

"저, 저기⋯⋯."

그래서 저도 모르게 팔꿈치를 움직이며 침대 헤드 쪽으로 물러나고 있었다. 하지만 그녀의 그런 생각을 아는지 모르는지 김 사장이 침대 위로 올라왔다. 그리고는 단번에 그녀를 삼켜 버렸다.

김 사장은 사람이 아닌 것 같았다. 공격만 할 줄 알지 부드러움이라고는 없었다. 그래서 더 매력적인 걸까? 생각과 몸은 따로 놀았다. 그녀의 몸은 그의 격한 섹스를 좋아했고 그녀의 이성은 그를 두려워했다.

"으으음⋯⋯."

그가 숨을 쉴 수 없게 키스했다. 다이도 그의 키스에 호응했다. 이렇게 하지 않으면 정말 즐길 수 없을 것 같았기 때문이었다. 그가 그녀의 가슴을 빨자 정신이 더 없어졌다. 유두를 혀로 핥기도 하고 빨기도 하면서 김 사장은 점점 더 다이를 섹스의 세계로 빠져들게 했다.

그리고 그는 몸을 세우더니 그녀의 다리를 벌렸다. 다이는 뭐라고 할 사이도 없이 들어온 그의 페니스 때문에 고통에 휩싸였다.

"아악!"

"윽!"

그도 다이의 몸 안에 들어오는 게 힘이 든 것 같았다.

"헉, 처음이야?"

"윽⋯⋯."

다이는 그의 말에 답을 할 수가 없었다. 그냥 이 고통에서 빨리 탈출하고 싶은 마음뿐이었다. 그녀의 질은 불 꼬챙이로 쑤신 것처럼 타는 듯이 아팠다.

"아파⋯⋯."

"움직이지 마."

그도 고통스러운지 인상을 쓰며 말했다.

"처음이냐고 물었어⋯⋯."

"⋯⋯왜요? 싫어요?"

고통스러움에 그의 가슴을 손으로 밀어내며 다이가 말했다.

"그게 아니라, 알았다면 조심했겠지."

"그만할 거예요?"

"아니."

그는 단호하게 말하고는 다시 허리를 움직이기 시작했다.

"조금 있으면 괜찮아질 거야."

그만둔다는 말은 끝까지 하지 않았다.

"아아악, 아프다고요!"

다이가 그의 가슴을 손으로 쳤지만, 그는 멈출 생각이 없어 보였다. 그가 다이의 허리를 잡고 더 깊숙이 들어왔다. 그가 들어왔다가 나갔다를 반복해서일까? 그녀는 조금씩 고통이 사라지고 찌릿한 느낌이 드는 걸 느꼈다.

퍽퍽퍽!

그들의 살 부딪치는 소리가 방안을 울렸다. 다이는 점점 더 섹스의 마력에 빠져드는 자신을 발견하고는 깜짝 놀랐다.

"아파?"

"아뇨……."

"그럼?"

"이상하게 짜릿해서요……. 내가 이상한 건가요?"

"아니, 나도 그래."

그의 이마에 땀이 송골송골 맺혀 있었고 그가 속도를 더할수록 다이의 가슴을 쥐고 있는 손과 팔에 힘줄이 툭 하고 불거졌다.

그는 속도를 점점 더 높여 갔다. 그리고 마침내 그녀의 배 위에 그의 분신들을 쏟아 냈다.

"헉헉헉……."

그들의 숨소리가 방 안에 가득했다. 그는 침대에서 일어나 그녀의 배 위의 것들을 깨끗하게 닦아 주었다. 그리고 그녀를 안아 들고는 욕실에 내려 주었다.

"같이 씻어요."

다이가 대담한 제안을 했다.

"안 돼, 이렇게 날 몰아붙이면 다칠지도 몰라."

"괜찮아요."

그의 말이 무슨 뜻인 줄 알았다. 하지만 다이는 부족함을 느꼈다. 그가 섹스를 마치고 침대 위에서 잠시 몸을 일으켰을 때, 왠지 모를 허전함을 느꼈다. 다이는 그 느낌을 반복하기 싫었다.

"난 씻을 힘도 없어요."

남자에게 이런 말을 할 줄을 몰랐었다.

"한다이……."

"어서요."

그가 샤워 부스 안으로 들어와 그녀를 끌어안고 깊게 입을 맞추었다.

"섹스하자는 게 아니라 씻겨 달라고요."

그녀의 말에 그가 웃으며 샤워기의 물을 틀었다. 하지만 물만 틀었지 그의 입술은 여전히 다이의 입술 위에 있었다. 정말 이래도 되는 걸까? 다이는 그의 등을 손으로 쓸어내리며 그의 엉덩이를 잡았다.

차돌보다 더 단단한 그의 엉덩이를 손으로 잡으며 다이는 그의 몸을 세게 끌어안았다.

"떨어지고 싶지 않아요."

그녀는 자신이 생각해도 믿기 어려운 말을 서슴없이 했다. 아무래도 정신이 이상해진 것 같았다. 다이의 손이 그의 근육을 따라 움직였다. 이렇게 남자의 몸을 만진 건 처음이었지만 기분이 좋았다.

그녀의 손이 점점 더 아래로 내려가서 그의 페니스를 잡았다.

"윽!"

그가 거친 호흡을 삼켰다. 그 소리에 용기를 내어 다이는 그의 페니스를 아래위로 만졌다. 그녀의 몸 안에서 이렇게 움직였으니 이렇게 만져 주면 좋아할 것 같았다. 뭐든 선무당이 사람을 잡는 법이었다. 그녀의 움직임에 그가 무너져 내리고 있었다.

샤워 부스를 양팔로 잡은 그는 그녀의 손짓에 몸을 부르르 떨었다. 거기에 더 용기가 생긴 다이는 조금 전에 그가 했듯이 무릎을 꿇고 앉아 그의 페니스를 손으로 잡았다.

"다이야……."

그가 그녀의 이름을 부른 순간 다이는 손에 담기도 어려울 정도로 커다란 그의 페니스를 입안에 넣었다.

"윽!"

그가 다이의 머리카락을 손으로 가볍게 움켜쥐었다.

"다이야, 이건······."

그가 이를 악물었다. 그것이 그녀를 흥분하게 만들었다.

츄읍 츄읍―

샤워 부스 안에서 야릇한 소리가 울려 퍼졌다. 그의 페니스는 흥분으로 인해 더 단단해졌다. 그는 다이의 이름을 부르며 정신을 못 차리고 있었다. 다이는 그럴수록 그의 페니스를 강하게 빨아 당겼다.

"으윽!"

그가 더는 참기 힘든지 다이를 들어 올렸다.

"왜요? 싫었어요?"

"아니, 죽을 것 같아."

그는 이렇게 말을 하며 다이를 벽에 세웠다.

"짚어."

다이는 그가 시키는 대로 벽을 짚고 섰다. 무엇을 하려는 것인지 알기도 전에 김 사장은 그녀의 뒤를 덮쳐 왔다. 섹스가 익숙하지 않은 다이는 뒤에서 하는 체위가 힘에 겨웠다. 그의 페니스가 몸 안을 뚫는 느낌이었다.

하지만 이상하게 짜릿했다. 처음 고통을 느낀 것과는 조금 다른 고통이 밀려왔다. 그리고 그가 더 깊이 들어왔으면 하는 마음이 강했다. 정신이 정말 이상해진 것 같았다. 마치 섹스에 눈을 뜬 것 같은 기분이 들어 다이는 스스로 당황스러웠다.

그의 거침 없는 허리 짓은 한동안 계속되었다. 그리고는 마지막을 향해 달렸다. 그의 분신들이 샤워 부스 바닥에 뿌려지고 다이는 그대로 바닥에 주저앉았다.

"다이야……."

"서 있기도, 힘들어요……."

그녀의 말에 그가 다이를 안아 세웠다. 그리고 아기 다루듯이 조심스럽게 다이를 닦아 주었다. 그가 몸을 씻겨 주는 동안 다이는 죽은 듯이 가만히 서 있었다. 샤워가 끝이 나자 그는 커다란 수건을 가져와 다이의 몸을 닦아 주었다.

그리고 감기에 걸린다며 드라이기로 머리까지 말려 주었다.

"자상한 것 같아요."

다이의 머리를 쓰다듬는 그의 손길이 다정했다.

"아니."

"그런데 이렇게 머리까지 말려 줘요?"

"이러는 거 처음이야."

"피, 거짓말."

그의 말과 다르게 그의 모든 행동은 자연스러웠다. 그는 머리를 말려 준 후에 다이를 자신의 침대로 데려가서 눕혔다. 그리고 자신도 옆에 누운 뒤에 그녀를 다정하게 안았다.

"이 침대에서 잔 여자는 다이가 처음이야."

"……."

"이 집에 여자를 들인 적이 없어."

"결혼했었잖아요."

"시은이와 이혼 후에 이사했고, 이 집의 모든 건 다 그 후에 샀거든."

"아……."

그의 고통이 그대로 느껴지고 있었다.

"사랑하셨나 봐요. 그러니까 배신감도……."

"난 사랑 따위는 안 믿는 사람이야. 서로가 가진 것이 필요했기에 같이 산 거지. 어떤 사람은 육체적인 욕망을 해소하려고, 어떤 사람은 외로움이 싫어서, 어떤 사람은 경제력 때문에……. 각자의 사정으로 결혼을 택하는 거지 결코 사랑해서가 아니야. 사랑은 서로를 위해 희생할 수 있어야 하는데 그런 희생은 아무나 할 수 없지."

"상당히 염세적이네요."

"그런가?"

그가 피식 웃었다. 범후가 이렇게 웃으면 이상하게 두근거렸다.

"그렇게 웃지 말아요."

"어?"

"그렇게 섹시하게 웃으면 또 키스하고 싶어지니까."

다이가 그의 입술을 손가락으로 쓸어내렸다. 그들이 눈이 뜨겁게 부딪쳤다. 다이는 그의 눈빛의 의미를 알았고 그에게 키스했다. 처음에 가볍게 시작된 키스는 점점 그 농도가 짙어졌다. 처음 하는 섹스 같지가 않았다. 그와 계속해서 하나가 되고 싶은 마음뿐이었다.

그의 페니스가 그녀의 배를 찌르고 있었다. 그녀보다 김 사장이 더 대단하다는 생각이 들었다. 그의 손이 어느새 그녀의 여성을 어루만졌다.

범후의 손가락이 다이의 여성을 가르고 들어와 클리토리스를 만지기 시작했다. 그가 주는 쾌감에 다이는 또다시 빠져들었다. 그렇게 세 번째 섹스가 끝난 후에 다이는 그냥 그대로 잠이 들어 버렸다.

    너무 따뜻하고 아늑한 기분이 들어 다이는 잠에서 깨고 싶지 않았다. 마치 어미 품에 안긴 것처럼 아늑한 기분이었다. 다이는 눈을 뜨고 그녀 앞에 잠든 잘생긴 남자를 바라보았다. 깨우기 싫을 만큼 곤하게 잠이 들어 있었다.

    벽시계를 보니 8시였다. 더 자게 둬도 될 것 같았다. 오늘은 토요일이라서 출근을 안 하기 때문이었다. 다이는 김 사장의 얼굴을 계속해서 보았다. 그가 짙은 속눈썹을 가지고 있다고 생각할 무렵, 김 사장이 눈을 떴다.

    "언제 일어났어?"

    피곤한지 다시 눈을 감았다.

    "조금 전에요."

    "깨우지."

    그는 이렇게 말하며 다이를 끌어안았다. 그의 가슴은 단단했다. 다이는 손을 들어 그의 얼굴을 만졌다.

    "신기해요."

    "뭐가?"

    "이렇게 같이 누워 있다는 게……."

그는 다이의 정수리에 입을 맞추었다. 마치 대단한 애정을 가진 남자 친구처럼 말이다.

"여자들이 줄을 섰을 것 같아요."

"아니라고는 못 하겠군. 다이도 남자들이 줄을 섰을 것 같은데?"

"같은 뜻은 아니지만, 아니라고는 못 하겠어요. 항상 하굣길에 남자애들이 기다리고 있었거든요."

다이는 솔직하게 인기가 많았다. 하지만 그들은 반응 없는 다이에 지쳐 금방 스스로 나가떨어졌다. 솔직하게 어젯밤 이전엔 남자에게 관심이 없었다. 하지만 지금은 좀 상황이 달라졌다.

다이는 지금 자신을 끌어안고 있는 남자에게 많은 관심이 있었다. 그가 다이의 정수리에 입을 맞추고 그다음엔 이마, 그리고 코, 입술에 입을 맞추었다.

"이런 거 여자들이 좋아해요?"

김 사장의 입술이 그녀의 입술에 닿아 있었다.

"안 해 봐서 모르겠는데?"

"선수죠?"

"다이는 어떤 게 좋은데?"

"난 뜸 들이지 않고 이러는 게 좋아요."

"읍!"

다이가 먼저 김 사장의 입술을 삼켰다. 어제 세 차례의 섹스로 몸은 피곤했지만 그를 보니 또다시 하고 싶어졌다. 다이는 솔직하게 자신의 감정을 드러내고 싶었다. 그의 손이 어느새 다이의 여성을 감쌌다.

그도 다이를 원하는 게 분명했다. 그가 다이의 위로 올라왔다. 그리고는 그녀의 다리를 넓게 벌렸다.

"풀어 줘야 해."

그의 말이 무슨 뜻인지 알기에 다이는 기대에 차서 몸을 부르르 떨었다. 그의 입술이 다이의 여성을 삼켰다. 어쩐지 이런 일들이 자연스럽게 느껴지고 있었다. 말도 안 되는 일이 일어났는데 마음이 평온했다.

아니 그 때문에 뜨겁게 타올랐다. 그의 혀가 집요하게 그녀의 클리토리스를 자극하기 시작했다. 그는 마치 맛있는 사탕을 빨듯이 그녀의 여성을 빨고 있었다. 그의 혀가 주는 쾌감에 다이는 몸을 활처럼 휘었다.

허벅지 안쪽에서 무릎까지. 그의 혀가 닿지 않은 곳이 없었다. 아침 햇살을 가리고 선 그는 마치 거인 같았다. 그는 자신의 페니스를 한 손으로 잡고 다른 손은 다이의 가슴을 쥐었다. 그는 마치 다이에게 명령하는 듯한 카리스마 넘치는 군주의 모습이었다.

"하아……."

그의 페니스가 여성에 닿자 다이는 저도 모르게 신음을 뱉어냈다. 그가 다이의 질에 자신의 페니스를 넣었다. 뜨거운 것이 속으로 들어오는 기분이었다.

"으으윽!"

그도 다이의 좁은 질에 자신의 거대한 페니스를 집어넣는 게 힘에 겨운 모양이었다.

"너무 좁아……."

하지만 그는 멈추지 않았다. 그리고 다이의 다리를 자신의 어깨 위에 올려놓고는 엉덩이를 움직이기 시작했다. 그는 맹수처럼 저돌적으로 다이의 안을 차지했다. 그에겐 부드러움이라고는 찾아볼 수가 없었다.

다이가 고개를 숙여 그와 결합된 곳을 보았다. 그의 것이 들어갔다는 것이 신기할 지경이었다. 그녀의 출렁이는 가슴은 그의 손이 꽉 잡고 있었다. 다이는 그의 몸이 좋았고 그도 다이의 몸에 정신없이 빠져드는 것 같았다.

"너무 좋아……."

그가 신음 끝에 내뱉은 말에 다이는 두근거렸다. 그녀의 몸이 좋은 것 같았다. 그의 끊임없는 욕구에 다이의 체력은 바닥이 나

버렸다. 어제 세 번에 이어 오늘 눈을 뜨자마자 또 한 번의 섹스가 이어졌다.

"아아앙!"

"윽!"

그가 마지막을 향해 달리고는 그녀의 몸 위로 부서져 내렸다.

"헉헉헉……."

한동안 그의 거친 숨이 계속되었지만, 그들은 여전히 이어진 상황이었다. 마침내 그가 몸을 일으켰다. 다이도 몸을 일으키고 싶었지만, 손가락 하나 까딱할 힘이 없었다.

"배고프지?"

그녀가 고개를 끄덕였다. 그러자 그가 나가더니 전복죽을 데워다 주었다. 전복죽의 의미를 알기에 그녀는 전복죽을 맛있게 먹었다. 침대 위에서 먹는 아침은 조금은 특별했다.

"어?"

그가 갑자기 그녀의 입술을 혀로 핥았다.

"묻었어."

전복죽이 입가에 묻었는지 그가 입술을 혀로 쓸었다.

"먹는 것도 섹시해."

"옷을 다 벗고 먹는 건 처음이에요."

"가슴도 예쁘고……."

그가 갑자기 그녀의 가슴을 손으로 만졌다. 갑작스러운 김 사장의 행동에 다이는 당황했지만 싫지는 않았다. 김 사장은 다이의 얼굴을 보며 가슴을 부드럽게 만졌다. 그리고 유두를 손가락으로 건드리자 다이는 몸을 부르르 떨었다.

김 사장이 죽그릇을 치우고 침대 위에 다시 걸터앉았다. 다이는 이불을 끌어 올려 가슴을 가렸다. 그의 뜨거운 시선에 다이는 숨을 쉴 수가 없었다. 그가 다이가 덮고 있는 이불을 옆으로 치워 버렸다.

"추워요……."

"이제부터 춥지 않을 거야."

에어컨 바람 때문에 8월인데도 집 안은 썰렁했다. 다이의 몸에 바로 소름이 돋자 그가 다이를 자신의 품 안에 안았다. 주말에 다이와 그는 침대에서 나가지 않았다. 어떻게 그럴 수 있나 싶을 정도로 그들은 서로의 몸을 탐닉하느라 정신이 없었다.

그렇게 그와 주말을 보낸 뒤 월요일이었다. 갑자기 아주머니 대신 검은 옷을 입은 남자가 음식을 가져왔다. 그는 자신을 본가의 집사라고 소개하며 이곳에서 일하는 사람이 구해졌으니 3일

안에 그만두라는 말을 했다.

그리고 그녀에게 약속한 3개월 치의 급여를 주었다. 왜냐고 이유를 물었더니 다이가 아가씨인데 이곳에 오래 머물면 안 좋을 것 같아서 고민 끝에 내린 결론이라고 했다. 모레부터는 다른 아주머니께서 오시기로 했다는 말도 했다.

항의했지만 돌아온 답은 간결했다. 뭔가 아는 눈치였지만 더는 말하지 않고 그는 나가 버렸다.

월요일 저녁 그는 다른 때보다 일찍 퇴근했다. 김 사장은 오자마자 그녀에게 뜨거운 키스를 했다.

"오늘 종일 일도 못 했어. 이렇게 하고 싶어서 말이야."

그가 다이를 안아 들고는 침실로 향했다. 다이도 그가 와서 이렇게 해 주길 바랐지만 그들의 관계는 이제 막을 내릴 시간이었다.

"도우미와 이러는 거 알려지기라도 한다면⋯⋯."

"알 방법이 없지. 우리 둘만 입을 다문다면."

그는 알리고 싶지 않은 모양이었다. 다른 답을 기대했는데⋯⋯. 다이는 실망감을 감추지 못했다. 그는 육체적인 쾌락 이외의 관계를 생각하지 않은 모양이었다. 다이는 그날 그와 마지막 섹스를 하고 다음 날 그의 집을 나왔다. 가슴에 상처를 가득 남긴 채.

3. 또 다른 삶의 시작

Rrrrrrr—

새벽 4시 30분. 공포의 알람이 울리기 시작했다. 기자실 이곳 저곳에서 알람이 울리고 있었다. 모두 난리였다. 일어났다가 다시 눕는 기자들 틈에서 다이는 정신을 차리고 오늘도 제일 먼저 형사 당직실로 향했다.

꿈에 그리던 기자가 되었지만, 현실은 혹독했다. 수습기자들은 사회부 기자로 거의 경찰서의 붙박이로 살아야 했다. 서울은 사건 사고가 잦은 곳이었지만 수습기자가 된 지금은 그 많은 사건이 다이만 피해 가는 것 같았다.

"형사님, 오늘은 뭐 없나요?"

마치 먹이를 찾아 헤매는 늑대처럼 다이는 오늘도 강력계 당직 형사를 잡고 늘어졌다.

"없습니다."

"그러지 마시고 노상 방뇨라도……."

"정말 없다니까요."

당직 형사의 짜증을 받으며 오늘도 하루가 시작되었다. 머리는 까치집을 짓고 눈곱까지 낀 상태로 질문하니 형사도 짜증이 날 것 같았다.

윙—

공포의 울림이 들렸다. 선배의 전화가 가장 무서운 수습 6주 차 수습기자인 다이는 기사가 없어서 죽으나 안 받아서 죽으나, 이래죽으나 저래죽으나 똑같은 상황에서 진동이 두 번 울리기 전에 전화를 받았다.

[아주 좋아. 전화는 그렇게 받는 거야.]

일단 시작은 칭찬으로 시작되었지만 그게 길지 않을 거라는 걸 몇 주간의 경험으로 알았다.

"네, 선배님."

[그다음 말도 해야지?]

사건을 내놓으란 말이었다.

"오늘은 서울 시내가 건강하게 돌아가고 있다는 좋은 소식으로……."

[야! 미쳤어?]

귀청이 떨어질 것 같은 고함이 들렸다.

"죄송합니다."

[경찰서가 영등포 경찰서 하나야?]

"아닙니다."

[오늘은 양천서에서 콩고물이 안 떨어지냐?]

"네."

오늘은 대호 오빠가 쉬는 날이었다. 오빠가 당직인 날은 누구보다 먼저 사건을 챙겨 주는데 오늘은 그런 요행도 없는 날이었다.

[빨리 아무 데라도 가서 사건 찾으면 전화해.]

"네."

전화를 끊고 다이는 서둘러 택시를 탔다. 자기 차를 가지고 다니는 것보다 이게 더 수월했다. 하루에 택시를 도대체 몇 번이나 타는지 알 수 없었다.

"양천 경찰서요."

경찰서에서 문전 박대 안 당하면 그나마 다행이었다. 경찰서에 도착하자 오늘은 일이 잘 풀리려는지 멱살을 잡고 싸우는 남녀가 보였다. 형사가 뜯어말려 보지만 여자의 힘이 보통이 아니었다.

유부남이 노처녀를 꾀어서 그녀의 전세금까지 가로챈 이야기였다. 대충 오늘 보고할 만한 내용이었다. 양천 경찰서에서 하나를 얻고 구로 경찰서로 향했다. 구로 경찰서를 가면서 간밤에 일어난 화재 및 교통사고를 체크했다.

뭐든 기사에 올릴 만한 내용은 다 체크해야 했다. 어제는 불이 두 곳에서 났고 대형 교통사고도 났다. 당사자들에겐 미안했지만, 그녀도 목숨줄이 하나였다.

다이가 원하는 기자의 삶은 이런 게 아니었지만 일단 정식 기자가 되어 활동하려면 수습 기간은 마쳐야 하는 것이었다.

혜련은 어떨지 궁금했다. 혜련은 그녀와 라인이 달랐다. 사회부 사건팀은 서울 지역 31개 경찰서를 9개 취재 구역으로 나누는데 그것이 9라인이다. 라인별로 기자들은 경찰의 관할 구역처럼 그 관할에서 벌어지는 사건을 맡아 취재한다. 다이는 영등포 라인이었고 혜련은 종로 라인이었다.

아침에 연락이 안 오는 걸 보니 뭔가 문 것 같았다.

"부러운 년."

다이는 이런 하루살이 인생에 피가 말랐다. 어제 아무리 기가 막힌 기사를 썼어도 오늘 없으면 꽝인 것이다.

"그렇게 많이 나던 교통사고도 안 나?"

택시에 앉아 먼 산을 보며 다이가 중얼거렸다.

"네?"

"아닙니다."

기사 아저씨가 그녀를 위아래로 쳐다보는 게 느껴졌다.

"죄송합니다. 제가 기잔데 사건이 너무 없어서······."

"조금 전에 오다가 보니까 차 한 대가 식당에 돌진했던데요?"

"어디요?"

"경찰서 옆에요. 아, 반대편이라서 몰랐구나."

"아저씨, 그리로 가요."

택시 운전기사 아저씨 덕분에 오늘 선배들의 모진 핍박을 면할 수 있었다. 10대 운전자의 운전 미숙으로 인한 사고로, 이른 아침이라서 다행히 식당엔 사람이 없었다. 기사를 쓰면서도 너무 인명 피해가 크면 마음이 안 좋은데 오늘은 물적 피해만 있고 인적 피해는 없어 다행이었다.

[여보세요?]

"강서 경찰서 옆에 부산식당에 자동차 돌진 사고입니다. 10대 운전자의 운전 미숙이고 물피(물적 피해)만 있고 인피(인적 피해)는 없습니다."

[알았어. 기사 써서 보내.]

"넵."

아침밥이 오늘은 잘 넘어갈 것 같았다. 이렇게 하루하루 피를 말리는 시간도 이제 얼마 남지 않았다.

아침은 경찰서 옆의 편의점에서 컵라면을 먹었다. 오늘은 혜련이 정말 바쁜지 아무런 연락이 없었다.

"여보세요?"

그럼 그렇지 혜련의 전화였다.

[오늘 총 맞았다.]

"어?"

총을 맞았다는 건 대형 사건이 터졌다는 소리였다.

"뭔데?"

[살인 사건이다.]

"뭐? 정말이야?"

라면이 목구멍에 걸린 것 같았다. 다이도 사건다운 사건을 접하고 싶었다.

"나도 총에 맞고 싶다."

[행여 그런 소리 하지 마. 난 현장에서 토했다.]

"왜?"

[피가 천장까지 튀었어. 칼에 한두 방 맞은 게 아니더라고.]

"봤어?"

[시체는 못 봤고 현장은 봤지……. 참혹해.]

"난 언제 그런 현장에 가 볼까?"

[살인 사건은 영화에서 보는 것과는 달라. 흥미로운 곳이 아니야.]

혜련이 잔소리를 시작했다.

"어쨌든 바이라인을 장식하는 걸 축하한다."

바이라인이란 취재 후에 아랫단에 자신의 이름을 넣는 것을 말한다. 그건 수습기자들의 로망이었다. 이렇게 기를 쓰고 달리다 보면 언젠가는 빛을 보는 날이 있을 것이다.

수습기자의 마지막 날이었다. 내일부터는 본사 사회부 사건팀에 소속이 되어 근무하게 되었다. 몇 달간의 경찰서 생활을 청산한다는 말이었다. 그래서 오늘은 모처럼 친구들과 맥주 한잔을 하기로 했다.

몇 달 만에 얼굴들을 보는 거라 반가움이 앞섰다. 다이는 회사 근처에 원룸을 얻었다. 전세는 아니고 반전세였다. 생각보다 저렴하게 얻어서 기분이 좋았다. 원룸이긴 해도 평수가 그리 작지는 않았다.

올해 겨울은 포근해서 경찰서 생활이 그리 나쁘진 않았다. 이제 그것도 추억이려나? 다이는 모처럼 콧노래를 부르며 친구들이 기다리는 호프집으로 향했다. 혜련이 핸드폰을 들여다보고 앉아 있었다.

"언제 왔어?"

"조금 전에."

"세현이는?"

"근처래, 다 와 간다는데?"

잠시 후에 세현이 들어왔다. 아나운서답게 예쁜 정장을 입고 들어오는 세현을 혜련이 빠르게 스캔했다.

"시슬리의 신상품 정장이시다. 가격이 천만 원이 넘는다."

"거짓말!"

그녀의 말에 혜련이 빠르게 검색해서 보여 주었다.

"……."

정말이었다. 짝퉁 같아 보이지도 않았다. 저런 금액의 옷을 입다니 세현의 집안이 궁금했다. 그리고 대호 오빠가 불쌍해지기 시작했다.

"안녕, 그런데 표정들이 왜 그래?"

세현은 고급스러움을 뽐내며 아무렇지 않게 그들 앞에 앉았다.

"너의 부르주아적인 옷 때문에."

"아, 이거 짝퉁이야."

세현은 아무렇지 않게 거짓말을 했다.

"뻥은 그만 치고."

"그래, 샀다."

"너 재벌집 딸이야?"

오늘 혜련이 기회라고 생각하고 묻는 것 같았다.

"맞아, 나 민국일보 딸이야."

"미친년, 닭이나 먹어라. 끔찍한 소리는 작작 하고."

다이가 몸을 부르르 떨었다. 김범후의 친동생이 김세현이라니 갑자기 짜증이 났다. 거짓말을 해도 정도껏 해야지. 다이는 괜히 생맥주만 들이켰다.

"진실을 말해 줘도 안 믿네."

"닭이나 뜯으라고."

혜련은 가만히 세현의 얼굴을 보고 있었고 다이는 이 상황을 마무리하고 싶었다. 그때 구세주인 대호가 등장했다.

"오빠, 왜 이렇게 늦었어요?"

"사건이 하나 터져서."

"뭔데요?"

다이와 혜련이 동시에 물었다.

"이제 수습 아니잖아. 별거 아닌 사건이야."

오늘 이 자리에 모인 건 수습 딱지 떼는 것도 있지만 세현의 부탁 때문이기도 했다. 대호 오빠와 아직도 진전이 없는 모양이었다. 거기다가 세현은 아나운서 시험에도 합격한 상태라서 더 그런 것 같았다.

"알고 싶다."

혜련이 애교를 부려도 대호 오빠는 꼼짝도 하지 않았다. 오빠는 그만큼 완고한 사람이었다. 모처럼 치킨에 맥주도 마시고 그간의 수다도 떠니 기분이 날아갈 것 같았다. 시간이 어느 정도 흐르고 나서 다이는 혜련과 화장실을 간다고 하면서 빠져나왔다.

"자, 가방."

"우리 가야 하는 거야?"

"응, 둘만의 시간이 필요할 거야."

"우리도 둘만의 시간을 가질까?"

"좋지."

다이는 호프집을 빠져나오며 세현과 대호 오빠의 표정을 살폈다. 둘의 일이 잘 해결되기를 바라는 마음이었다. 다이는 혜련과 함께 근처 포장마차로 갔다.

세현은 맞은편에 곰처럼 앉아 있는 남자를 째려보고 있었다. 정말 우직하다 못해 답답한 남자였다. 이런 답답이를 사랑하는 그녀 또한 답답한 여자였다.

"계속 그렇게 째려보면 눈 아파."

대호는 언제나 부드러운 남자였다. 생김새나 직업은 터프한데 사람을 대하는 건 기본적으로 다정한 사람이었다.

"오빠는 왜 그러는 거야?"

"뭐가?"

세현은 더는 말하기가 자존심이 상했다. 대학에 들어가서 다이의 오빠를 처음 만나게 되었다. 보육원에서 자란 다이에게 오빠가 있다는 말은 세현에겐 충격이었다. 오빠가 있는데 왜 보육원에서 자라게 했지? 라는 생각이 들었다.

세현도 오빠와 열 살 차이가 났다. 그런데 다이도 오빠 대호와 열 살 차이가 났다. 세현은 어릴 때부터 오빠의 그늘 아래 살았는데 다이는 그렇지 않다고 생각하니 처음엔 대호가 미웠다. 하지만 나중에 사정을 알고 보니 대호와 다이는 남남이었다.

두 사람의 성은 보육원 원장의 성이었다. 대호는 어린 다이를 정말 친동생처럼 아꼈다. 그 모습에 두 번 반해 버렸다. 세현은 자상한 남자에게 약했다.

그런데 알고 보니 대호는 자상한 남자가 아니라 나쁜 남자였다. 그녀에게 어찌나 까칠하게 구는지 처음엔 그녀를 싫어하는 줄 알았다.

"먹어."

대호가 그녀 앞에 치킨을 놓아주었다.

"우리 이렇게 어색하게 된 게 몇 개월째인 줄 알아?"

"3개월 하고 2주 지났어."

"오빠!"

"그냥 집으로 돌아가는 게 좋겠어."

"내가 그 말 듣자고 여기 나온 줄 알아? 난 오빠가 날 잡아 주길 바란다고."

아무리 말해도 이 남자에겐 소귀에 경 읽기였다. 속이 상한 세현은 맥주를 연거푸 마셨다. 알코올에 치명적으로 약한 세현이었다.

"세현아, 그만 마셔."

대호가 그녀의 손을 잡았다.

"이거 놔. 나 갈래."

그녀는 자리에서 일어나 호프집 밖으로 비틀거리면서 나왔다.

"김세현!"

"그렇게 크게 안 불러도 난 김세현이다."

사랑 하나 믿고 나온 세현은 요즘 들어 버티기가 너무 힘이 들었다. 집으로 들어가진 않겠지만 어쨌든 범후 오빠의 도움을 받아야 한다. 오빠는 그녀가 원하는 대로 다 해 주었다. 하지만 대호 오빠에 관한 한은 한 치의 양보도 없이 반대했다.

"세현아."

대호가 세현의 팔을 잡았다.

"취했어, 집에 들어가자."

세현은 못 이기는 척 그의 작은 차에 몸을 실었다.

"왜 내가 싫은 거야?"

"안 싫어."

"나 여자로 안 보이지?"

이렇게 취한 모습을 보인 건 처음이었다. 대호 오빠는 바른 사람이고 세현은 그런 오빠에게 잘 보이고 싶어서 대호를 만나는 동안은 정말 얌전하게 생활했다. 재벌가의 일원이었지만 세현은 모든 걸 포기할 수 있었다.

그녀에겐 대호만 있으면 되는데, 대호는 그게 아닌 것 같았다.

"……취했어."

대호는 이렇게 말한 후에 대리 기사를 불렀다. 뒷좌석에 짐짝처럼 태워진 세현은 집에 갈 때까지 그냥 눈을 감고 있었다.

"누구예요? 애인?"

"……."

"난 연예인인 줄 알고 다시 한 번 봤네요."

"아닙니다."

대리 기사 아저씨는 나이가 어느 정도 있는 사람인 것 같았다. 눈을 감고 있으니 아저씨를 볼 수가 없었다.

"걱정되겠어요?"

"네?"

"애인이 저렇게 예쁘니까, 걱정될 것 같아서요. 그렇게 안 보이는데 아주 능력자시네."

대리 기사 아저씨가 맞는 말만 골라서 했다.

"그냥 가시죠."

"아이고 내가 주책이었네. 죄송합니다."

그 후로 아저씨는 말이 없었지만, 대호가 화가 난 상태라는 건 알 수 있었다. 눈을 감고 일어나지 않자 대호가 가볍게 그녀를 안아 들었다. 둘이 본격적으로 사귀기 시작한 이래 가장 진한 스킨십이었다.

동생의 친구라는 이유로 그는 그녀를 너무 아끼고 아꼈다. 이러다가 다 닳아서 먼지가 될 지경이었다. 세현은 그냥 그의 품에 안겨 집까지 갔다. 대호는 정말 그녀가 깊이 잠든 줄 아는 모양이었다.

집에 도착해서는 곧장 방으로 들어가서 그녀를 침대에 눕혔다. 세현은 벌떡 일어나서 쥐도 못 먹냐고 소리를 지르려고 했다. 그런데 대호는 그녀 옆에 앉아 움직이지 않고 있었다.

"자니?"

"……."

이 상황에서 어떻게 하는 것이 맞는 건지 세현은 머리를 굴리기 시작했다. 눈을 뜨고 가지 말라고 해야 하는 건지 도통 머리가 돌아가지 않았다. 그의 손이 얼굴에 닿았다. 이건 또 무슨 일인가라는 생각이 들기도 전에 그의 입술이 그녀의 입술에 닿았다.

너무나 부드럽게 닿았다. 그녀가 자는 줄 알고 도둑 키스를 하는 것이었다. 처음엔 부드럽게 하던 키스가 점차 깊어지고 있었다. 그러다가 자신도 놀랐는지 침대에서 벌떡 일어나 버렸다.

"야! 한대호!"

도저히 참지 못하고 세현이 침대에서 벌떡 일어났다.

"바보야?"

"……."

"어딜 가는 거야? 가지 말라고……."

"세현아."

"내가 그렇게 매력이 없니? 왜, 키스하고도 느낌이 없었어?"

눈물이 터질 것 같았다. 아니 이미 그녀의 볼을 타고 뜨거운 것이 흘러내리고 있었다.

"아니, 널 가지고 싶어서 죽을 것 같아."

"그럼 가져."

"하지만 너와 난 너무 달라."

"바보."

세현이 침대에서 벌떡 일어나 그의 앞에 섰다. 그리고 자신의 원피스를 벗어 버렸다. 어디서 이런 용기가 난 것인지 모르지만 그녀는 지금 마지막 용기를 끌어모아 그를 잡기 위한 노력을 하고 있었다.

아니, 그가 진심으로 그녀를 원하기는 하는 건지 알고 싶었다.

"난 오빠가 날 원하는지 의심스러워."

"……."

대호의 눈빛이 변했다. 단 한 번 이 눈빛을 본 적이 있었다. 그건 그녀가 마음을 고백하던 날이었다. 그날의 키스는 정말 뜨거웠다. 하지만 그 후로 그는 다시는 그녀에게 손을 대지 않았다. 오늘 한 도둑 키스는 빼고.

그가 갑자기 성큼성큼 다가오더니 세현을 꽉 끌어안았다.

"넌 날 감당 못 해."

"아니야."

"자신 있어?"

"응."

그가 세현의 얼굴을 양손으로 감쌌다.

"널 처음 보는 순간은 예쁘다고 생각했어. 그리고 너의 웃는 모습을 보고는 심장이 두근거렸어. 그런데 네가 누군지 안 순간……."

대호 오빠는 그녀가 누군지 알고 있었다. 그래서 피한 것이었다.

"우리는 달라도 너무 다르다고 생각했어. 그래서 잊으려고 했어. 내 결심이 무너진 날은 너와 키스한 그날이었어. 네가 당돌하게 나의 입술을 훔쳤을 때, 난 심장이 터져 버리는 줄 알았어."

"어떻게 알았어?"

"네 할아버지가 보낸 사람이 날 찾아 왔으니까."

"왜?"

"너와 다이가 어울리지 않았으면 좋겠다고 하셨어."

"뭐? 진짜……. 창피해서 죽을 것 같아."

할아버지는 재벌가의 아이는 재벌들하고만 어울려야 한다고 생각하는 분이셨다. 대호가 거짓말을 하는 것은 아니다.

"미안해, 그런 말까지 듣게 하고."

"그래서 난 널 사랑하지만, 곁에 둘 수가 없었어. 그건 지금도 마찬가지야. 어차피 같이할 수 없는데 더 깊어지는 건 바람직하지 않아."

"날 원하는 게 아니야?"

"원해. 너하고 같이 있으면 힘들어. 그래서 거의 매일같이 당직을 도맡아 했어."

세현이 발꿈치를 들어 그의 입술에 키스했다.

"난 오늘 오빠와 잘 거야."

"세현아……."

그의 목소리가 가늘게 흔들렸다. 세현이 그의 손을 잡아 자신의 가슴 위에 올려놓았다.

"싫어?"

"오늘 우리가 함께한다면 앞으로도 영원히 함께해야 해. 넌 내가 얼마나 집착이 강한지 몰라. 그래서 시작하는 게 두려워."

"난 괜찮아, 오빠가 나만 볼 수 있다면 뭐든지 다 할 거야."

"세현아, 난 이미 너만 보고 있어."

그 한마디면 족했다. 세현은 대호의 입술에 다시 입을 맞추었다. 황소만큼 커다란 남자가 그녀를 품에 안았다. 이렇게 그의 품 안에 안기면 보호받는 기분이 들어서 좋았다. 그가 세현을 너무나 가볍게 들어 침대 위에 눕혔다.

그리고 거칠게 입을 맞췄다. 마치 자기 것이라고 도장을 찍듯이 말이다. 그들의 밤은 그렇게 깊어 가고 있었다.

"꼭 이렇게까지 해야 하는 겁니까?"

선배와 취재를 나온 다이는 입이 툭 튀어나와 있었다.

쓰레기를 뒤지기 시작한 지 1시간이 지나고 있었다. 온몸에서 썩은 내가 진동하는 것 같았다.

"이거 못 찾으면 골치 아파진다."

"네, 선배님."

선배가 사고를 친 건 오전 시간이었다. 평소에 치우지도 않던 부장님의 책상을 치우다가 모르고 USB를 버린 것이었다. 그럼 혼자 뒤져야지 죄 없는 그녀까지 데리고 내려와서 이 난리였다.

회사 지하 주차장의 쓰레기통에 이렇게 많은 쓰레기가 있는 줄은 상상도 하지 못했었다.

"찾았다!"

그렇게 1시간여 만에 드디어 문제의 쓰레기봉투를 찾았다.

끼이익!

갑자기 차 한 대가 멈추었다. 그러자 선배의 얼굴이 사색이 되어 버렸다.

"왜 그러시는데요?"

놀란 선배의 시선을 따라가 보니 김 사장이 자신의 차 안에서 매의 눈을 하고 그들을 보고 있었다.

"사, 사장님."

놀란 서 선배가 구십 도로 인사를 했다. 다이도 얼떨결에 인사했다.

"여기서 뭐 하는 거지? 내가 쓰레기 뒤지라고 월급을 주진 않앗을 텐데?"

"잃어버린 USB를 찾고 있었습니다."

"어디 부서지."

"선배……."

그녀가 한발 늦었다.

"사회부 사건팀입니다."

그는 다이에게는 시선도 주지 않은 채 조용히 차창을 내리고는 사라졌다.

"뭔가 찜찜해."

서 선배는 기사를 잘 쓰는 능력 있는 사람이긴 한데 뭔가 1%가 부족한 사람이었다. 일은 잘해도 마무리가 영 이상했다. 그들이 사무실로 올라가자 모두가 인상을 쓰고 난리였다.

"씻고 와."

다이는 저도 모르게 선배와 같이 고개를 숙이고 있었다. 선배가 부장에게 열심히 깨지는 사이에 다이는 자리로 돌아와 멍하게 있었다.

"냄새 죽인다."

혜련이 옆에서 놀렸지만, 귀에 들어오지 않았다.

"왜 그래? 냄새에 정신까지 어떻게 된 거야?"

"그런 것 같아. 오늘 난 왜 이리 되는 일이 없냐?"

다이는 김 사장 생각에 머리를 쥐어뜯었다.

"위로해 줄 수 없어서 미안하다, 친구."

다이는 일에 집중하려 애를 썼다.

민국일보 회장실은 사치 그 자체였다. 민국일보의 회장이자 범후의 조부인 김학수 회장은 다른 사람들과 자신은 다른 삶을 살고 있다고 생각하는 사람이었다. 그래서 뭐든 비싸고 좋은 것이 최우선이었다.

어릴 때부터 부자로 자란 김 회장은 선민의식이 강한 사람이었다. 자신도 그랬지만 자식들도 그러기를 바랐다. 장남인 아버지는 공부도 할아버지의 기대대로 굉장히 잘했고 못 하는 것이 없는 만능 스포츠맨이기도 했다. 할아버지는 당연히 큰아들에게 기대가 많았었다.

하지만 아버진 가난한 여자와 만나 결혼을 하겠다고 해서 할아버지가 실망하셨다. 결국 할아버지의 승낙을 받지 못한 아버지는 집을 나와 어머니와 결혼해서 그와 동생을 낳았다. 어머니는 혜련을 낳고 바로 돌아가셨고 아버지는 곧바로 어머니의 뒤를 따라 자살하셨다.

그 후로 그와 세현이는 할아버지의 손에 길러졌다. 할아버지는 재벌로 살아가는 법을 알려 주었지만, 세현은 끝내 집을 나가고 말았다.

그가 들어서자 회장실의 그림이 완성되는 느낌이었다. 할아버지는 그의 모든 걸 좋아했다. 모델 뺨치는 외모와 국내 최고의 대학을 나온 그의 두뇌, 그리고 그의 사생활까지. 모든 게 할아버지의 자만심을 충족시켰기 때문이었다.

거기에 재벌가의 딸과 결혼하면 완벽한 그림일 텐데 아직 그가 협조하지 않고 있었다. 그게 아쉬울 것이다.

"이번 주말에 시간 비워 둬라."

그와는 반대되게 생긴 할아버지였다. 작은 키에 신경질적인 외모는 외탁한 그의 외모와는 매우 달랐다. 할아버지는 아주 동그란 금테 안경을 썼는데 꼭 독립운동 당시의 사람 같았다.

"할아버지, 전 결혼 안 합니다."

"김범후!"

할아버지의 호통이 떨어졌다.

"아버지 그냥 두세요. 그 망신을 당하고 또 하고 싶겠어요? 우리 성우나 신경 써 주세요."

생긴 걸로는 숙부는 할아버지의 판박이었다. 작은 키에 신경

질적으로 생긴 숙부는 눈빛이 할아버지보다 더 날카로운 사람이었다.

"성우는 결혼할 아이가 있다고 안 했어?"

사촌 동생인 성우는 키는 컸지만, 신경질적으로 생긴 건 숙부와 똑닮았다.

"헤어졌습니다."

성우는 대단한 바람둥이였다. 방송국의 본부장이다 보니 연예인들과 스캔들을 많이 일으켰다. 그 기사를 범후가 여러 번 막아주었다. 하지만 이제는 그러지 않을 생각이었다. 사사건건 숙부가 그를 걸고넘어졌기 때문이었다.

"성우도 이제 연예인들 만나지 말고 재벌가의 참한 아가씨 중에 하나 만나."

"네, 할아버지."

숙부를 닮아 영악한 구석이 있는 녀석이었다.

"세현이는 아직도 연락이 없는 거냐?"

"네, 회장님."

회사 안에서는 회장님이라고 깍듯이 말했다. 아직 그는 할아버지와 거리감을 느꼈다. 그를 아끼시는 건 알지만 할아버지는 손자마저도 자신의 장식품으로 만들고 싶어 했다.

"열어 봐."

서류 봉투 안에는 재벌가 딸들의 정보가 있을 것이다. 시은이와도 그렇게 만났다. 다시는 이렇게 여자를 보고 싶지 않았다.

"저 만나는 여자 있습니다."

"알아, 그 여자가 도망간 것도 알고."

"회장님."

"넌 어떻게 도우미하고……."

숙부와 성우는 할아버지의 말을 듣고 큰 건을 잡았다는 표정을 지었다.

"어떻게 아셨어요?"

"내가 모르는 게 뭐가 있어? 난 너에 대해 하나도 빠짐없이 안다. 그건 세현이도 마찬가지야. 내가 그 형사 놈을 어떻게 못 해서 가만히 두는 줄 알아? 세현이 스스로 오게 기회를 주는 거야."

기회를 주는 게 아니라 기회를 기다리는 것이었다.

할아버지는 굉장히 위험한 사람이었다. 할아버지에게 가족은 남들에게 보여 주기 위한 장식품 같은 것이었다. 본인이 얼마나 재벌가의 사람으로 잘 해내고 있는지. 그리고 보통의 사람들과 얼마나 다른지 보여 주고 싶어 했다.

세현이 형사와 즐길 만큼 즐기고 돌아오면 재벌가의 남자와 정략결혼을 시키면 되는 거라 생각하고 계실 것이었다. 아마 세현이 대호와 결혼한다고 해도 이혼시켜서 데려올 사람이었다. 할아버지는 나이가 드시긴 했지만, 언론에 오래 종사해서 그런지 자극적인 걸 좋아하는 것 같았다.

그가 신문의 1면으로 박시은을 다루었을 때 할아버지는 별말이 없었다. 아마 1면을 장식하는 자극적인 기사를 써 줘서 고마워했을 것 같기도 했다.

"세현이를 데려올까요?"

숙부는 할아버지의 스타일을 아직 간파하지 못한 것 같았다.

"숙부께서 신경 쓰실 일이 아닙니다."

범후가 잘라 말했다.

"회장님께도 부탁드립니다. 이제 성인인 세현이의 일은 그만 신경 쓰시죠. 그리고 제 일도 그만 신경 써 주시기 바랍니다."

그는 찬바람을 일으키며 자리에서 일어났다. 그는 그동안 충분하게 할아버지의 장식품이 되어 주었다. 그건 다 세현을 지키기 위한 것이었다. 그에게 온 신경이 가 있어야 세현을 가만히 두기 때문이었다.

인간적인 감정이라고는 없는 곳이 그의 본가였다. 본처의 소생이 아버지와 숙부였고 그 외에 그가 알지 못하는 자식들도 많았다. 할아버지는 본인을 중세시대의 왕 정도로 생각하는 것 같았다. 할아버지는 그 옛날에 할머니와 이혼하고 수많은 여자와 염문을 뿌리면서 스스로 논란의 중심에 섰던 사람이었다.

기사를 다른 곳에서 찾는 게 아니라 스스로 이슈를 만들고 싶어서 안달이 난 사람들 같았다.

사무실로 돌아오다가 그는 로비에서 스쳐 지나가는 다이를 보았다. 그렇게 찾을 때는 보이지 않더니 이제는 자주 그의 눈에 띄는 다이였다. 다이가 떠나고 나서 범후는 잠을 제대로 잘 수가 없었다.

매일 밤 다이를 생각나게 하는 침대에 누워 있으니 잠이 오지 않았다. 그는 다이가 사라진 이후에 살이 많이 빠진 상황이었다. 사람에겐 잠이 중요한데 말이다.

"쓰레기통을 뒤지더니 이제는 서류를 산더미처럼 안고 가네."

커다란 박스에 서류가 한가득이었고 앞이 보이지 않는지 불안하게 걷고 있는 다이였다. 그는 저도 모르게 다이가 가는 방향으로 따라갔다. 엘리베이터를 탈 모양이었다. 그는 다이가 23층 사회부에서 근무한다는 걸 알고 있었다.

"감사합니다."

엘리베이터 버튼을 누르지 못하고 버둥거리기에 그는 다이 대신에 버튼을 눌러 주었다.

"복 받으실 거예요."

그가 타고 다이가 탔다. 다른 사람들 없이 둘이 43층에서 탔고 그는 23층을 눌러 주었다.

"잘 지냈나?"

"……."

다이가 놀라 몸이 그대로 굳어 버렸다.

"쓰레기 냄새가 나는군."

사실 쓰레기 냄새가 아닌 그가 그리워했던 파우더 향이 났지만, 그는 일부러 그렇게 말했다.

"난 잘 지내고 있다고 생각했는데, 쓰레기장을 뒤지고 있을 줄은 몰랐어."

"상관하지 마세요."

"글쎄……. 그게 그렇게 될까?"

다이가 씩씩거리는 게 그대로 느껴지고 있었다. 곁에 다이가 있으니 심장이 이상하게 빠르게 뛰었다. 그날의 섹스를 몸이 기억하고 있기 때문이었다. 분명 다시 한다면 별로일 것이다. 그때 그는 분명한 위로가 필요했다.

심리적으로 힘든 시간일 때 다이가 위로가 된 것뿐이다. 희준이 그렇게 떠나지만 않았어도 그는 괴롭지 않았을 테니까. 절대로 그의 도우미를 안지는 않았을 것이다.

상자를 들고 있는 다이의 뒷모습이 그의 눈에 들어왔다. 오늘도 아름다운 다리를 가리고 있었다. 청바지에 스웨터를 입은 다이는 발랄한 대학생 같았다. 그와 뜨겁게 뒹굴던 다이의 모습이 아니었다.

야한 모습은 아니었지만, 그는 다이를 보는 것만으로 아래로 피가 몰리고 있었다. 신기한 일이었다. 엘리베이터의 문이 열리고 다이가 내렸다. 그는 다시 45층을 눌렀다.

다이가 사라질 때까지 그는 다이에게서 눈을 떼지 못했다. 순간 범후는 두려웠다. 그녀와의 섹스가 좋을까 봐.

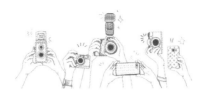

4. 가질 수 없는 불꽃

그와 재회 아닌 재회를 한 지 일주일이 지나고 있었다. 그동안 마주치지 않은 게 이상할 정도로 김 사장과 계속해서 만나게 된 다이는 신경이 굉장히 예민해진 상태였다. 쓰레기장에서 만나질 않나. 엘리베이터에서 만나기도 하고 점심을 먹으려고 나가다가 로비에서 보기도 했다. 심지어 직원 식당에서 같이 밥을 먹기도 했다.

이건 일부러 마주치는 것도 아니고 자꾸만 우연히 만나는 게 반복이 되고 있었다. 이제 그만 만나고 싶은데 자꾸만 눈에 띄니 신경이 쓰여 죽을 것 같았다.

"야, 한다이!"

"깜짝이야!"

요즘은 그녀의 주변 사람들이 모두 심장에 무리를 주는 것 같았다.

"밥 먹으러 가자고 몇 번이나 말해야 해?"

"알았어."

그녀가 인상을 쓰며 일어나자 혜련이 놀랐다.

"화났어?"

"아니야, 내가 요즘 예민해서 그래. 미안."

"그런 것 같긴 한데, 왜 그러는 건데?"

"만나고 싶지 않은 사람이 계속해서 눈에 띄니까 그래."

"누군데?"

"……."

혜련은 그녀의 표정을 살피더니 더는 묻지 않았다.

"구내식당? 아니면 나갈까?"

"오늘은 나가서 먹자."

우연인지 아닌지는 모르지만 일단 그를 피하고 싶었다. 다이는 혜련과 조 선배, 서 선배와 같이 밥을 먹으러 갔다. 이렇게 넷은 밥친구이자 친하게 지내는 동료였다.

"가자!"

조 선배가 그녀의 어깨에 손을 올리며 근처 식당을 향했다. 조 선배는 대학교 선배이기도 해서 유독 더 친했다. 워낙에 사람이 좋아서 다이도 대호 오빠처럼 의지하는 사람이었다.

"요즘 고민 있어?"

조 선배가 그녀의 얼굴을 살피며 물었다.

"아뇨."

"저번에 저 인간이 너 쓰레기장 데리고 간 이후부터 상태가 영 안 좋은데, 뭐."

"아니에요."

"아니긴. 야, 서동하! 너 똑바로 안 해? 우리 다이 예전엔 멀쩡 했는데 요즘 완전히 다이하다고. 다 너 때문이야."

"내가 뭐?"

동하 선배는 동네북이었다.

"서 선배 때문이 아니에요."

물론 빌미를 제공하기는 했지만 말이다. 그들은 근처의 국밥 체인점으로 들어갔다. 점심시간이라서 그런지 사람들이 북적이 고 있었다. 줄을 서 있는데 갑자기 주변이 웅성이더니 앉아 있던 사람들이 자리에서 일어났다.

다이는 갑작스런 이 상황에 불안한 생각이 들었다.

"내 뒤에 사장 있다. 정말 멋지지 않니?"

"……."

식당을 나가고 싶었지만, 그가 출구에 서 있어서 그럴 수도 없었다. 비서와 둘이 온 모양이었다. 식당 안의 여자들의 시선이 김 사장에게 꽂혀 있었다.

"하여간 여자 홀리는 재주는 세계 최고라니까."

"내가?"

조 선배가 자신을 가리키며 물었다.

"네."

"내가 좀 그렇긴 하지. 하지만 조선 팔도에서 여자 홀리는 제주는 우리 김 사장님이 최고인 거 같아."

조 선배가 그녀의 귀에 대고 속삭였다. 다른 때 같으면 웃었겠지만, 지금은 아니었다. 뒤통수가 이렇게 따갑기는 처음이었다. 이것도 이번 주면 끝이다. 다음 주부터는 특별 취재를 조 선배와 맡아서 회사로 출근하는 시간이 적을 것 같았다.

겨우 점심 식사를 마치고 밖으로 나오는데 김 사장이 먼저 나와 있었다. 비슷하게 식사를 시작했는데 먼저 먹은 모양이었다. 다이는 빠르게 빠져나가려고 동료들보다 먼저 나왔지만 이미 한

발 늦었다.

"마셔."

그가 식당 앞 자판기 커피를 그녀에게 건넸다. 안 받을 수가 없는 상황이었다. 그의 옆에 비서 실장이 의아한 눈으로 그녀를 보고 서 있었기 때문이었다.

"감사합니다."

그는 커피만 주고 그대로 가 버렸다.

"야, 사장님이 너한테 커피 주신 거야?"

"어, 자기는 살찐다고 안 마신대."

"맞아, 저런 몸이 되려면 관리를 해야지. 너도 몸매 관리해."

이렇게 말을 하며 혜련이 그녀의 손에 들린 커피를 빼앗아 마셨다.

"사장님이 뽑아 준 커피라서 맛이 다르다."

"……."

다이는 김 사장의 뒤통수를 쏘아 보았다. 자꾸 그와 부딪치다니 미쳐 버릴 것 같았다. 신경을 쓰니까 그런가?

"이제부터는 될 대로 되라다."

"미쳤어? 일은 그렇게 하면 안 돼."

옆에 있던 조 선배가 눈을 흘기며 말했다.

"그게 아니라……."

"아니긴, 내가 그간 너무 잘해 줬어."

"선배!"

다이는 선배와 투닥거리며 사무실로 들어갔다. 많은 인파 사이에서 그녀를 보고 있는 시선을 모른 채.

민국일보 앞의 식당가는 점심시간이면 항상 사람들로 붐볐다. 주변이 모두 민국그룹 사람들이라서 점심시간은 차량이 그렇게 많지 않았다. 모두 걸어 다니기 때문이었다. 그런데 그 틈에 단연 눈에 띄는 검은색 벤츠가 서 있었다.

차창이 짙은 검은색으로 선팅되어 있어 내부에 누가 있는지는 알 수 없었다. 그래서 사람들이 지나면서 힐끔거리며 차를 보았다.

"쟤야?"

검은색 벤츠 안의 여자가 다이를 턱으로 가리키며 말했다.

"네, 그런 것 같습니다."

"그냥 그런데?"

"확실합니다."

"김범후의 취향이 저렇게 밑바닥인 줄 몰랐네."

여자는 서류를 펼치며 사진과 다이를 번갈아 보았다.

"한다이……. 이름도 지랄이군."

그녀의 냉기에 옆에 앉은 비서도 얼어 버릴 것 같았다. 태한그룹의 홍보 실장이자 스캔들 메이커인 박시은은 요즘 더 냉기를 뿜어내고 있었다.

"다른 건……."

"분명히 김 사장님이 한다이 씨를 찾고 다녔는데 한다이 씨가 이 회사에 다닌다는 겁니다. 등잔 밑이 어두웠던 거죠."

시은이 한쪽 입술을 올렸다. 김범후가 여자를 찾다니 믿기 어려웠다. 차가운 냉혈한이 바로 범후였다. 그렇게 사랑을 달라고 애걸해도 그는 1년 동안 그녀를 멀리했었다. 그들은 철저하게 비즈니스 커플이었다.

"잘못 안 건 아니고?"

"네?"

"둘이 다른 사람들을 속이고 만나고 있었을 수도 있지. 늙은이만 속이면 되니까."

태한그룹의 딸로 태어난 시은은 부족한 것 없이 상류층의 삶을 살았다. 실패를 단 한 번도 맛보지 않았는데 그녀의 유일한 실패는 김범후와의 결혼 생활이었다.

처음 그를 봤을 때 시은은 첫눈에 반했었다. 결혼하기 전까지 그녀에게 키스조차 안 하는 건 그녀를 아끼기 때문이라고 생각했다. 하지만 아니었다. 그는 정략결혼 이상도 이하도 아닌 결혼 생활을 원했다. 섹스도 거의 없었다. 그래서 어느 날 시은은 범후에게 이런 결혼 생활이 계속되면 바람을 피울 수도 있겠다고 했다.

그랬더니 범후는 그런 건 알아서 하라고 말했다. 자존심이 너무 상한 그녀는 정말 바람을 피웠다. 이왕 이렇게 됐으니 그가 가장 아파할 사람으로 골랐다. 그리고 그 사람을 유혹했고 집에서 섹스했다. 그리고 그에게 들켰다.

거기서 끝나면 되었을 문제였다. 하지만 문제는 그녀와 바람을 피운 상대가 죄책감에 자살을 했고 그 사실을 알고 분노한 범후가 그녀와 친구가 침대에서 뒹구는 사진을 세상에 뿌렸다는 것이었다.

그 후로 시은은 이혼하고 집으로 돌아와서 한동안 밖에도 못 나가는 신세가 되었었다. 물론 지금은 아니지만 말이다. 3년의 시간은 순식간에 흘러갔고 그녀는 이제 자유로워졌다. 지금은 홍보 이사로 경영에 참여하고 있었다.

시은은 요즘 삶의 목표가 생겼다. 그건 김범후의 몰락이었다.

"저 여자에 대해서 좀 더 조사해 봐."

"네, 이사님."

"내가 늙은 여우에게 뭔가 확실한 걸 물고 가야 하니까."

그녀가 범후만큼이나 싫어하는 사람이 김학수 회장이었다. 그녀의 침대 사진이 전국에 퍼질 때 그걸 결재해 준 사람이 그 늙은 여우였다. 손자며느리의 스캔들을 흔쾌히 결재해 준 사람이 김범후의 할아버지였다.

이슈가 될 만하면 가족이고 뭐고 소용이 없는 무지막지한 사람이었다. 시은은 두 주먹을 불끈 쥐며 다이가 사라질 때까지 그녀를 바라보았다.

손 비서의 눈동자가 불안하게 흔들렸다. 요즘 매일같이 이맘때면 정신이 없었다. 김 사장이 요즘 자꾸만 점심시간에 연연하고 장소를 이곳저곳으로 바꾸는 통에 정신을 차릴 수가 없었다.

"여보세요?"

[오늘 한다이 씨, 오후 외근입니다.]

"어디로 갑니까?"

[이번 연쇄 살인 사건의 특별판 기사를 쓸 예정이라서 조 기자와 양서 경찰서로 갈 예정입니다.]

"알겠습니다."

[수고하세요.]

손 비서의 일과 중 하나가 사회부 기자의 스케줄 체크였다. 그녀의 동선을 따라 김 사장이 움직였기 때문이었다. 사회부 기자 중에 그와 인연이 있는 친구가 있어서 부탁했더니 수시로 보고를 하였다.

똑똑!

그가 들어가자 김 사장은 정신없이 서류들을 살피고 있었다. 대부분이 각 부서별로 작성한 특별 기사들이었다.

"왜?"

그가 고개도 들지 않고 물었다.

"오늘 한다이 씨, 일정입니다."

"말해."

"사회부 특별 기사 때문에 양서 경찰서로 취재 나갔다고 합니다."

"양서 경찰서?"

"네, 이번에 애인 토막 살인 사건이 그쪽에서 발생해서……"

하필이면 양서 경찰서라니. 그곳은 김 사장이 제일 싫어하는 경찰이 근무하는 곳이었다.

"어떻게 할까요?"

"이제 됐으니까 일 봐. 내가 알아서 할게." '

김 사장이 하는 말 중에 가장 무서운 말이 알아서 한다는 말이
었다. 어디로 튈지 모르는 상황이 되기 때문에 그는 이 말이 가
장 불안했다.

"그게 알아서 하시면 제가 곤란……."

"뭐?"

"오늘 스케줄도 있고……."

"저녁은 다 취소해."

언제나 이런 식이었다. 오늘 무슨 일이 있을 줄 알고 취소를
하라는 건지. 손 비서는 미치고 팔짝 뛸 판이었다.

"오늘, 장관님과 한 달 전부터 저녁 약속이……."

"미뤄."

"네."

이제 그쪽에서 거절하면 끝인데 손 비서의 얼굴이 노랗게 변
했다. 아무래도 여기서 더 있다가는 제명에 못 죽을 것 같았다.

다이는 조 선배와 함께 사회부 사건팀의 특별 취재를 맡았다.
이건 보통 베테랑들이 하는 일인데 특별히 그녀에게 기회가 주

어졌다. 이건 다 그녀의 놀라운 작문 실력 때문이었다. 신입이지만 기사를 쓰는 그녀의 감각을 다들 인정해 주었다.

덕분에 부장의 칭찬은 요즘 다 그녀의 몫이었다. 그래서 사건팀의 베테랑 중의 베테랑과 함께 일할 기회를 준 것이었다. 사실 조 선배는 사건은 잘 찾는데 기사가 유려하지 못했다. 그래서 그녀를 붙여 준 것이었다.

"안녕하십니까?"

조 선배가 대호 오빠에게 인사를 했다. 아직 그들의 관계를 모르는 선배였다.

"네."

오빠는 떨떠름한 표정이었다. 이번 사건은 워낙 잔인해서 그녀가 맡는 게 싫은 모양이었다. 대호 오빠는 그녀가 좋은 것만 보고 살기를 바라는 사람이어서 처음에 기자를 한다고 했을 때 반대했었다.

"토막 살인 사건에 대한 기사를 쓰려고 하는데 자료를 좀 볼 수 있을까 해서요."

박카스 한 통을 쓰윽 내밀며 조 선배가 말했다.

"그게 좀……."

오빠가 슬쩍 뺐다. 그게 다 그녀 때문이란 걸 다이도 알았다.

"오빠!"

속에서 천불이 난 다이가 버럭 소리를 질렀다. 놀란 조 선배가 그들을 번갈아 가며 보고 있었다.

"진짜 이럴 거야?"

속이 터져서 가만히 있을 수가 없었다.

"잔인한 사건이야."

"그럼 기자가 고상한 사건만 써? 그럼, 오빠는 왜 살인 사건을 맡아? 고상한 사건만 맡지."

조 선배가 고개를 끄덕였다.

"넌 안 돼."

"그럼, 기자 그만둬?"

"한다이……."

"왜!"

둘 다 한 치의 양보도 없었다. 조 선배는 둘 사이에 끼어서 안절부절못하는 상황이었다.

"좀 도와주라. 오빠 좋다는 게 뭐야?"

"친오빠야?"

"네."

"네!"

둘이 동시에 답하자 조 선배가 바로 꼬리를 내렸다. 친오빠는 아니지만, 친오빠 같은 존재가 대호였다. 대호가 씩씩거리더니 서류 한 박스를 그들의 책상 위에 놓았다.

"됐어? 사지 절단된 사진들이 그렇게 보고 싶어?"

대호 오빠는 씩씩거리며 잔인한 사진들을 박스에서 꺼내 책상 위로 하나씩 펼쳐 보여 주었다.

"범인을 찾아야지."

다이는 불타는 의지를 보여 주었다.

"벌써 다섯 명이야."

"알아, 우리도 도울게."

"방해나 하지 마."

오빠가 화를 내며 나가 버렸다.

"정말 친오빠야?"

"보육원에서 같이 컸어요. 친오빠나 마찬가지예요."

조 선배가 어깨를 으쓱이며 사진을 검토했다. 다섯 번째 시신은 다른 시신들하고 다르게 몸의 팔은 못 찾은 상황이었다.

"키는 165cm, 몸무게는 54kg이고 나이는 20대 중반, 손가락의 지문을 없애는 게 수법인데 이 시신은 손이 없으니……."

"그런데 선배 궁금한 게 있어요. 손이 없는데 어떻게 시신의 몸무게가 나와요?"

"그건 보통 몸통이 몸무게의 반이라고 가정하에 다른 곳의 무게를 계산해서 더하는 거야. 팔의 경우는 10% 정도로 계산하는 거 같더라고."

"법의학자 같아요."

"너도 살인 사건 몇 개 하면 법의학자도 경찰도 될걸?"

"이 사진을 보니 별로 그러고 싶지는 않네요."

"사진 때문에 하기 싫은 게 아니라, 나중에 가면 그렇게 살인을 하게 된 동기 때문에 취재하기 싫어질 거야. 재미로 이러는 놈들도 있거든."

끔찍했다. 다이가 어릴 때부터 기자를 꿈꿔 온 이유는 단 하나였다. 정의의 실현을 꿈꿨기 때문이었다. 경찰이나 검찰은 할 수 없는 일을 기자들은 한다는 생각을 가진 건 중학교 때였다. 보육원이 건설업체 때문에 문을 닫기 일보 직전이었던 일이 있었다. 대호 오빠도 힘을 써 주었고 보육원 출신의 검사도 힘을 실어 줬지만 그게 잘 안 되었다.

급기야 원장님이 철거업체 용역원들에게 두들겨 맞기도 했었다. 이 아이들은 그럼 어디로 가야 하냐고 울부짖던 원장님의 사진과 함께 민국일보 기자가 그 기사를 실어 주었다. 그게 계기로

건설업체가 다른 곳에 보육원을 지어 주었고 땅도 기증받은 일이 있었다.

여론의 힘은 무서웠고 그녀는 그 힘이 기자의 손에서 나온다고 굳게 믿었다.

"보기 힘들지?"

조 선배가 걱정스러운 표정으로 물었다.

"아뇨, 잠깐 다른 생각을 좀 했어요."

"무슨 생각?"

"기자들의 힘에 관한 생각이요. 여론이라는 게 참 무섭잖아요? 그럼 그걸 만들어 낼 수 있는 미디어의 힘이 어디까지일까? 생각했어요."

"그런 건 논문에 쓰기로 하고, 우선은 사건에 집중합시다."

"네, 그럼 제가 사건 일지를 정리할까요?"

"좋지."

조 선배도 그녀의 글 실력을 잘 알고 있었다. 그래서 선뜻 같이하자고 한 것이었다. 경찰서에서 한참 자료를 찾다가 보니 시간 가는 줄도 모르고 있었다. 서류를 거의 다 보고 나니 8시가 넘은 시간이었다.

"안 가?"

언제 들어왔는지 취조실에 들어온 대호가 다이에게 물었다.

"가야지."

하지만 눈은 아직 서류에 있었다.

"같이 나가자."

"응."

선배와 인사를 하고 다이는 대호와 경찰서 앞에서 실랑이 중이었다.

"집에 가."

"너 데려다주고 갈게."

"아니야, 이러니까 세현이가 질투하지."

"그런가?"

"요즘 그래도 둘 사이 보기 좋아."

오빠와 세현이 사이가 눈에 띄게 닭살스러워졌다. 다이는 세현의 승리라고 생각했다. 고지식하고 하나밖에 모르는 오빠를 세현이가 잡은 것 같았다.

"난 택시 타고 갈게."

"알았어."

대호가 다이를 다정하게 안아 주었다.

"이러니까 오해하는 거야."

"내가 내 동생 안지도 못해."

"하긴."

오빠가 다이의 머리를 쓰다듬어 주었다.

"강아지 같아. 우리 다이."

"내 남자 친구가 여동생한테 이러면 벌써 내 손에 죽었어."

"알았다."

대호와 헤어진 다이는 택시를 타기 위해 큰길 쪽으로 가다가 낯익은 차 한 대를 보았다.

"설마……."

언제나 설마가 사람을 잡는 법이었다.

"왜 하필, 여기에?"

다이는 방향을 돌렸지만 늦었다.

"한다이!"

김 사장의 목소리였다. 다이는 몸을 다시 돌려 그에게 미소 지었다.

"네, 사장님."

최대한 아무렇지 않은 척해야겠다고 생각했다.

"……."

그가 험악한 표정으로 그녀에게 다가왔다.

"한대호와 무슨 관계지?"

"오빠요?"

"고아라고 하지 않았나?"

"맞아요……. 악!"

갑자기 그가 다이의 손을 잡고 자신의 차까지 끌고 갔다.

"뭐 하는 거예요?"

"확인."

"무슨 확인이요?"

처음으로 그의 차에 탔다. 검은색 리무진은 그들이 타자마자 운전석과 차단막이 올라갔다. 행선지를 말하지도 않았는데 차가 출발했다.

"어디로 가는 거예요?"

"우리 집."

우리 집이란 뉘앙스가 좀 이상했다.

"무슨 일인데 이러는 거예요?"

"내가 찾을 거란 생각 안 했나?"

"……안 했어요. 그냥 이러다가 말겠지, 하고 생각했으니까."

"이러다가 말겠지?"

"네."

다이는 단호하게 말했다. 이 남자와 두 번 다시 엮이고 싶지 않았다. 아무리 이 남자를 사랑한다고 해도 말이다.

"도망치지 말았어야 했어. 우리가 나누었던 건 아무것도 아니었나?"

"네, 아무것도 아니었어요. 우리가 한 건 단순한 섹스, 그 이상도 이하도 아니니까."

"아무런 감정도 없다?"

"네……. 읍!"

그가 갑자기 입술을 겹쳐 왔다. 너무 강하게 밀어붙이는 통에 그녀는 좌석의 끝까지 밀려났다. 그의 거침없는 입맞춤이 그녀가 묻어 두려고 애쓴 감각을 불러일으키고 있었다. 그의 손이 무자비하게 그녀의 가슴을 만지고 그의 혀는 다이의 입안을 점령했다.

입안의 돌기 하나하나를 다 세는 느낌이었다. 처음엔 거칠던 그의 키스가 점차 부드러워졌다. 다이도 그의 이런 키스가 그리웠다. 저도 모르게 그의 목에 팔을 감고 그에게 키스를 되돌렸다.

몇 개월이 지나도 그의 키스는 잊을 수가 없었다. 가끔 꿈에 그가 나타나 그녀의 몸을 어루만지던 기억이 떠올랐다. 그의 손이 그녀의 스웨터 안으로 들어왔다. 추운 겨울이라서 그런 건지 아니면 그가 얼음처럼 차가운 남자라서 그런 건지, 그의 차가운 손이 들어오자 온몸에 소름이 돋았다.

하지만 그는 아랑곳하지 않고 그녀의 가슴을 만졌다.

"잘못된 게 아니었어."

알아듣지 못할 소리로 그가 중얼거렸다. 하지만 다이는 정신을 차릴 수 없을 정도의 맹공에 그의 말은 잊어버렸다. 차 안인데 그는 점점 더 대담해졌다. 그녀의 스웨터를 가슴 위까지 올이고 브래지어도 올려 버렸다. 그녀의 맨가슴이 그대로 드러났다.

다이가 옷을 내리려고 하자 그가 다이의 양손을 머리 위로 올려 한 손으로 잡았다. 그리고는 그녀의 가슴을 빨기 시작했다. 흥분으로 인해 단단해진 유두가 아파졌다. 오랜만의 섹스라서 그런지 미칠 것 같은 흥분이 몰려와서 그녀의 팬티도 흥건하게 젖어 버렸다.

츄읍 츄읍ㅡ

그가 할짝거리는 소리가 귓가를 울렸다. 운전기사가 듣기라도 하면 어쩌지라는 생각도 잠시, 밖에 서 있는 차 안의 사람들이 보였다.

"하아…… 사람들이……"

"안 보여."

"보인다고요."

하지만 그는 막무가내였다. 그의 입술은 그녀의 연분홍 유두를 빨아들이고 그의 손은 이미 그녀의 팬티 안에 들어가 있었다.

"아흐……."

질척이는 소리가 차 안을 울렸다. 처음엔 부끄러웠지만, 지금은 흥분으로 인해 부끄러운지도 몰랐다. 그는 다이의 허벅지를 자신의 앞으로 끌어당겨 그녀의 바지 버클을 풀었다.

"그만, 더는 안 돼요."

하지만 그건 그녀의 바람이었다. 그는 멈출 마음이 없었다. 그는 바지와 팬티를 무릎 아래까지 내리고 그녀의 여성에 입을 맞추었다.

"제발……."

"여기서 안 가져."

"그럼……."

"오늘 우리 집으로 갈 거야."

"김 사장님!"

"누구는 오빠고 누구는 사장님인가?"

그가 이상한 소리를 했다. 당연히 그는 사장님이었고 대호 오빠는 친오빠와 마찬가지니까…….

"오빠를 어떻게 알죠?"

"세현이의 남자 친구니까."

"네? 세현이는 어떻게 알아요?"

"내 동생을 내가 모르면 되나? 아 참, 세현이가 말하지 말라고 했는데……."

세현은 그동안 그녀가 어디에 있는지 김 사장에게 말하지 않은 것 같았다. 의리 있는 친구였다. 아니, 그렇다면 세현이 민국일보의 손녀라는 소리인가? 기가 막힐 노릇이었다.

"그런데 왜 그 자식은 포옹하는 거지?"

"오빠니까."

"뭐?"

갑자기 그가 화를 냈다. 마치 질투를 하는 것 같았다. 그럴 리는 없지만 말이다.

"저한테 왜 이러시는 거예요?"

다이가 옷을 입으며 말했다.

"확인해야 했어."

"네?"

"아니 오늘 확인할 거야."

"뭘요?"

"우리의 섹스가 좋은지."

무슨 말을 하는지 언뜻 이해가 되지는 않았지만, 그가 말하는 건 집에 가서 그녀와 섹스를 하겠다는 말이었다.

"전 싫은데요."

"아니, 오늘만 확인하면 돼."

"뭘요."

"우리의 섹스는 분명히 형편없을 거야."

방금 그렇게 좋아서 날뛸 때는 언제고 기가 막혔다.

"안 좋을 거예요."

그녀가 비아냥거렸다. 도통 말이 되는 소리를 해야 받아 주는데 이건 정말 영 아니었다.

"난 심각해."

"저도 심각해요."

"그러니 한 번만 참아. 분명히 안 좋을 테니까."

"안 좋으면 놔줄 건가요?"

"응."

대답은 아주 간단해서 좋았다. 안 좋을 것이다. 왜냐면 그녀가 반응하지 않을 테니까. 이렇게 단단히 마음을 먹고 그의 빌라에 도착했다.

디리릭!

비밀번호는 그의 말처럼 그때와 같았다. 문이 열리자마자 그가 다이의 손을 잡고는 소파까지 끌고 갔다. 여전히 갤러리처럼 예술 작품만 있는 집이었다. 그는 그녀를 소파 앞에 세우고 마주 보았다.

그의 손끝이 떨리는 게 느껴졌다.

"10분."

"뭐가?"

"내가 집에 가는 시간이요. 10분이면 우리가 서로에게 얼마나 매력을 못 느끼는지 알 수 있을 거예요."

다이가 오기를 부렸다. 하지만 10분은 그의 키스를 참아 낼 수 있을 것 같았다.

"좋아, 나도 그렇게 되길 바라는 마음이야."

그도 진지했다. 그리고 그가 다가왔다. 눈빛은 욕망을 가득 담고 있었고 얼굴은 굳어 있었다. 다이가 한 발 앞으로 나가 그와 마주 섰다.

"키스만 하는 건가요?"

"아니."

"키스만 해요. 그걸로 충분하잖아요."

"키스는 아까 차에서 했고, 실패야."

그건 그가 감정이 있다는 말이나 마찬가지였다.

"오늘은 섹스할 거야."

"그럼, 10분이……. 읍!"

그가 다이의 허리를 끌어당기더니 갑자기 키스하기 시작했다.

"으으읍!"

차에서 한 키스와는 비교가 되지 않는 키스였다. 그의 혀가 거침없이 들어와 입안을 휘저었고 그의 손은 어느새 가슴을 감싸 쥐고는 주물렀다.

"하아."

몸을 관통하는 쾌감이 다이를 못살게 굴었다. 다이는 저도 모르게 그의 목에 팔을 두르고 발꿈치를 들고는 키스하기 시작했다. 서로의 혀를 빨아들이며 그들은 그동안 참았던 욕망을 터트려 버렸다.

다이의 스웨터는 어느새 벗겨져 바닥에 아무렇게나 던져졌고 그건 브래지어도 마찬가지였다. 그가 다이의 가슴을 빨아들이며 짐승처럼 으르렁거렸다. 김 사장이 무릎을 꿇고 앉아 그녀의 바지와 팬티를 단번에 벗겨 버렸다.

다이는 저도 모르게 내려온 바지와 속옷을 발로 차 버렸다. 그녀는 완벽한 나신이 되었다. 김 사장은 그런 다이의 모습에 넋을 잃어버렸다. 그의 입술이 그녀의 여성을 삼켰다.

"아악!"

놀란 다이가 비명을 질렀지만, 소용이 없었다. 그의 혀는 검은 숲을 가르고 들어와 클리토리스를 자극하기 시작했다. 그러자 다이는 다리의 힘이 풀려 중심을 잡기 힘들어 소파에 그대로 주저앉았다. 그때 그가 다이를 내려다보며 갑자기 자신의 옷을 빠르게 벗어 버렸다.

"별로죠?"

"허헉, 응."

그가 거친 숨을 몰아쉬며 그들의 섹스가 별로라고 말했다. 하지만 그의 페니스는 너무 흥분해 있었다.

"다이는?"

그가 다이 앞으로 한걸음 다가왔다. 다이의 눈에는 지금 그의 거대한 페니스만 보였다. 이렇게 밝은 곳에서 보니 그의 페니스의 힘줄까지 보였다. 두렵기보다는 지금은 그의 것이 그리웠다.

"하아, 저도 별로예요."

마음에도 없는 소리를 하며 그녀의 손이 그의 허벅지를 쓸어

내렸다. 그리고는 그의 페니스를 움켜잡았다. 정말 거대한 대물이었다. 다이는 무릎을 꿇고 앉아 그의 페니스를 입에 넣었다.

"흡!"

그리고 강하게 빨아들였다. 오늘은 진심으로 하고 싶었다. 어쩌면 이게 정말 마지막일지도 몰랐다. 이제는 누구와 섹스를 하더라도 그를 기억할 것 같았다. 완벽한 섹스 파트너로 말이다.

그녀는 혀로 그의 페니스를 핥기도 하고 강하게 빨아들이기도 하면서 그의 반응을 살폈다. 그는 지금 완벽하게 흥분한 상황이었다.

"으으읍."

그가 다이의 머리카락에 손을 넣어 더 깊게 자신의 페니스를 빨게 했다.

츄읍 츄읍—

음란한 소리가 거실을 울렸지만 둘 다 신경 쓰지 않았다.

"이건 아니야……."

그가 인상을 쓰며 말했다. 뭐가 아니란 걸까? 그가 다이를 안아 들었다.

"이렇게 좋을 리가 없어."

"……."

다이를 가볍게 안아 든 그가 빠르게 침실로 향했다. 그리고는
침대 위로 같이 쓰러졌다.

"별로라면서요?"

다이가 웃으며 물었다.

"별로야."

"읍!"

그가 입술을 거칠게 부딪치며 그녀에게 키스했다.

"10분 후에 간다고?"

"네."

다이도 지지 않았다. 10분이 지난 지는 오래된 것 같았다. 하
지만 그들의 불꽃은 시들지 않았다. 그의 손이 그녀의 엉덩이를
거칠게 감싸며 끌어당기자 그의 페니스와 그녀의 여성이 닿았
다. 그는 극도로 흥분한 상태인 것 같았다.

짙어진 눈이 그녀를 잡아먹을 듯이 바라보았다.

"넌 떠나지 말았어야 했어."

"아뇨, 난 누군가의 정부는 되기 싫어요."

그녀는 이렇게 말하며 그의 입술을 삼켰다. 지금은 다이도 그
를 미친 듯이 원했다. 그가 다이의 다리를 벌리고 자리를 잡았
다. 그리고 한 번의 동작으로 자신의 페니스를 그녀 안에 밀어

넣었다.

그도 오늘은 여유가 없는 것 같았다.

"윽!"

그의 신음이 자극적으로 들렸다. 그녀의 아래에선 샘물이 터지듯이 애액이 흘러내렸다. 그만큼 그를 기다렸다는 뜻이었다. 그녀의 입보다 몸이 더 솔직한 순간이었다.

"아직도 별로인가?"

"헉헉, 별로……. 아아악!"

그는 벌을 내리듯이 그녀의 안으로 파고들었다. 고통과 쾌락이 뒤섞인 순간이었다. 그는 속도를 더 높이며 마지막을 향해 달렸다. 다이도 그의 엉덩이를 움켜쥐며 절정을 향해 허리를 흔들었다.

"아아악!"

"윽!"

그는 자신의 분신을 다이 안에 쏟아 내며 그대로 무너져 내렸다.

5. 나와 그의 거리

Rrrrrrr—

알람 소리에 몸이 자동으로 반응했다. 이게 다 빌어먹을 수습 기간 때문이었다. 사람은 환경의 동물이란 걸 몸소 입증하고 있었다. 수습기자 생활에 어찌나 최적화되었는지 처음엔 4시 30분이면 저절로 눈이 떠졌다.

지금도 6시면 눈이 떠지긴 하지만 말이다.

"으으음……."

자동으로 신음이 나오고 몸을 일으켜 요가 아기 자세로 5초 스트레칭을 한 다음, 몽유병 환자처럼 욕실로 향하는 게 기본이었다. 하지만 오늘은 달랐다. 순간 어제의 영상이 영화처럼 지나갔다.

어제 그녀는 이 집에서 동물의 왕국 짝짓기 편을 찍었다. 이 집 구석구석 안 돌아다닌 곳이 없을 정도로 둘은 새벽이 될 때까지 지치지 않고 섹스를 했다. 술 취한 다음 날 주사를 부렸던 게 기억이 나는 것처럼 다이는 어제의 기억이 단편적으로 떠올랐다.

최악이었다. 이건 완전히 이불 킥 각이었다.

그리고 더 최악인 건 그녀의 뒤에서 거머리처럼 달라붙어 있는 남자가 마치 브래지어인 양 그녀의 가슴을 손으로 감싸고 있다는 것이었다.

"으으음, 일어났어?"

다이의 목에 자연스럽게 입을 맞추는 남자는 어제 동물의 왕국의 파트너였다.

"아마도요."

침착해지려 노력하며 그의 손을 가슴에서 뗐다.

"몇 시지?"

"6시쯤……."

그가 자리에서 벌떡 일어났다. 준비하고 나갈 모양이었다.

“씻어야 하지 않을까?”

“먼저 씻으세요.”

“그럴 시간이 없을 것 같은데?”

그가 다이의 손을 잡고 욕실로 들어갔다. 그는 밤새 자란 수염을 면도 중이었고 다이는 욕실에서 샤워했다. 이게 무슨 상황인지 도통 정신을 차릴 수가 없었다. 마치 신혼부부가 출근 준비를 하는 것 같아 기분이 이상했다.

그가 샤워를 끝내기 전에 다이는 옷을 빠르게 입고 집에 들렀다가 출근할 생각이었다. 그런데 그녀의 옷이 말썽이었다. 옷이 어디로 갔는지 아무리 찾아도 안 보였기 때문이다. 오늘은 아무래도 그의 옷을 빌려서 입고 가야 할 판이었다.

때마침 그가 욕실에서 나왔다. 쓸데없이 완벽한 바디 라인을 자랑하며 수건으로 머리를 털면서 나오는 그는 아무것도 입지 않고 있었다.

“제 옷이 모두 사라졌네요.”

다이가 최대한 아무렇지 않게 그녀 앞에 서 있는 그를 보며 물었다.

“버렸어.”

이게 말인지 막걸린지…….

"네?"

귀를 의심하지 않을 수 없었다.

"뭘 했다고요?"

"또다시 몰래 도망칠까 봐 버렸어."

"그럼 전 뭘 입고 출근을 해야 할까요? 이렇게 출근하면 얼어 죽을 것 같은데?"

그녀는 눈이 내리는 창문을 가리키며 말했다. 다이는 수건으로 주요 부위만 가리고 있었다. 물론 그는 그런 그녀를 눈으로 즐기고 있었지만 말이다.

"그런 모습을 다른 놈들이 보는 건 용서가 안 되지."

"그럼 옷을 좀 빌려주시든지요."

"드레스룸에 예전에 주려고 사 둔 옷 있어."

그의 드레스룸은 몇 달 전에 하루가 멀다 하고 치웠기 때문에 잘 알았다. 거기엔 정말 포장도 뜯지 않은 옷이 있었다. 그때는 여름이라서 여름옷만 있을 줄 알았는데 옷이 한두 벌이 아니었다. 쇼핑백에 쓰인 브랜드의 이름을 보고 다이는 놀랐다.

"친구가 디자이너로 있는 곳이야."

"친구가 셀린느에 있어요?"

"응."

그는 아무렇지 않게 이야기하며 속옷을 꺼내 입었다.

"세현이 입고 있던 그 옷도 사 준 거예요?"

그가 고개를 끄덕이며 눈처럼 하얀 와이셔츠를 꺼내 입고 넥타이도 맸다.

"천만 원짜리를?"

"가격은 생각하지 말고 입어. 이건 선물이니까."

"이거 입고 가면 단번에 알아볼 사람이 있어요."

"다행이군, 옷의 가치를 안다는 건 중요하니까."

그의 말은 틀린 것이 없었지만 그래도 생각하면 화가 나는 말만 골라서 하는 중이었다.

"전 5천 원짜리 티셔츠를 입어요."

너무 비싼 옷은 부담스러웠다. 그렇다고 싼 옷도 그에게 받을 이유는 없었다. 하지만 지금은 아주 특별한 상황이었다. 어떤 얼빠진 인간이 그녀의 옷을 버렸기 때문이었다.

"난 50만 원짜리 티셔츠를 입고."

"너무 과하다는 말을 하는 거예요."

"난 다이가 사 준 5천 원짜리 티셔츠를 기쁘게 입을 수 있어. 그러니 다이도 내가 사 준 50만 원짜리 티셔츠를 기쁘게 입어."

그와 그녀의 차이였다. 이건 극복할 수 없는 묘한 거리였다.

그의 말이 틀린 건 아니지만 그건 상대적이었다.

"잘 입을게요. 오늘은 선택의 여지가 없으니까요."

"고마워."

그가 피식 웃으면서 말했다. 대충 계절에 맞는 의상으로 골랐다. 이렇게 비싼 옷을 입은 적은 단 한 번도 없었지만, 확실히 비싼 옷이라서 그런지 몸에 착 감기기는 했다. 한겨울에 입을 옷은 아닌 것 같았지만 모직 소재의 원피스와 코트를 걸친 그녀는 머리를 업스타일로 했다.

그가 사 준 옷들은 모두가 치마였다.

"왜 바지는 없어요?"

"다리가 예쁘니까."

"네?"

"가리기 아까운 다리야."

그는 아무렇지 않게 얘기했지만 이제 다이는 치마만 입게 생겼다는 생각을 했다.

그렇게 둘은 함께 차를 타고 출근했다.

"저기 이렇게 같이 가는 건 좀 아닌 것 같은데요."

"이렇게 출근하는 게 맞아."

알 수 없는 말을 하는 김 사장이었지만 지금 솔직하게 피곤한

다이는 더는 말하고 싶지 않았다. 조금이라도 잘 기회가 생겼으니 그녀는 눈을 감았다. 김범후는 정말 사람이 아닌 짐승 같았다. 격하게 레슬링을 한 것처럼 온몸이 쑤시고 아팠다. 특히 아랫부분은 홧홧한 느낌이었다. 그녀는 이렇게 아픈데 그는 멀쩡했다.

"다 왔어."

눈을 떴을 때 그녀는 그의 어깨에 기대 잠을 자고 있었다. 남자의 어깨가 이렇게 편안한지 예전엔 미처 몰랐었다.

"죄송해요."

그는 그저 피식 웃을 뿐이었다.

"전 여기서 내려 주세요."

회사에 들어가기 전에 내려야겠다는 생각이었다.

"그러지."

의외로 그도 그녀를 쉽게 내려 주었다. 사원들에게 들키기는 싫은 모양이었다. 다이는 사람들 틈에 끼어 출근할 수 있게 되었다. 사회부 기자실에 들어서자 사람들이 모두 그녀를 보고 있었다. 오늘 미운 오리 새끼가 명품을 만나 백조가 된 순간이었다.

"다이야."

혜련이 놀란 눈으로 그녀에게 왔다. 그녀의 옷을 만지면서 감탄의 표정을 지었다.

"왜?"

"이 옷은 뭐야?"

"그냥……."

"그냥이 셀린느야? 너희들 짰어?"

지난번 세현의 옷도 셀린느였기 때문에 하는 말이었다. 세현과 다이 모두 한 남자가 사 줬다는 걸 알면 기절할 것 같아 더는 말을 하지 않았다.

"아니."

다이는 괜히 얼버무리며 자리로 돌아갔다. 더 말을 했다가는 괜히 말꼬리가 잡힐 것 같았기 때문이었다.

"너 치마 안 입잖아?"

"어쩌다가 보니 남의 옷 좀 빌려 입었다. 돌려줄 옷이야."

"그래?"

혜련이 궁금해서 이것저것 물어보려는 찰나에 조 선배가 그녀를 불렀다.

"오늘도 양천 경찰서에 가야 해."

조 선배가 힐끗 혜련을 보고는 다시 고개를 돌려 그녀를 보았다. 단정한 디자인의 옷인데 평소 그녀가 입는 캐쥬얼한 옷이 아니라서 모두 다르게 보는 것 같았다.

"네, 선배님."

"오늘따라 왜 이렇게 달라 보여?"

조 선배도 놀란 눈으로 그녀를 보며 말했다.

"안 입던 치마를 입었더니 그러네요. 매일 입어야 다들 조용할 것 같아요."

"잘 어울려."

선배도 씩 웃으며 한마디 했다.

"무한한 관심에 미칠 것 같아요. 가시죠."

그녀는 이렇게 말하고는 조 선배보다 앞장서서 걸었다. 오늘도 그 끔찍한 사건이라니. 아무래도 점심은 못 먹을 것 같다.

양천 경찰서에 도착한 다이는 조 선배와 대호 오빠와 함께 사건 파일을 다시 한 번 점검했다.

"왜 토막을 냈을까요?"

"운반하기 편하니까."

조 선배는 간결하게 말했다.

"그런데 이상한 게, 왜 세 명은 절단면이 깔끔한데 두 명은 달라요?"

그녀가 사진을 들어 보이며 말했다.

"그래서 우리도 사용한 도구가 다르다는 결론을 내렸어. 그리고 공범이 있을 확률에 무게를 두고 있지. 아니면 둘이 경쟁을 했을 수도 있고. 사진을 보면 1, 3, 5번의 절단면이 같고 2, 4번의 절단면이 같거든."

오빠의 말을 듣고 보니 그랬다.

"그럼 같이 죽이고 절단은 번갈아 가면서 했든지, 아니면 범인 자체가 다르다는 말이네요?"

"그런데 둘이 함께라는 결정적인 증거는 시체를 운반한 것 때문에 알 수 있었어. 이렇게 절단을 해서 운반할 때는 보통 바퀴 달린 여행 가방을 쓰지. 하지만 이 사건들은 모두 커다란 이불에 둘둘 말려서 밧줄로 묶여 있었거든. 그렇게 되면 양쪽에서 들지 않으면 운반이 어려워."

다이가 이상하게 생각하는 건 어차피 절단했으면 부위별로 버리면 편한데 절단하고 다시 다 모아서 한꺼번에 버렸다는 것이었다.

"이해가 안 돼요. 따로 버리면 되는데 왜 굳이 같이 이불에 말아서 버렸을까요?"

"그러니까 미친놈이지."

사람을 죽인다는 건 미치지 않고서는 힘이 들었다.

"이놈은 미치지 않았어. 이 모든 과정을 아주 침착하게 처리했지."

대호 오빠의 말에 다이는 몸을 부르르 떨었다. 소름이 돋았다.

"성폭행은 없었나요?"

"성폭행의 흔적은 있지만, 타액이나 정액이 없어. 완전히 깨끗해."

"두 명 이상의 변태들이다?"

다이는 열심히 사건 일지를 쓰기 시작했다. 이건 범인의 시선에서 바라봐야 할 것 같았다. 무슨 외국 드라마 수사물도 아니고. 다이에게는 현실감이 좀 떨어지는 사건이었다.

"그런데 오늘 다이 너, 의상이 꼭 세현이 느낌이 난다?"

"왜 이상해?"

"아니, 예뻐. 그런데 너 같아 보이진 않아."

"나도 좀 어색해."

그녀는 이렇게 말하며 사건 일지를 정리하고 기사를 작성하기 시작했다. 대호는 일을 보기 위해 나갔고 다이와 조 선배는 자료를 계속해서 살폈다.

"그래도 한 기자 오빠 덕분에 일이 쉽게 끝나겠어."

"그런가요?"

"누가 이렇게 취조실까지 내주면서 기사에 도움을 주겠어. 자료 받기도 힘들었을 텐데."

"그러네요."

"나중에 반장님께 술 한잔 산다고 말해."

다이는 선배에게 알겠다고 답했다. 하지만 대호는 술, 담배를 하지 않았다. 자신을 버린 아버지가 알코올 중독자였기 때문이라고 들었다. 굳이 조 선배에게 오빠에 대해 다 말할 필요는 없기 때문에 다이는 입을 다물었다.

"하아……."

어제 잠을 제대로 못 자서 계속해서 하품이 터져 나오고 있었다. 다이는 이를 악물며 버텼다. 시간은 흐르고 언젠가는 퇴근 시간이 오기 마련이기 때문이었다.

"도대체 어제 뭘 했기에 오늘 하품의 연속이야?"

조 선배가 한마디 했다. 오늘 그녀는 하품을 너무 많이 했기 때문에 싫은 소리를 그대로 들어야 했다.

"죄송합니다."

"죄송할 건 없지만, 그래도 몸 생각하면서 해."

"네."

다이는 정신을 차리려고 애를 쓰며 일에 몰두했다.

늦은 저녁, 경찰서 앞으로 세현이 찾아왔다. 대호 오빠를 보기 위해 온 줄 알았는데 그게 아니었다. 그녀를 만나기 위해 온 것이었다.

"추운데 어쩐 일이야?"

다이의 옷차림을 훑어본 세현의 표정이 좋지 않았다. 무슨 일이 있는 걸까?

"나, 할 말이 있어서."

싸한 분위기에 솔직하게 다이는 당황했다. 세현은 부드러운 성격은 아니었지만 차갑지는 않았다. 그런데 오늘은 굉장히 차가웠다.

"나한테?"

"응."

"오빠도 부를까?"

세현이는 워낙 오빠를 좋아하니까 이런 분위기에선 오빠가 있는 게 나을 것 같다는 생각이 들었다.

"아니, 내가 여기에 온 거 몰라."

오빠에게까지 비밀로 하고 오다니 이상했다. 그들은 경찰서 근처의 작은 커피숍으로 향했다.

"무슨 일이야?"

"……."

세현은 한숨을 쉬었다. 무슨 큰일이 있는 모양이었다.

"단도직입적으로 말할게."

목소리가 무슨 빚쟁이처럼 차가웠다.

"말해."

"우리 오빠랑 안 만나면 안 돼?"

순간 그 오빠가 대호 오빠인지 김 사장인지 헷갈렸다. 하지만 여기서 대호 오빠는 아닐 테니 분명 김 사장을 말하는 것이었다. 어떻게 알았을까?

"어?"

갑작스러운 세현의 말에 다이는 놀랐다. 세현이 그녀가 범후와 만나는 거에 반대할 거라고는 생각지도 못했다. 물론 김 사장을 만난다는 건 아니었지만 친한 친구를 통해서 이런 말을 들으니 기분이 아주 이상했다.

"……."

"나 대호 오빠하고 결혼하고 싶어. 그런데 할아버지의 반대가 아주 심하셔. 거기에 너까지 오빠와 결혼 이야기가 오간다면……. 난 정말 불행해질 것 같아."

세현의 마음도 이해는 갔다.

"우린 아직 시작도 안 했어. 그리고 내가 김 사장님을 알게 된 건 너 때문이잖아."

"난 우리 오빠가 재벌가 딸들하고만 만나서 걱정 같은 거 안 했어."

"……."

친구지만 이건 그녀를 무시하는 말이었다.

"세현아……."

"너도 내가 대호 오빠를 얼마나 사랑하는지 알지?"

"알아."

"그렇다면 날 불안하게 만들지 말아 줘."

세현의 말이 이해는 갔다.

"대호 오빠가 이 사실을 알게 되면 아마 날 포기할 거야. 그러니까 비밀로 해 줘."

세현이 까칠하기는 했지만 이렇게 차가운 아이는 아니었다.

"너 왜 이러는 거야? 네가 이런 말 하지 않아도 난 김 사장님과 결혼 같은 건 생각해 보지도 않았어."

"사람 마음은 다른 거야. 범후 오빠 같은 사람이 좋아한다고 하면 흔들리지 않을 여자는 없어."

그건 세현의 말이 맞았다. 그녀도 범후를 사랑하고 있었다. 언제 그렇게 된 건지 모르지만 그를 곁에서 보는 내내 마음이 아팠다. 그래서 닫힌 마음을 열었고 그와 섹스도 했다. 하지만 김 범후란 사람은 그녀가 감당할 수 없는 사람이라는 것도 알았다.

　"걱정하지 마."

　"너만 믿을게."

　"한 가지, 물어봐도 돼?"

　세현에게 궁금한 것이 있었다.

　"왜 숨긴 거야? 네가 민국일보 김학수 회장의 손녀라는 거 말이야."

　"엄마는 나를 낳자마자 돌아가셨어. 아빠는 충격에 자살하셨지. 그때부터 오빠와 난 할아버지의 집에 들어가서 살게 됐어. 할아버지는 재벌은 다른 삶을 살아야 한다고 생각하는 분이었어."

　세현은 아무렇지 않게 얘기하고 있었지만 듣고 있는 다이는 충격적이었다.

　"엄마는 평범한 집의 딸이었고 아버진 그런 엄마를 너무 사랑해서 할아버지의 뜻을 어기고 집을 나와 살았어. 오빠는 어릴 때 얘기는 안 하지만 아마 그때가 가장 행복했던 때일 거야. 난 그런 걸 한 번도 느낀 적은 없고."

"……."

"널 보면서 나와 같다는 생각을 했어. 넌 고아고, 나도 고아였으니까. 그리고 혜련이도 아버지가 안 계시잖아. 난 너희들을 보며 위로받았어. 내가 민국일보의 손녀라고 얘기를 안 한 건 너희들이 날 특별하게 대하는 게 싫었기 때문이야."

세현의 말을 듣고 보니 이해가 갔다.

"난 돈으로 살 수 있는 인간관계는 별로야. 너희들과 친구가 돼서 좋았어. 그러다가 대호 오빠를 만나게 되고 난 오빠를 사랑하게 됐어. 난 절대로 오빠는 포기 못 해."

"난 너와 대호 오빠가 잘됐으면 좋겠어."

"알아, 그래서 부탁하는 거야."

"……알았어."

"난 솔직하게 범후 오빠가 이해가 안 돼. 왜 시은 언니에게 잘해 주지 못한 걸까? 오빠는 할아버지보다 더 야심이 강한 사람이거든."

김 사장이 야심가라는 건 알았다.

"시은 언니는 미스코리아 출신에 태한그룹의 상속녀야. 그런데 왜 잡지 못하고 그렇게 이혼을 한 건지 이해가 안 가."

"넌 그분이 마음에 들었나 봐?"

다이는 기분 나쁘다고 표현했다. 굳이 세현에게 무시당하며 참을 이유는 없었다.

"나는 모르겠지만 오빠는 민국일보의 대를 이을 사람이니까. 아무래도 어울리는 짝을 만나는 게 좋지."

다이는 세현의 편이 되어 주었지만, 세현은 다이의 편이 되어 줄 마음이 없어 보였다. 서운했다.

"알았어, 너의 말뜻 알았으니까 그만 일어나자."

다이가 인상을 쓰며 자리에서 일어났다.

"나도 한 가지만 물어볼게."

"뭔데?"

다이는 서서 세현의 말을 들었다.

"너 대호 오빠 어떻게 생각해?"

"뭐?"

"난 대호 오빠와 네가 오빠, 동생 사이보다도 더 가깝다는 생각이 들어. 누가 남매끼리 포옹하고 그러니?"

오해할 수 있을 거라고 생각했지만 이 정도인 줄은 몰랐었다.

"세현아, 네가 이러는 거 많이 서운하기는 하지만 무슨 뜻인지 알았으니까 이제 그만하자. 이러다가 감정의 골만 깊어지겠어."

"나는 풀자고 말하는 거야."

이건 풀자고 말하는 게 아니었다. 세현이 그녀를 향해서 하는 경고였다. 대호와도 가까이 지내지 말라는 말이었다.

"아니, 나 스트레스 받으라고 하는 말 같아. 미안한데, 나 이만 갈게."

그녀는 먼저 커피숍 밖으로 나왔다. 기분이 우울했다. 이럴 땐 어떻게 해야 할지 몰랐다.

Rrrrrr―

"여보세요?"

[어디냐?]

혜련의 전화였다.

"양서 경찰서 앞이다."

[우리 집 근처군. 이리로 올래? 아니면 내가 나갈까?]

"넌 또 왜?"

[맥주가 고프다.]

"내가 갈게."

혜련의 집은 경찰서 근처였다. 그래서 가끔 대호 오빠와 셋이서 맥주를 마시곤 했다. 그녀는 소주 파였지만 대호 오빠와 혜련이는 맥주 파라서 언제나 맥주를 마시게 되었다.

혜련의 집에 들어가자 집이 아주 난장판이었다.

"압수 수색, 뭐 이런 거 당했냐?"

"아니, 한 달간 못 치운 상태다."

"이해한다."

집에 잠만 자러 들어오니 이 꼴이 되는 것이었다. 매일 새벽같이 출근해서 야근의 연속이었다.

"멋진 기자가 되려면 타고난 체력과 비위를 가져야 할 것 같다."

다이가 코를 막았다. 싱크대에서 음식이 썩는 냄새가 났다.

"내가 지난번에 살인 사건 취재 갔는데 이 냄새하고 비슷한 악취가 났어."

다이가 손으로 코를 잡았다.

"너도 죽기 싫으면 이리로 와."

침실로 그녀를 불러다가 앉혔다. 방 안에 치킨 한 마리와 맥주가 있었다.

"여기는 괜찮냐?"

"응, 빨리 앉아 봐."

혜련은 오늘 종일 부장에게 어떻게 깨졌는지를 구구절절 이야기했다. 내일도 가면 들어야 할 잔소리가 한 바가지는 된다는 말을 하며 울먹였다.

"너는 그 정도냐? 나는 세현이 때문에 죽을 것 같다."

처음으로 세현에 대한 불만을 이야기하는 다이를 혜련이 놀란 눈으로 보았다.

"왜 그러는데?"

"너도 내가 대호 오빠에게 꼬리 치는 걸로 보이니?"

"뭐? 세현이가 그래?"

"조심해 달래."

혜련이 놀란 표정으로 그녀를 보았다.

"완전히 대호 오빠한테 갔구나. 앞뒤 분간도 못 하는 걸 보니까."

"세현이가 민국일보 손녀인 건 알아?"

"……."

혜련이 치킨을 입에 문 채 그녀를 보았다. 충격을 받은 모양이었다.

"그래서 명품으로 머리부터 발끝까지……."

이제야 이해가 간다는 표정이었다.

"그런 걸 말하는 게 아니야."

혜련이 놀라게 될 말은 이제부터였다.

"그럼?"

"세현이가 나한테 몇 개월 전에 아르바이트를 소개해 준 적이 있어."

"그런데?"

"그런데 거기가 세현이 오빠 집이야."

혜련이 치킨을 집어 던지다시피 통에 넣었다.

"그러니까 몇 달 전에 네가 도우미 했다는 그 집? 세현이는 민국일보의 손녀고 세현이의 오빠는 민국일보의 사장이고?"

그녀가 고개를 끄덕였다.

"그러니까 네가 우리 사장님 집의 도우미였다고?"

"맞아."

"복 받은 년, 나도 사장님 집의 도우미 할 수 있는데……."

혜련이 완전 아쉬워했다.

"그럼, 고마워해야지. 돈도 받고 우리 사장님 같은 미남도 공짜로 보고."

언젠가 혜련이 김 사장 집에 식모가 되어 양말이라도 빨아 봤으면 소원이 없겠다고 한 말이 떠올랐다. 혜련은 김 사장을 아이돌쯤으로 생각하는 것 같았다. 아주 팬도 그런 팬이 없었다.

"이쨌든 충격이다. 혜련이가 우리 오너의 손녀라는 게 말이다."

"별로 충격받은 거 같지 않은데?"

"평소에 혜련이가 입고 다니고 메고 다니는 게 일반인들은 상상하기 힘든 제품들이거든. 대충 잘사는 정도로 말하면 재벌급은 된다고 생각했어."

"그랬구나."

"원래 자기중심적인 아이잖아. 무슨 말을 했든 마음에 담아 두지 마. 공주님으로 자란 아이니까."

이게 혜련이의 장점이었다. 너무 깊게 생각 안 하고 쉽게 털어 버리는 게 부러울 따름이었다.

"이게 문제는 아닌 것 같은데?"

뭔가 다른 걸 느끼는 것 같았다. 이건 기자의 촉, 뭐 그런 것이었다.

"뭐가?"

"더 큰 문제가 있는 듯해서?"

혜련이 손가락으로 더듬이 흉내를 냈다.

"눈치 빠르긴."

"네가 셀린느 옷을 입고 왔을 때부터 냄새가 났어."

옷이 날개가 아니라 걸림돌이란 걸 알게 되었다.

"김 사장과…… 조금 가까운 사이야."

"조금이라 함은, 사귀는 건 아니지만 진한 스킨십은 했다. 뭐 이런 시나리온가?"

"맞아."

그녀의 반응에 혜련이 손에 든 치킨을 내려놓았다. 그리고 맥주캔을 들었다.

"거기에 세현이네 어른들이 찾아와서 돈 봉투를 주며 컵의 물을 너의 얼굴에 쏟아 버린, 뭐 그런 막장 드라마의 내용인 거야?"

"아니, 그렇게 소설같진 않고. 있을 만한 정도 선에서……."

"캬!"

혜련이 맥주 한 캔을 단번에 들이켰다.

"내일 기사로 내면 안 되냐? 내 하루살이 인생에 편한 날도 좀 있자."

"오너라서 기사 안 내 줄 거야."

"그렇군."

혜련이 진심으로 아쉬워했다. 이건 기자들의 직업병이었다. 모든 걸 기사화하려 한다는 게 문제였다.

"김 사장님과 어떻게 해 보려는 마음 따위는 없었어. 그냥 자연스럽게 그렇게 됐고 그게 끝이야. 그런데 오늘 세현이가 내 자존심을 긴드렸어."

"그래서 해 보려고?"

"아니, 그냥 기분이 안 좋다고. 그렇다고 내가 김 사장님을 유혹하겠어? 그런 말도 안 되는 짓은 안 해."

"좋아하는구나?"

"……."

오늘따라 혜련은 눈치가 백 단쯤 되는 것 같았다.

"난 내 분수를 알아."

"네가 어때서."

혜련은 의외의 말을 했다.

"세현이가 우리하고 다를 게 뭐 있어? 돈이 조금 많은 거 빼고 다를 게 없어. 그런데 만약에 너를 자기 오빠의 연인으로 반대한다면, 그건 나쁜 년이지. 자기 오빠는 이혼도 했잖아. 안 그래?"

"하지만……."

"하지만 뭐? 좋으면 네 감정에 충실하면 돼. 세현이 같은 애는 신경 쓰지 마. 알고 봤더니 웃기는 구석이 있네."

세현이 재벌이란 것엔 조금도 관심이 없는 혜련이었다.

"우리가 친구가 된 건 서로 부족한 점이 있기 때문이야. 그런데 자기 할아버지가 돈 좀 있다고 그렇게 하면 안 되는 거지."

"너, 뭐 잘못 먹었어?"

"응."

혜련의 대답에 다이는 웃음을 터트렸다.

"난 네 이름이 웃겼어. 그래서 이상하게 끌리더라고. 네가 우리 신입생 대표로 선서할 때, 애들이 뒤에서 웃더라고 다이다이하면 되는 거냐면서."

"내 이름이 좀 그렇지."

"우리 반이 되고 옆에서 보니까 아주 진국이더라고. 그래서 너와 평생 친구 하기로 한 거고."

"너 혼자?"

"응. 세현이는 너랑 친하니까. 그냥 친한 거고. 세현이와 넌 결이 좀 다르지."

혜련의 말이 고맙게 느껴졌다. 왠지 편들어 주는 느낌이라서 좋았다.

"그냥, 세현이 말 신경 쓰지 말고 김 사장님 만나. 부러운 년."

혜련이 맥주를 단번에 마셨다.

"나도 연애하고 싶다."

"조 선배가 너에 대해 자꾸 묻던데?"

"픕!"

혜련이 사레가 들렸다.

"우리 이러진 말자."

"뭐가?"

"김 사장과 조 선배의 격차는 너무 크지 않냐? 네가 김 사장과 잘돼서 나도 그 정도 급으로 어떻게 안 되겠어?"

"되겠냐?"

이렇게 혜련과 이야기를 하고 나니 기분이 좀 풀렸다.

Rrrrrrr—

대호 오빠의 전화였다.

"여보세요?"

[어, 다이야.]

"이 늦은 시간에 무슨 일로?"

다이는 최대한 아무렇지 않은 척하며 전화를 받았다. 대호 오빠가 알아서 좋은 일은 아니니까. 이제 대호 오빠의 전화를 받는 것도 부담스러웠다.

[세현이 만났어?]

"응, 왜?"

먼저 말하진 않았지만 알고 묻는데 거짓말은 하고 싶지 않았다.

[무슨 말을 했든지, 내가 미안하다.]

"오빠가 왜?"

[난 세현이 좋아해. 하지만 세현이가 날 못 믿는 것 같아서 속상하다.]

"그러니까."

[다음부터는 그러지 못하게 내가 단속할게.]

"알았어."

[자라, 미안하고.]

대호 오빠의 전화를 받고 나니 기분이 아주 묘해졌다.

"왜 표정이 그래? 벌레 씹은 얼굴이야."

혜련이 걱정되는지 물었다.

"오빠 전환데 미안하다고 하네. 세현이 단속하겠다고."

"잘했네. 그런데 왜 그래?"

"오빠하고 멀어질 것 같다는 생각이 들어서."

"그래서 원래 남녀 사이엔 친구가 없다는 거야. 그 사이에 뭔가가 끼면 사달이 나기 마련이거든."

그건 혜련의 말이 맞는 것 같았다.

"술이나 마시자. 이렇게 푸는 거지."

혜련이 맥주캔을 하나 더 따서 다이의 앞에 놔주었다. 그녀는 소주 파였지만 오늘은 맥주라도 좋았다.

"그런데 왜 날 부른 건데?"

"난 조 선배 때문에 미칠 것 같다."

혜련이 뜻밖의 말을 했다.

"선배가 왜?"

"나를 못 잡아먹어서 안달이다."

"오늘 나랑 같이 있었는데, 널 뭘 괴롭혀?"

조 선배는 분명 혜련에게 관심이 있었다.

"오늘 나의 업무량을 보면 너도 혀를 내두를걸? 경찰서 가기 전에 나한테 떠넘기고 갔다고. 그런데 뭐? 관심이 있어?"

"힘들었어?"

다이가 혜련의 어깨를 다독이며 물었다.

"응, 아주 조창섭이를 죽여 버리고 싶다."

"무슨 일을 시켰는데?"

그녀가 턱으로 가리킨 곳에는 노트북이 있었다. 노트북의 화면을 보자 알 만하다는 생각이 들었다.

"저걸 다 네가 하래?"

"응, 난 내일 1면 기사를 장식할지도 몰라."

혜련이 이를 갈았다.

"살인으로?"

"응."

혜련이 치킨을 뜯으며 의미심장하게 말했다.

"이해한다. 하지만 이럴 시간에 일해야 하지 않을까? 나도 도울게."

다이가 혜련의 어깨를 토닥여 주었다. 특별 기사 이외의 일거리를 혜련에게 떠넘기고 온 모양이었다.

"그런데 그만큼 널 믿은 건 아닐까?"

"노, 노……."

혜련이 손가락을 옆으로 흔들었다.

"우리 점이나 보러 갈까? 올해는 이상하게 안 풀리는 것 같으니까."

"좋아."

"너무 차이 나는 사람이랑 만나는 건 아닌 것 같아."

다이가 술을 마시면서 말했다.

"A4 한 장 차이야."

"어?"

"종이 한 장 차이라고, 너하고 김 사장의 차이는 말이야. 사람은 다 똑같은 거야. 네가 세현이 말 때문에 너무 신경 쓰지 말았으면 좋겠어."

혜련이 응원해 주었다.

"나중에 세현이랑 다시 한 번 얘기해 보고, 그때도 그런 식으로 말하면 친구 하지 마. 그런 친구는 필요 없어. 우리가 세현이가 부자라서 친구가 된 건 아니잖아? 어디서 갑질이야?"

많이 취하긴 한 것 같았다.

"고맙다."

다이와 혜련이는 술을 다 비우고 한동안 노트북에 들러붙어 있었다. 이게 현실이었다. 일을 끝내기 전에 취해서는 안 되는 직업이었다. 새벽이 돼서야 일을 마치고 잠이 든 그들이었다.

다음 날, 알람 소리가 들리기 전에 몸이 먼저 깬 혜련과 다이는 정말 눈곱만 떼고 출근을 했다. 출근길에 옷을 갈아입고 기초 화장만 한 다이는 혜련보다 조금 늦게 회사에 도착했다. 사회부실에 들어서자마자 분위기가 안 좋았다.

"이 싸한 분위기는 뭘까?"

"몰라."

사무실에 그 누구도 말을 하지 않고 있었다. 그 이유는 기사가 난 사람이 신문사를 상대로 고소를 했고, 그 대상이 조 선배였기 때문이라고 했다.

"왜? 고소는 정치부에서 주로 당하는 거 아니야?"

"지난번 특별 기사 때문에 대기업에서 선배를 허위 보도와 명예 훼손으로 고소했대. 고소액도 10억이라나."

10억이 누구 집 애 이름도 아니고. 다이는 조 선배를 슬쩍 보았다. 선배는 평소와 다름없이 일하는 중이었고 부장의 독사 같은 눈은 선배를 향해 있었다.

"오늘은 조심해야겠다."

"응."

"어, 저기……."

다이가 고개를 돌리자 사회부실의 전원이 갑자기 기립하기 시작했다. 사회부 기자실에 김 사장이 들어오고 있었다. 그의 뒤로는 손 비서가 어김없이 함께했다. 다이가 확실하게 그와의 차이를 느끼는 순간이었다.

그는 재벌 3세 오너였고 그녀는 기자 나부랭이에 불과했다.

"종이 한 장 차이가 아니야."

"맞아."

혜련은 그렇게 말했지만 다이가 느끼는 건 달랐다. 회의실 안의 모습이 그대로 보이자 기자들은 더 쫄아 있었다. 편집장도 아니고 오너가 온 상황이었다. 부장의 얼굴은 불쌍할 정도로 질려 있었다.

"애가 셋이다."

"……."

혜련이 회의실의 상황을 보더니 한마디 했다.

"우리나라 가장들이 슬픈 비애지."

그때였다. 조 선배가 자리에서 일어나 회의실 쪽으로 걸어갔다. 자신 때문에 부장이 깨지는 것에 대한 책임감 때문일 것이다.

"선배!"

다이가 저도 모르게 조 선배를 불렀다. 하지만 조 선배는 그냥 회의실 안으로 들어가 버렸다. 선배가 들어가고 블라인드가 내려졌다.

"어쩌지?"

"태한건설이 잘못한 거야. 이건 조 선배가 잘못한 게 아니라고."

다이가 입에 거품을 물고 말했다. 자신이 기자가 되기로 마음 먹게 한 계기와 비슷한 사건이었다. 태한건설이 쪽방촌 사람들을 용역시켜서 다치게 한 사건이었다. 아파트가 들어서는 과정에서 벌어진 흔한 사건이 아니었다.

포크레인이 집을 부수는 과정에서 쪽방촌의 노인 한 분이 사망했다. 의협심이 강한 조 선배는 이를 두고 볼 수 없었던 것이다. 기사의 핵심은 사람이 집에 누워 있는데 그냥 밀어 버렸다는 내용이었다.

이건 과실 치사가 아닌 명백한 살인이라는 말로 기사를 마무리했었다. 비난 여론이 들끓고 있는 상황이었다. 언론사로선 광고주인 대기업을 상대로 이런 기사를 내는 건 쉬운 일이 아니었다.

"선배가 잘못되면 안 되는데……."

다이는 갑자기 자신들의 보육원을 구해 준 기자가 생각이 났다. 그 기자 덕분에 그녀는 집을 잃지 않아도 됐었다. 갑자기 조 선배의 편이 되어 주어야겠다는 생각이 들었다. 지금 조 선배는 좋은 일을 하고도 궁지에 몰린 상황이 분명했다.

"야, 어디 가!"

다이가 자리에서 일어나 회의실로 가자 놀란 혜련이 그녀를 불러 세웠다.

"한다이!"

더 이상 다이의 귀에는 말이 들리지 않았다.

"미쳤어?"

혜련이 쫓아왔지만 다이는 안으로 들어가 버렸다.

"……."

다이가 안으로 들어오자 안에 있던 사람들이 하던 말을 멈추고 다이를 보고 있었다.

"사장님, 기자는 약자의 편에 서서 진실만을 말해야 한다고 생각합니다."

다이는 자신의 신념을 힘주어 말하고 있었다.

"한다이!"

부장의 얼굴이 하얗다가 못해 피가 다 빠져나간 창백한 얼굴로 그녀의 이름을 불렀다.

"조 기자님은 정의의 편에서 진실을 말씀하신 겁니다."

"……."

말을 하는데 괜히 싸한 분위기가 되었다. 이건 분명 기분 탓일 것이다.

"이렇게 사장님까지 내려오셔서 혼내실 일이 아닙니다. 조 기자님……."

"한 기자."

김 사장이 웃음을 참는 게 보였다.

"사장님은 조 기자를 혼내러 오신 게 아니야. 너희 둘 다 왜 이러는 거야! 나가! 나가라고!"

부장이 소리 질렀다.

"아니, 내 말은 다 끝이 났고 한 기자만 남고 두 분은 나가세요. 손 비서도."

"네?"

"한 기자에게 할 말이 있으니까."

그렇게 모두가 빠져나간 회의실 안에느 그와 다이, 둘뿐이었다. 그가 굳은 표정으로 다이 곁으로 다가왔다.

"조 기자와는 무슨 관계지? 세현이의 남자 친구처럼 오빠, 동생 사이인가?"

"아니요. 그냥 선배입니다."

"그래? 그냥 선배인데 이렇게 목숨 걸고 오는 건가?"

김 사장은 다이가 조 선배를 감싼 게 싫은 모양이었다.

"같이 일하는 동료입니다."

"알았어. 이 이야기는 이따가 저녁에 따로 하자고."

"네?"

"여기서 큰소리를 낼 수는 없으니까. 보는 눈과 듣는 귀가 많거든. 끝나고 우리 집으로 와."

"……"

어이가 없었다. 여기서 끝내면 될 일을 왜 굳이 그의 집까지 불러 이야기하겠다는 건지. 다이는 이해할 수가 없었다.

"싫습니다."

"그래?"

그가 갑자기 다이 앞에 섰다. 정말 가슴과 가슴이 닿을 거리였다.

"뭐, 뭐 하시는 겁니까?"

"내가 뭘 할 거로 생각하나?"

심장이 미친 듯이 뛰었다.

"그, 그러니까?"

"블라인드는 완벽하게 가리지 못하고, 난 지금 손만 뻗으면 다이를 안을 수 있고."

"……이따 끝나고 가겠습니다."

"옳지."

사육사가 동물을 다루듯이 그는 다이를 다루고 있었다.

"이건 불공평합니다."

"난 오늘 다이를 만나러 이곳에 온 게 아니야."

"……"

할 말이 없었다.

"수고하고, 잊지 말고 와. 난 약속을 어기는 사람은 좋아하지 않아."

그가 사무실에서 먼저 나갔고 사회부 기자들이 일제히 일어나 그를 배웅했다. 그와 그녀의 차이는 A4 용지가 아니었다. 하늘과 땅만큼의 차이였다. 속이 상하고 자존심이 상했다.

그녀가 회의실에서 나가자마자 사회부 최 부장의 고함과 잔소리를 귀에 딱지가 앉을 정도로 들어야 했다.

왜 그랬을까? 지금 생각해도 한심한 짓을 했다. 혜련은 그녀의 용기에 박수를 보냈고 조 선배는 미쳤냐고 정신과에 가 보란 말을 했다.

지금, 이 순간 다이는 자신이 미쳤다는 생각을 했다.

"뭐 해?"

"정신과 상담 예약. 쪽팔려……."

"으그, 인간아……."

다이는 그 후로 퇴근 시간까지 책상에서 움직이지 않았다.

6. 고열

"후……."

초인종 앞에서 한숨을 열 번쯤 쉰 것 같았다. 온종일 바보가
되어 사회부 기자들에게 놀림을 당했는데 이제는 그 정점을 찍
어야 하기 때문이었다.

"으으윽!"

현관문에 머리를 대고 오늘 일을 생각하며 부끄러움에 몸부림
치고 있었다. 왜 그랬을까? 조 선배에게 들은 이야기로는 사장이
잘했다고 칭찬을 해 주었다는 것이었다. 태한건설은 비리가 많
으니 심층 취재하라는 말도 했다고 한다. 분위기 좋았는데 다이

가 들어와서 산통 다 깼다는 말도 했다.

쿵!

"미쳤어."

그때 갑자기 현관문이 열렸다.

"안 들어오고 뭐 해? 이마는 또 왜 그렇고?"

그녀의 이마가 붉어진 모양이었다.

"주인을 잘못 만나서……."

울고 싶은 심정이었다. 이건 다 그녀의 욱하는 성질 때문이었다.

"오늘 죄송했습니다."

다이는 무조건 빌어야겠다고 생각했다. 오늘은 김 사장을 정말 잘못 보고 저지른 실수였다고 무릎이라도 꿇고 빌 생각이었다.

"내가 원하는 방식이 아니군."

"혈서라도 쓸까요?"

"독립군 기질이 있는지 몰랐어."

그의 농담에도 다이는 웃고 싶은 마음이 없었다. 지금은 그저 울고 싶었다.

"사과 안 할 거야?"

"네?"

그가 팔짱을 끼고 신발장에 기대서서 다이를 보고 있었다.

"그러니까…… 아까는 죄송했습니다. 정신이 잠시 안드로메다로 가는 바람에 제가 실수를 했습니다. 어리석은 수습기자라고 생각하시고 이번 한 번만 아량을 베풀어 주신다면, 백골이 진토가 될 때까지 열심히 일하는 모습을 보여 드리겠습니다."

"아니야."

어떻게 사과를 하라는 건지 도통 이해할 수 없어 다이는 미간을 찌푸린 채 그를 올려다보았다. 오늘도 쓸데없이 잘생긴 얼굴을 해서는 그녀의 가슴을 심란하게 만들고 있었다.

"내가 원하는 건 이런 사과야."

"읍!"

그가 갑자기 허리를 끌어안더니 그녀의 입술을 거칠게 삼켰다. 이런 사과라면 얼마든지 할 수 있었다. 심장에 몹시 해롭기는 하지만 그의 키스는 언제나 옳았다. 그의 뜨거운 키스를 받으며 다이는 아무런 생각을 할 수가 없었다.

쿵!

그녀의 등에 벽인지 신발장인지 뭔가 단단한 게 닿았다. 하지만 지금은 그딴 건 다 필요 없었다. 크리스마스이브 전날이었다.

하늘에선 눈이 내리고 세상의 모든 연인을 축복하는 것 같은데 그들은 연인이 아니었다. 하지만 이런 식의 뜨거운 선물은 아주 바람직하다는 생각이 들었다.

지금은 잠시 세현의 말을 접어 두기로 했다. 혜련의 말처럼 그 냥 마음 가는 대로 하면 되는 것이다. 그와 나의 환경의 차이는 생각할 필요가 없었다. 김 사장의 혀가 입안으로 뜨겁게 파고들 어 왔다.

"으으읍!"

이번엔 다이가 더 강하게 그에게 매달렸다. 이렇게 황홀한 키 스를 언제까지 할지도 모를 일이었다. 다른 사람들이 시선은 두 렵지 않지만, 그녀 스스로 작아지는 건 싫었다. 그의 혀가 다이 의 혀를 휘감아 들어왔다.

다이는 천천히 그의 셔츠 안으로 손을 밀어 넣었다. 탄탄한 그 의 근육질의 가슴이 마음에 들었다. 손바닥에 느껴지는 강인함 이 좋았다. 다이는 손을 점점 위로 올려 그의 흥분한 유두를 손 바닥으로 비볐다. 작은 유두가 그녀의 손바닥 안에서 반응했다.

그의 육체의 모든 부위가 그녀에게 반응하는 것 같았다. 다이 는 손을 천천히 내려 손가락을 그의 바지 단추에 걸었다. 그리고 단추를 풀었다. 군살 하나 없는 그의 배가 손등에 닿았다.

"흡!"

그가 거친 호흡을 삼키는 것이 입안에서 느껴졌다. 그들의 입
술은 여전히 하나로 연결되어 있었다. 다이가 손을 움직여 그의
바지 지퍼를 느리게 내렸다.

지이익!

지퍼 내리는 소리가 이렇게 크게 들린 적이 있었나? 손을 움직
이는 다이의 얼굴이 붉어졌다. 심장은 미친 듯이 뛰었고 호흡은
거칠었다. 그와 섹스를 한두 번 한 것도 아닌데 왜일까? 그건 아
마도 세현의 말 때문일 것이다.

이제 그와 만날 날이 얼마 남지 않았으니 끝까지 즐기잔 생각
도 있었다. 세현을 위한 게 아니라 대호 오빠를 위한 것이었다.
오빠가 좋아하는 여자가 세현이었다. 그러니 오빠를 위해 자신
의 감정은 접을 수 있었다.

바지 지퍼 안에 단단한 것이 손에 잡혔다. 다이는 그의 바지를
엉덩이까지 내리고 그의 페니스를 꺼냈다. 단단하고 굵은 그의
페니스를 손에 가득 쥐고는 아래위로 움직였다.

"하아······."

그의 입에서 거친 신음이 흘러나왔다. 날이 갈수록 대담해지
는 다이였다. 처음엔 몰라서 못 했지만, 지금은 아니었다. 그가

뭘 원하는지 그녀의 영특한 머리가 다 기억하고 있었다. 다이는 그가 손보다는 입으로 해 주는 걸 좋아한다는 걸 기억했다.

그리고 현관 앞에 무릎을 꿇었다.

"다이야……. 윽!"

그가 이름을 부르는 순간 다이는 그의 페니스를 입에 넣었다. 그리고 세상 그 무엇보다 맛있다는 듯이 그의 페니스를 빨았다. 입안에 다 넣기는 너무나 커다란 사이즈였다. 다이 때문에 김 사장은 신음했다. 그러다가 다이를 일으켜 세워 안아 들었다.

그들이 이동하는 동안에도 둘의 입술은 떨어질 줄을 몰랐다. 서로 떨어져 있었던 시간만큼 그들은 뜨거웠다. 말은 하지 않았지만, 그들은 서로의 육체에 빠져 있었다. 그건 말을 하지 않아도 알 수 있었다.

사랑한다는 것과 섹스를 하는 건 다른 문제였다. 그들은 섹스에 만족했고 더 진보한 섹스를 원했다.

"으으음……."

다이의 입에서 신음이 터졌고 그의 입에선 낮은 저음의 웃음이 묻어났다. 그녀가 신음하는 게 만족스러웠던 것 같았다. 어느새 그녀의 등에 부드러운 시트 느낌이 닿았다. 오늘은 소파가 아닌 침대였다.

이 집에서 섹스를 안 한 곳이 있었나? 아마 없을 것이다. 소파, 식탁, 침대, 화장대, 샤워 부스, 세면대까지. 그들은 섹스에 호기심이 강했고 도전 정신이 투철했다. 횟수로 따진다면 몇 번 안 됐지만 그들의 농도는 그 어떤 커플보다 진했다.

"하아, 이렇게 하면 사과가 되는 건가요?"

"헉헉, 이미 용서했어."

"훗! 굉장히 빠른 용서네요?"

"너에겐 화를 낼 수 없으니까."

그의 말에 다이는 감동했다. 화를 낼 수 없다는 말은 그녀가 말도 없이 사라진 것도 용서했다는 의미였다. 그의 손에 의해 그녀의 옷이 벗겨지고 있었다.

"이렇게 뜨거운데 왜 여자가 없었을까?"

정말 궁금한 일이었다.

"난 아무하고 만나지 않아."

"결혼은 아무하고 했잖아요."

다이는 그의 가슴을 쓸어내리며 정곡을 찔렀다.

"그건 재벌들의 규율 같은 거였어. 의무감."

"연애는요?"

그의 입술에 자신의 입술을 대며 다이가 물었다.

"연애는 뜨거움이지. 독감 같아서 고열이 나고 아파서 죽을 것 같지. 하지만 길지 않아."

"우리의 연애는 독감인가요?"

"글쎄 다른 것 같기도 하고."

처음으로 부드러운 키스를 하는 김 사장이었다. 왜 이렇게 부드러운 키스를 하는 것일까? 솜털처럼 다가온 그의 입술은 짐승 같이 거칠었던 키스와는 또 다른 매력을 가지고 있었다. 그들의 혀가 얽히고 서로의 몸을 더듬으며 다른 날과는 다른 여유로움이 느껴지고 있었다.

그의 입술이 다이의 귓불을 살짝 물고는 가는 목선을 따라 내려왔다.

"하아……."

이렇게 부드러운 키스도 좋았다. 그의 입술은 쇄골을 따라 내려오더니 마침내 그녀의 풍만한 가슴에 머물렀다. 유두는 이미 흥분으로 인해 아파 왔다. 이렇게 찌릿한 느낌은 처음이었다. 그가 더 만져 주고 빨아 주길 바랐다.

"범후 씨……."

저도 모르게 그의 이름을 불렀다.

"다음에도 그렇게 불러 줘."

"네……."

이름을 부르는 게 좋았던 모양인지 그의 입맞춤이 조금씩 더 강해졌다. 부드럽게 하려고 애를 썼지만 안 되는 모양이었다. 사람의 천성은 바꾸지 못하는 법이었다. 그의 내면엔 짐승이 살고 있었다.

그의 동작은 느렸지만, 강도는 더욱 세지기 시작했다. 그녀의 납작한 배 주위를 맴돌던 그의 입술이 갑자기 그녀의 여성을 삼켜 버렸다.

"하아……."

다리를 벌리고 들어오는 그의 머리 때문에 다이는 정신을 차릴 수가 없었다. 그는 솔직하고 대담했다. 그의 혀가 그녀의 여성을 가르고 들어와 클리토리스를 자극했다. 그의 혀가 주는 쾌감에 다이는 비명에 가까운 소리를 질렀다.

다이는 그가 질을 자극할 거로 생각했지만 보기 좋게 빗나갔다. 그는 허벅지를 지나 다이의 발가락 하나하나에 입을 맞추었다. 무슨 의미인지는 모르지만, 온몸이 전기에 감전된 듯 찌릿했다.

그가 발을 내려놓고는 다리를 벌렸다. 그리고 그 중심에 서서 자신의 페니스를 그녀의 젖은 질구에 가져다 댔다.

"다이야……."

그는 이렇게 그녀의 이름을 부르며 자신의 거대한 페니스를 집어넣었다. 질이 찢어질 것만 같이 아팠다. 그의 페니스는 다이가 감당하기엔 너무 컸다.

"하아앙……."

하지만 입에선 쾌감이 가득한 신음이 터져 나왔다. 그가 빠르게 허리를 움직이기 시작했다. 오늘은 그도 매우 흥분한 것 같았다. 그의 이마에 땀이 맺혔고 그녀의 가슴을 잡은 그의 팔엔 힘줄이 불거져 나왔다.

그도 온 힘을 다해 마지막으로 향했다. 드디어 그의 분신이 그녀 안에 쏟아졌다. 다이는 피곤했는지 그대로 잠이 들어 버렸다. 다이에게는 고단한 하루였다.

오늘은 쉬는 날이었다. 주말에도 특근이 많은 게 기자였지만 오늘내일 이틀 동안은 자유의 날이었다. 늦게 일어나 아침 겸 점심을 먹고 뒹굴뒹굴하다가 TV 드라마 몰아 보기를 하고, 저녁에 좋아하는 짜장면과 탕수육 세트를 시켜서 먹고 또 자고. 다음 날도 비슷한 하루를 보낼 계획이었다.

"으으음……."

하지만 이 모든 계획은 그녀의 등 뒤에 거머리처럼 붙어 있는 남자로 인해 다 날아가 버렸다.

"오늘 출근 안 해요?"

"안 해."

"보통은 토요일도 근무하셨잖아요."

"오늘은 안 나갈 거야."

그의 손이 다이의 가슴을 주물럭거리기 시작했다. 하지만 신경이 쓰이는 건 가슴을 만지는 손이 아니었다. 그녀의 엉덩이 골을 뚫고 들어올 기세인 그의 페니스 때문이었다.

"일어나야 해요."

"왜?"

"집에 가고 싶어요. 난 사과했고 오늘은 자유로워지고 싶네요."

다시 한 번 몸을 일으키려 했지만, 그의 힘은 당할 수가 없었다.

"같이 있어."

"침대에서요?"

그녀의 말에 그는 대답 대신 행동으로 보여 주었다.

"범후 씨!"

"이거 내가 나쁜 게 아니라 다이의 몸이 나쁜 거야. 남자를 이렇게 정신 못 차리게 만들다니……."

말도 안 되는 소리를 하는 그였다. 그의 몸은 벌써 그녀의 위로 올라와 도망치지도 못하게 그녀의 팔을 머리 위로 잡아 고정했다.

"가만히 있어."

움직이지도 못하게 해 놓고 가만히 있으라니, 웃기는 일이었다. 그는 모닝 섹스를 한 후에야 그녀를 풀어 주었다. 같이 샤워를 하고 그의 무릎에 앉아서 아침을 먹었다. 자상하지 않다고 말하지만, 그는 정말 여자에게 부드러운 남자였다.

섹스할 때만 빼고, 그때는 짐승이었다.

"고마워요."

그가 커피를 그녀에게 건넸다.

"이렇게 있으니까 기분이 이상해요."

"왜?"

"여기 처음 왔을 땐 도우미였으니까요."

"지금은 내가 도우미고."

그의 말에 다이가 피식 웃었다. 그는 유머 감각도 넘쳤다. 그리고 재벌이고 배우 뺨치게 생겼지만 거만하지도 않았다.

"우린 공통점이 없어요."

"아니, 우린 공통점이 너무 많아."

그의 말에 다이가 그의 얼굴을 보았다. 아침이라서 그런지 그의 얼굴에 수염이 거뭇거뭇 올라와 있었다. 다이가 그의 수염을 손으로 만졌다.

"같은 직업에 소주 파고, 영화 보는 것보다 책을 좋아하고, 가끔 멍 때리기도 하고……."

"당신은 재벌이고 난 돈 한 푼 없죠. 거기에 난 고아고."

다이는 비관적으로 말했다.

"내가 돈이 많은 건 부정할 수 없지만, 나도 고아야."

"세현이도 그러더라고요. 그래서 친구한 거라고."

"세현이가 그래?"

그녀가 고개를 끄덕였다.

"우리 세현이가 사람 보는 눈이 있었군. 세현이는 할아버지를 많이 닮았다고 생각했는데 아닌 부분도 많아."

"범후 씨는 누굴 닮았어요?"

"난 아버지를 닮았어. 사업하는 거는 할아버지를 닮았고."

그의 사업적인 역량은 할아버지보다 낮다는 평을 받았다. 그가 사장이 된 이후로 민국일보는 크게 성장했다. 다이도 그런 것 같아서 고개를 끄덕였다.

"어머!"

식탁 의자에 앉은 그가 그녀를 가볍게 들어 무릎에 앉혔다.

"무거워요."

"아니."

가운만 입은 다이였다. 그의 시선이 위험스럽게 다이의 가운 사이에 드러난 가슴골에 고정되어 있었다.

"저 뜨거운 커피 들고 있어요."

"알아."

그의 손이 그녀의 가운 사이로 들어왔다. 커다란 손이 그녀의 가슴을 감쌌다.

"커피가 맛있네요."

"인스턴트야."

그는 다이의 말을 잘랐다.

"가슴에서 손 좀 치워 주시죠."

"싫어."

"왜 이렇게 밝혀요?"

다이는 그가 자신에게만 이러는 건지, 아니면 원래 욕구가 강한 건지 궁금했다.

"다이니까."

"말이나 못 하면……."

말은 이렇게 했지만, 그의 답이 마음에 들었다. 그리고 지금 그의 손길도 아주 마음에 들었다. 그가 손가락으로 그녀의 유두를 잡아 살짝 비틀었다.

"하아……."

"커피를 너무 야하게 마시는데?"

"그만해요."

하지만 그는 그녀의 말을 끝까지 듣지 않았다. 그녀는 그에게 두 손을 들고 커피를 식탁 위에 올려놓고 그가 다이의 입술을 삼켰다.

"인스턴트 커피 맛이 나."

"난 사악한 맛이 느껴져요."

그녀가 한쪽 눈썹을 올리며 그의 목에 팔을 감고 키스했다. 그의 손은 어느새 그녀의 가운을 완벽하게 열고는 가슴을 만지고 있었다.

"어머!"

그가 다이를 식탁에 올려놓았다.

"난 음식이 아니에요."

"이제부터는 아니야. 널 아주 맛있게 먹어 치울 거니까."

그가 식탁 위에 앉은 다이의 허벅지를 벌리고 그 안의 검은 숲에 입술을 가져다 댔다. 다리를 오므리고 싶었지만, 그의 힘에 저항할 수가 없었다. 그의 혀가 그녀의 여성을 아래서 위로 핥았다. 야릇한 그의 움직임에 다이는 테이블을 잡으며 힘겹게 견뎠다.

이건 야릇한 고문이었다. 범후의 혀가 그녀의 여성을 비집고 들어와 작은 돌기를 희롱했다.

"미칠 것 같아요."

"나도 그래."

그는 거친 숨을 내쉬며 말했다. 범후는 그녀와의 섹스는 대단히 만족하는 것 같았다. 하지만 그의 마음이 어떤지는 아직 모르겠다는 생각이 든 다이였다. 그녀도 섹스가 좋았지만 그를 사랑하고 있는지는 알 수가 없었다.

"무슨 생각 해?"

"아무것도……."

"흐름이 끊기잖아."

그가 투덜거렸다.

"훗!"

"왜 웃는 건데?"

그가 여전히 그녀의 여성에 입술을 대고 말했다.

"내 기분을 생각해 주는지 몰랐어요. 그냥 짐승처럼 날 잡아먹으려고만 하는 줄 알았죠?"

"짐승을 원해?"

"생각 많은 사람보다는 짐승이 좋아요. 악!"

그녀의 말이 끝나기가 무섭게 그가 달려들었다. 으르렁거리며 그녀의 여성을 빨아들이는 그 때문에 다이는 잠시 정신을 놓았다. 어느새 그는 자리를 잡고 서서 그녀의 여성에 자신의 페니스를 밀어 넣었다.

"헉헉, 이제 이 식탁에 앉으면 다이 생각이 날 것 같아."

"아아앙!"

그녀는 그와 함께 정열의 리듬을 탔다. 미칠 것 같은 쾌감이 몰려와 지금 그녀가 누워 있는 곳이 식탁이라는 것도 잊은 상황이었다. 그들의 뜨거운 몸짓은 한동안 계속되었다.

월요일 오전에 갑작스럽게 사무실로 세현이 찾아왔다. SBC 방송의 아나운서가 된 후로는 서로 바빠서 얼굴조차 볼 겨를이 없었다. 그리고 남매지만 둘은 그렇게 친하진 않았다.

그렇다고 나쁜 관계도 아니었다. 현실 남매, 딱 그 수준이었다.

그리고 세현과 연락이 없었던 가장 큰 이유는 세현이 한대호의 집으로 들어가면서부터였다. 대호라는 사람이 마음에 안 드는 건 아니었다. 그는 성실한 경찰관이었다. 하지만 범후가 마음에 안 드는 건 대호보다 세현이 대호를 더 좋아한다는 것이었다.

"어쩐 일이야?"

"바빠? 10분만 시간 내줘."

"알았어."

"단도직입적으로 말할게. 다이는 안 돼."

동생의 갑작스러운 말에 그는 조금 놀랐다.

"집안 형편도 안 좋고 고아야. 거기에 민국일보 기자고. 할아버지가 싫어하실 조건을 다 가진 아이야."

"네 친구기도 하고."

범후는 솔직하게 세현이 자신에게 와서 이러는 게 이상했다.

"친구는 맞아, 다이는 성격도 좋고 나랑도 나름 잘 맞아. 하지만 오빠의 여자로서는 아니야. 오빠는 민국그룹의 차기 회장이고 그의 부인은 거기에 어울리는 사람이어야 한다고 생각해."

"네가 우리 민국그룹의 이미지를 그렇게 생각할 줄은 몰랐다."

범후는 미간을 찡그리며 말했다. 동생이라도 자신의 사생활에 간섭하는 건 싫었다.

"오빠……."

"내가 알아서 해."

"안 그런 것 같아서 하는 말이야. 난 솔직하게 시은 언니가……."

"그만."

동생이라도 그의 앞에서 시은의 이야기를 꺼내는 건 아니었다.

"난 대호 오빠와 결혼할 거야."

"해."

"하지만 오빠가 다이랑 만난다면 할아버지는 반드시 우리를 반대하실 거야."

"네가 그놈을 그렇게 사랑한다면 일단 부딪쳐 봐. 할아버지가 너는 허락하실지 어떻게 알아?"

할아버지는 그 누구라도 자신의 기준에 맞지 않으면 가족으로 받아들일 분이 아니었다.

"아니란 거 알잖아. 하지만 오빠가 포기해 준다면 그땐 할아버지를 설득할 수 있어."

"왜? 나를 포기하게 만들었으니까, 넌 결혼하게 해 달라고?"

세현의 작은 머릿속에서 나와 봐야 뻔한 이야기였다.

"……."

"우리 이러지 말자. 넌 너대로 열심히 사랑하고, 난 나대로 즐기면 되는 거야. 우리 둘이 부딪치면 다치는 건 너야. 세현아."

"친오빠 맞아?"

"맞아, 네가 친동생인지 의심스럽다."

세현이 먹히지 않는다고 생각했는지 자리에서 일어났다.

"오빠가 이러면 난 다른 방법을 택할 수밖에 없어."

"내가 경고 하나 할까? 다이는 건드리지 마."

"……."

세현은 그를 뒤로하고 밖으로 나갔다.

"손 비서."

그가 인터폰으로 손 비서를 불렀다.

"세현이한테 사람 붙여. 뭐 하고 다니는지, 누굴 만나는지, 체크해서 보고해."

"네, 사장님."

이대로 끝낼 세현이 아니었다.

시은은 오랜만에 민국방송을 찾았다. 예전의 시숙부가 사장으로 있는 곳이라서 그런지 방송국이라도 애정이 있던 곳이었다. 붉은색 밍크를 입은 그녀는 연예인이 많이 오가는 로비에서도 단연 튀었다.

모델 뺨치는 기럭지와 대담한 패션은 모든 이들의 주목을 받았다. 물론 시은은 그런 시선을 즐겼다.

"사장님과 약속한 박시은이에요."

"네? 네……."

말 많고 탈 많은 박시은을 실물로 본 사람들은 지금 비서처럼 반응했다. 얼빠진 얼간이처럼 말이다.

"들어가시죠."

비서가 그녀에게서 눈을 떼지 못한 채 문을 열어 주었다.

"그럴까요?"

그녀는 비서에게 윙크하며 사장실 안으로 들어갔다.

"안녕하셨어요? 숙부님."

"오랜만이군, 앉아."

"네."

민국방송 사장이자 그녀의 예전 시숙부인 김태성 사장이 살피던 서류를 덮고 그녀의 맞은편 자리에 앉았다.

"날 만나자고 했다고?"

"네, 보여 드릴 게 있어서요."

그녀는 노란색 서류 봉투를 그의 앞으로 밀었다. 민국방송 김태성 사장은 인상을 쓰며 사진을 보고 있었다. 앞에 앉은 시은은 그의 눈치를 살폈다. 늙은 여우의 눈 밖에 난 지 오래지만, 지금은 거래하기 위해 온 자리였다.

"아직도 범후에게 관심이 있는 거냐?"

김태성 사장이 흥미롭다는 듯이 입꼬리를 올리며 그녀를 보았다.

"관심 없어요."

"그런데?"

"제 자존심은 회복해야죠."

사진 안에는 창피한 줄도 모르고 여자와 집 안에서 나체로 다니는 범후의 사진이 가득했다. 여자와 집 안 곳곳을 다니며 섹스하는 모습이었다. 하루 종일에 걸쳐 찍힌 사진인데, 범후는 한시도 여자와 떨어지지 않고 있었다.

"우리 범후가 변강쇠인 줄 오늘 처음 알았다."

숙부가 피식 웃었다.

"요즘은 기술이 좋구나, 밖에서도 이렇게 가까이서 찍은 것처럼 찍고."

"그러게요."

"그래서 나에게 뭘 원하는 거야?"

"김범후가 망했으면 좋겠어요."

그녀는 이를 꽉 깨물며 말했다. 범후가 죽어 버렸으면 했다. 시은의 원한은 범후가 그녀의 벌거벗은 사진을 언론에 유포하면서 시작되었다.

"흥미로운 이야기야. 난 범후의 숙부인데 이런 말을 막 하는 걸 보면, 너도 제정신은 아니군."

"맞아요, 김범후가 절 그렇게 만들었죠."

"그동안은 이러고 싶어서 어떻게 참았어?"

김 사장이 그녀를 흥미로운 눈길로 보았다.

"그동안은 이렇게 하고 싶어도 김범후 주변에 여자가 없었으니까요."

"지금은?"

"그 집 도우미 출신의 새끼 기자를 만나고 있어요."

"새끼 기자?"

기자란 말에 김 사장이 반응을 보였다. 민국그룹은 언론 재벌로, 신문사와 방송사. 그리고 수많은 프로덕션을 가지고 있었다.

하지만 오너 일가의 누구도 회사 직원과 스캔들을 일으키지 않았다.

그건 민국그룹의 회장인 김학수 회장이 가장 싫어하는 일이었다. 그는 재벌은 재벌끼리 어울려야 한다고 생각하는 사람이었다. 그래서 범후와 그녀와의 결혼도 회장이 추진해서 성사된 일이었다.

"흥미가 없으십니까?"

"글쎄……."

아니란 소리는 끝까지 하지 않았다. 민국그룹의 회장이 되고 싶어 안달이 난 김태성 사장이었다. 김범후의 약점을 잡아 그를 끌어내리고 민국그룹의 차기 회장이 되고 싶어 하는 그였다. 그런데 그가 김범후의 약점에 흥미가 없을 리가 없다.

"그럼, 전 김학수 회장님을 찾아가 보겠습니다."

탁!

사진을 집어넣으려는데 김태성 사장이 사진을 먼저 잡았다.

"왜 이러실까?"

"그러게요. 제가 왜 그랬을까요?"

말이 통할 것 같은 사람이었다. 그리고 김범후를 확실하게 엿먹일 사람이기도 했다.

"서로가 상부상조하는 것이 좋지 않을까요?"

"그런데 좀 약하기는 해."

"뭐가요?"

"젊은 남녀가 불륜도 아니고, 만날 수도 있는 거 아닌가?"

그녀가 들으란 듯이 불륜이란 말에 힘을 준 김태성 사장이었다.

"전 남들이 알라고 드린 게 아닌데……."

"그럼?"

"회장님께 알리라고 드린 건데요? 회장님이 여자가 있다는 걸 아실지도 모르지만 이렇게 증거를 가지고 있지는 않으실 테고. 그 여자가 도우미 출신의 민국일보 기자란 걸 아신다면 뒷덜미를 잡고 쓰러지지 않을까요?"

"그래도 주주들이나 다른 사람들은 로맨틱한 신데렐라 이야기라고 생각할 수도 있지."

"그럼, 살인자의 딸이라면요."

"뭐?"

"제가 뒤를 좀 캐 봤죠. 고아 출신인데 아버지가 살인자예요. 하긴, 본인은 모르는 것 같지만."

"확실해?"

그녀가 또 하나의 서류 봉투를 주었다.

"이제 거래가 성립되는 건가요?"

"나한테 원하는 게 그것뿐이야?"

"돈은 있을 만큼 있어요."

그녀는 지금 앞에 있는 김태성 사장보다 재산이 더 많은 사람이었다.

"난 김범후가 내 앞에서 무릎을 꿇고 살려 달라 애원하는 꼴을 보고 싶어요."

"단단히 벼르고 있구나."

"3년을 사람들의 손가락질을 받으며 살았다고요."

그녀는 3년 동안 그날의 일을 되새기며 살아야 했다. 남편의 친구와 놀아난 여자로 만천하에 공개가 됐으니 말이다. 사실이 아닌 건 아니지만 그래도 바람을 피운 여자들이 다 언론에 대문짝만하게 실리진 않는다.

그것도 벌거벗은 채로 말이다. 그때의 일만 생각하면 이가 갈렸다. 아무리 그녀가 잘못했어도 그렇게 사람을 전국적으로 개망신을 줘서는 안 되는 일이었다.

"회장님은 잘 계시지?"

"아버지야 항상 잘 계시죠. 너무 바빠서 딸내미가 죽어 가는 것도 모르시고요."

아버지는 너무 바쁜 사람이었다. 뭐든 그녀가 원하는 대로 해 주시기는 했지만, 자식의 문제를 같이 고민해 주는 분은 아니었다.

"전 도와주시는 거라 생각하고, 이만 일어날게요."

시은은 민국방송을 나와 옆에 있는 민국신문 본사를 바라보았다.

"기대해도 좋을 거야, 김범후."

시은은 다시 한 번 이를 갈았다.

어두운 게 싫었다. 그래서 잠을 잘 때도 항상 불을 켜 놓고 자는 버릇이 생긴 범후였다. 이게 다 친구를 잃고 나서 생긴 후유증이었다. 불을 끄면 친구가 나타나 '그때 왜 그랬어?'라는 원망 섞인 말을 할 것 같았기 때문이었다.

3년을 환한 방에서 자다 보니 깊은 잠을 잘 수가 없었다. 그래서 늘 피곤했고 없던 잔병까지 생겼다. 그만큼 범후는 밤에 자는 것이 두려웠다. 친구의 단 한 번의 실수를 그는 용서하지 않았다. 지금도 그럴 마음이 없었다.

어떻게 믿었던 놈이 자신의 아내와 침대에서 뒹굴 수가 있었을까? 지금 생각해도 억장이 무너져 내렸다. 원래 그런 녀석이 아니어서 더욱 배신감이 들었다.

그리고 30분 후에 친구는 자신의 아파트에서 투신했다. 당시 범후는 친구를 용서할 수가 없었다. 아무리 그래도 시은은 그의 아내였다. 친구의 유서에서도 범후에게 미안하다는 내용뿐이었다. 범후는 자신은 괜찮을 거라고 생각했지만 친구를 그렇게 보냈던 게 심리적으로 안 좋은 영향을 준 것 같았다.

그 후로 저녁마다 가위에 눌린 범후는 불을 켜고 자는 습관이 생겼다. 그런데 신기하게도 다이와 함께 잠을 자면 개운했다. 매일같이 피곤했는데 다이와 있으면 지쳐 쓰러져 잠이 들었다.

자는 동안 다이가 불을 껐다는 것도 모른 채 지쳐 잠이 든 범후는 자신의 곁에 누군가 있으면 불을 꺼도 된다는 걸 다이와 자면서 알게 되었다.

다이가 아니어도 그럴 수 있을까? 그건 안 해 봐서 모르지만 그럴 것 같지 않았다. 지금 그의 품 안에서 잠을 자는 다이는 그에게는 조금 특별한 사람인 것 같았다.

"으으음……."

추운지 다이는 그의 품 안으로 파고들어 와 곤히 잠을 자고 있었다. 주말에 그와 함께 시간을 보낸 다이는 화요일인 지금까지 퇴근 후에 그의 집으로 왔다. 그녀가 온 게 아니라 그가 잡아 왔다는 표현이 맞을 것이다.

그는 뒤돌아 깊은 잠에 빠진 다이의 가슴을 주물럭거렸다. 미친 건지 자신의 페니스가 단단해져 있었다. 하루에 몇 번의 섹스를 하는지 몰랐지만 지금 그는 평생 동안 한 섹스보다 다이와 더 많은 섹스를 하고 있었다.

그의 페니스가 다이의 엉덩이 골을 타고 움직였다.

"으으, 하지 말아요……."

다이가 잠결에 중얼거렸다.

"싫어."

"못 말려요."

범후는 잠에 취한 다이의 목에 코를 박았다.

"몇 시예요?"

"6시."

"일어나야 해요."

그녀가 하품하며 일어나려 했지만, 그가 다시 다이를 눕혔다.

"이제 그만……. 읍!"

그의 밑에 깔린 다이의 입술에 뜨겁게 키스했다. 안아도 안아도 계속해서 안고 싶었다. 범후는 자신이 이렇게 섹스를 좋아하는 남자라는 걸 다이를 안고 나서부터 알게 되었다. 다이를 찾아 헤맨 두 달 동안 그는 편하게 잠들어 본 적이 없었다.

"하아⋯⋯."

그녀의 신음에 그의 몸이 뜨거워졌다. 다이가 곁에 있으면 독한 감기에 걸린 것처럼 몸에서 고열이 나는 것 같았다.

"뜨거워⋯⋯."

그의 말에 다이가 그의 목을 끌어안으며 매달렸다. 아침은 시간이 짧아 그녀와 즐길 시간이 없었다. 다이의 다리를 벌리고 무조건 그의 페니스를 넣었다.

"윽, 아파요."

그녀는 이미 젖어 있었지만, 어제 너무 많이 섹스해서 부어 있었다. 하지만 그녀를 봐줄 수 없었다. 먹어도 먹어도 더 먹고 싶은 다이였다. 그는 다이의 말을 무시하고 격하게 허리를 움직였다.

그녀의 질이 그의 페니스를 조이는 느낌이 좋았다. 이렇게 온종일 그녀를 안고 있을 수 있겠다는 생각이 들었다.

"으윽!"

그의 입에서 마지막 신음이 터져 나왔고 그의 분신들은 그녀 안에 쏟아졌다. 그는 지금 다이와 피임 없이 섹스를 하고 있었다. 콘돔을 끼우지도 않았다. 그녀 안에 사정할 때의 느낌이 너무 좋아 그는 뒤처리를 생각하지 않았다.

"오늘 취재 가야 해요."

다이가 인상을 쓰며 몸을 일으켰다. 그리고 침대에서 일어났다.

"취재?"

"연쇄 살인 사건 취잰데, 범후 씨 때문에 망했어요."

그녀가 어기적거리며 욕실을 향했다.

"왜?"

"내가 제대로 걸을 수는 있을까요? 그런 데다가 조 선배는 여우같이 눈치도 빨라요. 이런 꼴로 가면 당연히 알 거예요."

그녀가 볼을 풍선처럼 부풀렸다. 그는 그 볼에 입을 맞추며 다이가 다람쥐 같다는 생각을 했다. 범후가 다이를 안아 들었다.

"내가 끝나고 갈까?"

"미쳤어요? 오늘은 기다리지 마세요."

"아니, 기다릴 거야."

"범후 씨!"

"너 없이는 잠을 못 자."

"……"

그가 처음으로 말했다.

"내 불면증을 네가 고쳤어."

다이는 놀란 눈으로 그를 바라보았다.

"그래서 그렇게 술을 마신 거예요?"

"어, 자려고."

그는 심플하게 답을 했지만, 그간의 고생이 스쳐 지나갔다. 모든 게 사랑 없는 결혼 때문에 빚어진 일이었다. 그는 다이를 안고 같이 샤워한 후에 같은 차를 타고 출근했다. 물론 회사 근처에서 다이를 내려 주기는 했지만 말이다.

회사로 뛰어가는 다이를 보면서 그는 어딘가로 전화를 걸었다.

"잘 지냈지? 지난번 사이즈로 옷 좀 보내 줘. 금액은 내가 송금해 줄 테니까."

[어떤 종류로?]

"회사원이니까. 너무 튀지 않는 거로."

[알았어. 근데 너 완전히 빠졌구나?]

"글쎄, 그런 것도 같고."

[후후, 김범후를 잡은 여자가 누군지 알고 싶네.]

그의 친구 제니는 유통업계의 큰손이었다. 그녀는 명품 브랜드를 국내에 들여와 런칭하는 일을 하고 있었다. 재벌의 딸이자 평범한 남편과 결혼한 세 아이의 엄마이기도 했다.

"지난번 사이즈로 부탁할게."

[알았어. 같이 집에 놀러 와.]

"때가 되면."

그는 이렇게 말을 하고 전화를 끊었다. 그리고 이미 사라진 다이를 눈으로 찾았다. 금세 또 보고 싶었다.

"큰일이야."

그는 한숨을 쉬었다. 그런 그를 운전기사가 뚫어지게 보고 있다는 걸 범후는 알지 못했다.

7. 100km, 좁혀지지 않는 거리

산더미 같이 쌓인 서류에 파묻힌 지 벌써 일주일이 넘었다. 밤마다 범후가 그녀를 괴롭히고 낮에는 조 선배가 그녀를 괴롭혔다.

"하암……. 웩!"

하품하니 조 선배가 입안에 손가락을 넣었다.

"뭐 하시는 거예요?"

너무 피곤하니까 장난하고 싶은 마음도 없었다.

"졸지 마. 너 요즘 계속 하품이야."

"죄송합니다."

조 선배의 말에 할 말이 없었다. 조는 게 사실이었기 때문이다.

"야, 넌 생각이 없는 거니? 아니지, 감각이 없니?"

"네?"

"이렇게 잔인한 사진들을 보고 잠이 와?"

"그러게요……."

청주 토막 살인 사건은 10차에 걸친 미제 사건이었다. 용의자의 DNA 분석이 안 되던 시절에서부터 지금까지 이어진 사건인데, 10년 전부터는 일어나지 않는 사건이었다.

"그런데 이 사건이 이번 양천 경찰서에 배당된 토막 사건이랑 연관이 있어요?"

지난번의 기사는 대박을 터트렸다.

"연관성이 있지. 지난번의 사건의 모체 같은 사건이야."

"모체씩이나……."

"뭐?"

"아닙니다."

입술을 내밀고 서류를 다시 살피기 시작했다.

"그래서 관련 기사를 써 보려고 영구 미제 사건은 언제나 사람들에게 흥미를 불러일으키거든."

"이 두 사건은 많이 다르지 않아요? 양천 경찰서의 사건은 두 명이 한 조가 되어 저지른 사건이고, 오래된 미제 사건인 청주 토막 사건은 단독 범행 사건이잖아요."

"그러니까 양천 사건은 두 명이 청주 사건을 모방한 거야. 그리고 또 하나의 모방 범죄가 있어."

"그래요?"

"범인은 지금 청주 교도소에 있어. 살해 방법이 많이 유사한데 토막은 내지 않았지. 자신의 아내를 죽인 남자거든."

이 사건은 시체를 토막 내기 전에 주민의 신고로 범인이 잡힌 사건이었다.

"그래요?"

"인터뷰 갈 거야."

"네?"

살인자와 만난다니 무서웠다.

"그, 그러니까……. 우리 둘이요?"

"아니, 혜련이도 데리고 갈 거야."

"차라리 박 선배처럼 덩치가 좋은 사람을 데려가시는 게……."

"시끄러워."

"네."

단칼에 잘렸다. 이런 일이 종종 있기는 하지만 정말 싫었다. 차라리 시체를 보는 게 낫지 죽인 사람과 이야기를 하는 게 더 두려웠다.

양천 경찰서에서 오전 시간을 보낸 다이는 조 선배와 함께 영등포 경찰서를 찾았다.

"다이야!"

영등포 경찰서엔 혜련이 나와 있었다.

"어쩐 일이야?"

"조 선배님이 오라고 하셔서."

점심시간이라서 영등포의 백반집에 모처럼 모인 그들은 밥 먹는 내내 청주 사건에 대한 이야기를 했다.

"왜 이번 사건에 그렇게 목을 매시는 거예요?"

다이가 밥을 먹다가 말고 선배에게 물었다.

"아는 분이 돌아가셨어."

"피해자 중에 아는 분이 있어요? 어디요? 양천이요? 아니면 청주요?"

"양천."

"누군데요?"

217

"……."

조 선배는 말을 하지 않았다.

"내가 대호 오빠한테 말해 줄게요. 신경 좀 쓰라고."

다이가 놀라서 말했다.

"가만있어 보자……. 이 사건은 5년 동안 벌어진 일이죠? 이번 5차까지 있으니까. 1차는 주부였고 2차는 20대 여자, 3차는……."

"1차가 우리 어머니야."

"……."

모두가 입을 다물었다. 가장 잔인하게 시체가 훼손된 사건이었다.

"어머니를 돌돌 말아서 버린 이불이 내가 덮던 이불이야."

"……."

목이 막혀 밥을 더는 먹을 수가 없었다. 왜 이렇게 선배가 집착하는지 알 것 같았다.

"그래서 경찰을 하고 싶다고……."

"경찰이나 검사를 하고 싶었는데 우리 아버지 직업이 형사셨거든. 반대가 너무 심하셔서……."

갑자기 혜련이 조 선배의 손을 꼭 잡았다.

"선배, 내가 꼭 도와줄게요."

눈물까지 글썽이는 혜련이었다. 혜련은 감정 이입을 잘하는 게 장점이라면 장점이었다.

"저도 돕겠습니다."

다이는 이렇게 말하고는 숟가락을 놓았다.

"너는 하품 좀 그만하는 게 도움을 주는 거야."

"죄송해요."

조 선배가 그녀의 아픈 부분을 꼭 찍었다.

"너, 요즘에 좀 수상해."

백반집을 나오면서 혜련이 눈을 가늘게 떴다.

"뭐가 수상하다고 또 그래?"

"하는 짓이 딱 의심을 살 만해."

다이가 빠른 걸음으로 선배를 쫓아갔다.

"선배, 같이 가요. 그리고 혜련이 필요 없으니까 보내면 안 돼요?"

혜련이 달려와 그녀의 목에 헤드락을 걸었다.

차창으로 다이의 모습을 바라보는 세현의 눈이 가늘어졌다. 요즘 들어 세현은 불안감에 미칠 것 같았다. 다이가 하루가 멀다고 대호가 있는 양천 경찰서를 찾기 때문이었다. 대호는 그녀가 아닌 다이를 마음에 두고 있는 것 같았다.

아무리 봐도 그랬다. 매일같이 그녀와 있을 때도 다이 이야기뿐이었다. 집을 나와 그의 집에 들어가서 살고 그와 매일 섹스를 하지만 불안했다.

대호는 그녀가 살면서 가장 사랑한 사람이었다. 부모님의 따뜻한 사랑을 받아 보지 못한 그녀는 다이를 아빠처럼 푸근하게 감싸 주는 대호의 모습에서 아빠의 사랑을 느끼고 있었다.

그런 따뜻함은 처음이었다. 그래서 빠져들었고 지금은 그녀의 목숨과도 바꿀 수 있을 만큼 그를 사랑했다.

"하는 짓이 얄미워."

그녀의 옆에 앉은 시은이 세현을 자극하기 시작했다. 시은은 세현을 여동생처럼 잘 챙겨 주었다. 오빠와 결혼 전부터 세현의 마음을 사기 위해 물량 공세가 장난이 아니었다. 그녀가 좋다고 하는 건 시은이 다 사 주었고 백화점 쇼핑도 같이 다녔다.

오빠와 이혼을 한 지금도 가끔 만나서 점심을 먹기도 하면서 그녀와의 인연을 계속해서 이어 오고 있었다.

"아가씨도 그렇지 않아요?"

"뭐……."

"얄미우면서, 사람이 좀 솔직해져야죠."

언제나 직선적인 시은이었다. 이런 점이 마음에 드는 게 사실이었다. 세현은 다른 사람들에게 자신이 재벌가의 딸이라는 걸 숨기면서 살았다. 하지만 시은은 명품으로 휘감고 살면서 자신이 태한그룹의 상속녀라는 걸 사람들에게 알리고 다녔다.

"솔직히…… 얄미워요."

"나도 저년이 얄미워요."

"어떻게 하실 거예요?"

"내가 당한 만큼은 돌려줘야 하지 않을까요?"

"그럼, 오빠는…….."

세현이 그녀의 손을 꽉 잡았다. 시은이 생각하는 것처럼 그녀는 범후를 생각하지 않았다. 지난번에 그녀가 한 부탁도 들어주지 않는 오빠였다.

"지금은 범후 씨보다는 대호 오빠만 생각해요. 알겠죠?"

"……."

"한꺼번에 두 가지를 생각하는 건 힘들어요."

시은이 비릿하게 웃었다. 세현은 시은이 무슨 일을 저지를 것 같아서 불안했다.

"우리 대호 오빠만 건드리지 않으면 괜찮아요."

"제가 경찰청장을 잘 알아요. 이번에 인사 때 신경 쓰라고 할 게요."

"정말이에요?"

"그럼요. 이제 나이도 있는데 현장에서 벗어나 본청으로 들어가야죠."

그렇게만 된다면 그녀의 걱정이 하나 줄 것 같았다. 세현은 대호가 자신과 많은 시간을 보내길 바랐다. 지금은 너무 바빠서 저녁 늦게 보는 게 다였다.

"그러면 둘이 같이 있는 시간도 많아질 거예요. 내가 살아 보니까 같이 보내는 시간이 많아야지 정이 더 들더라고요."

그건 세현도 동감이었다.

"계획이 뭐예요?"

"내게 다 생각이 있으니까. 아가씬 내 편만 들어 주면 되는 거예요."

"네."

불안했지만 세현은 대호를 위해 뭐든 할 수 있었다.

회장실의 분위기가 모처럼 좋았다. 그동안은 어두운 가구 색만큼이나 회장실의 분위기가 어두웠다. 민국그룹의 창립일에 가장 충격적이었던 사건이 바로 태한그룹 며느리의 불륜 사건이었다. 그 사건이 터진 지 3년이 지난 지금까지도 그때의 일이 회자될 만큼 민국그룹을 흔든 사건이었다.

이제 그 정도의 세월이 흘렀으니 김 회장의 입맛에 맞는 새로운 신붓감을 찾는 중이었다. 그런데 오늘 서동그룹에서 혼담이 와서 김 회장은 기뻤다.

서동그룹은 태한그룹보다 재계 순위가 높은 그룹이었다. 이렇게 된다면 민국그룹의 위상이 더 높아질 것이다.

"회장님, 부르셨습니까?"

둘째 아들이자 민국방송 사장인 태성이 그의 부름을 받고 들어왔다.

"앉아라."

"오늘은 기분이 아주 좋아 보이십니다."

태성은 죽은 태훈과는 다르게 그의 기분을 잘 맞춰 주는 아들이었다.

"그러냐?"

"네, 그런데 어쩐 일로 부르셨습니까?"

"이 사진 좀 봐라."

그가 사진을 건네자 태성의 얼굴에 미소가 가득했다.

"서동그룹의 딸이 아닙니까?"

"맞다. 인물도 좋고 머리도 좋아서 지금 치과 의사라고 하는구나."

태성도 아가씨가 마음에 드는 눈치였다.

"우리 성우의 짝입니까?"

웃는 이유가 다 있었다.

"아니, 범후의 짝이다."

"서동그룹에서는 허락을 안 할 텐데요?"

태성의 얼굴은 갑자기 벌레 씹은 얼굴이 되어 있었다.

"왜? 성우의 짝으로 생각했어?"

"네."

태성은 그의 마음을 숨기지 않았다.

"성우는 네가 잘 찾아 주면 되는 것이고……."

범후는 아버지가 죽었지만, 성우는 아버지가 살아 있으니 그가 신경 쓸 필요는 없었다.

"아버지, 이건 정말 너무하시는 거 아닙니까? 우리 성우는 아직 결혼도 안 했는데……. 이혼한 녀석이 뭐가 예쁘다고 그렇게 신경을 쓰시는 겁니까?"

태성은 평소에 서운한 감정은 잘 드러내지 않는데 자식의 일이라서 그런지 오늘은 서운함이 얼굴에 가득했다.

"장손이 잘돼야 집안이 잘되는 거야."

"아버지!"

"여긴 회사다."

"회장님, 이번 혼사는 우리 성우에게……."

"그쪽에서 범후를 마음에 들어 해."

그건 그랬다. 서동그룹의 딸이 범후를 마음에 들어 한다고 했
다. 한 번 실패를 보긴 했지만 성우보다는 범후가 훨씬 잘생겨서
여자들에게 인기가 많았다.

"이거 자랑하시려고 부르셨습니까?"

"이렇게 삐뚤어서야……. 쯧쯧, 요즘 시은이를 만난다고?"

"정보가 빠르십니다."

"왜 만나는 거야?"

김 회장은 시은이 싫었다. 아무리 재벌가의 딸이라고는 하나
이미 끝난 인연인데 자꾸만 범후의 주변에 어슬렁거리는 게 거
슬렸다.

"방송에 투자하고 싶다고 해서……."

"민국방송에?"

"네."

"그런 마음을 먹을 아이가 아니다."

확실히 무슨 꿍꿍이가 있는 것 같았다.

"시은이가 절 찾아온 건 이것 때문입니다."

태성이 안주머니에서 꺼내 보여 주었다.

"이게 뭐냐?"

"하루 종일 여자랑 노닥거리는 거 아닙니까?"

김 회장은 범후가 완전 모범생이라고 생각했는데 범후의 다른 모습에 놀랐다.

"그런데 이 여자는……."

"그 집 도우미 출신에 민국신문의 수습기자랍니다."

"민국신문?"

"네."

김 회장의 입술이 파르르 떨렸다. 그는 재벌과 평민들은 달라야 한다고 생각했다. 그는 지배층이고 기자들은 그의 평민들이었다. 그런데 그런 평민과 자신의 손자가 이런 짓을 벌이다니 용서가 되지 않았다.

"왜 말을 안 한 거야?"

"확실하게 알아본 후에 말씀드리려고 했습니다."

"당장 범후를 불러들여!"

화가 머리끝까지 난 회장은 범후를 당장 불러오라고 소리쳤다.

"회장님, 왜 범후와 척을 지시려고 합니까?"

"그럼?"

"여자아이부터 불러들여야지요."

그건 태성의 말이 맞았다.

"전 범후가 다시 실수하는 게 싫습니다. 시은이 일로 그렇게 시끄러웠는데, 또 한 번 스캔들을 일으킨다면 주주들이 가만히 안 있을 겁니다."

"……."

태성이 가고 그는 비서 실장을 불렀다.

"사회부, 한다이에 대해 빠짐없이 조사해."

"네."

언론사를 오래 경영하면서 느낀 건 기자들이 경찰이나 흥신소보다 사람 조사는 더 잘한다는 것이었다. 머리 좋고 집요한 기자들의 특성이 잘 어우러지는 것 같았다. 시은이 가져다준 자료보다 그의 기자들이 더 잘 조사할 거란 걸 그는 알았다.

"한다이라……."

이름도 이상한 것이 신분도 낮으면 그는 돌아 버릴 것 같았다.

다이는 요즘 정신이 없었다. 낮에는 자료 조사에 정신이 없었고 밤에는 범후 때문에 정신이 없었다. 오늘은 범후가 안 왔으면 하는 바람이었다.

"다 했다……."

기지개를 켜며 다이가 말했다.

"오늘은 먼저 가 보면 안 될까요?"

"의리 없는 것."

혜련이 자료에 얼굴을 박은 채로 말했다.

"먼저 가."

조 선배는 혜련이와 둘이서만 있고 싶은지 그녀에게 선뜻 가라고 했다.

"감사합니다."

그녀는 이렇게 말하고 서둘러 집으로 갔다.

"따뜻한 물에 샤워하고 그대로 뻗어서 잘 거야."

퇴근 후의 계획을 중얼거리며 그녀는 빠르게 경찰서를 빠져나갔다. 그런데 경찰서 앞에 어김없이 벤츠가 서 있어서 다이는 깜짝 놀랐다. 평소보다 1시간이나 일찍 나왔는데…….

"후……."

한숨을 쉬며 차 번호를 봤는데 범후의 것이 아니었다.

"벤츠 리무진은 흔한 차인가 보네."

그녀는 이렇게 말하며 코너를 돌려고 했다. 그때 갑자기 경적이 울렸다.

빵! 빵!

"뭐지?"

다이는 뒤를 돌아보았다. 그런데 낯익은 얼굴이 그녀에게 다가오는 것이었다.

"어디서 봤는데……."

"안녕하십니까? 전 김학수 회장님 운전사입니다."

회장님이라는 소리에 다이는 온몸이 경직되는 것 같았다.

"네……."

"회장님께서 기다리십니다."

"네?"

"차 안에 계십니다."

이건 또 무슨 일인지 다이는 걱정이 되었다. 그녀는 운전기사의 뒤를 따라 회장이 타고 있는 차로 가서 차 문을 열었다.

"타지."

차 안에 정말 김학수 회장이 앉아 있었다. 그녀는 그의 카리스마에 눌려 차 안에 올랐다.

"안녕하십니까? 한다이입니다."

"한다이고 두다이고. 윤 기사, 출발해."

화장은 화가 많이 나 있는 상태인 것 같았다. 그녀의 이름을 이렇게 대놓고 비웃는 걸 보면 말이다.

"네."

그때 중간의 차단막이 올라갔다. 둘이 은밀히 대화를 나눌 수 있다는 뜻이었다.

"우리 범후랑은 무슨 관계지?"

"사장과 직원 관계입니다."

"그게 다야?"

"그것보다 조금 더 가까운 사이입니다."

"이런 사인가?"

그녀가 옷을 하나도 입지 않고 식탁 위에 앉아 있는 사진과 범후와 소파에서 섹스하는 사진, 거실 바닥에 둘이 엉켜 있는 사진이었다.

"……."

"기가 막히지?"

화장의 말에 할 말이 없었다.

"당장 헤어져."

"······."

다이가 놀란 건 그가 말한 내용보다 그녀의 무릎 위에 던져진 봉투 때문이었다. 이건 정말 막장 드라마의 하이라이트 부분이었다. 물 컵이 없는 게 옥의 티였다. 다이는 봉투를 한참 동안 내려보다가 그녀 옆에 놓았다.

"안 받겠습니다."

그녀는 정중하게 거절했다. 이 돈 봉투를 받을 이유가 없었다.

"뭐? 계속 만나겠다는 소리야?"

"안 만나겠습니다."

"그래, 좋아."

"그런데 저에게 사과하십시오."

"뭐?"

김 회장이 기가 막히다는 듯이 그녀를 보았다.

"회장님께서는 저를 모욕하셨습니다."

"내가?"

"네, 돈을 가지고 저에게 상처를 주셨습니다. 전 김 사장님과 깊은 관계는 맞지만 김 사장님께 뭔가 요구하진 않았습니다. 앞으로도 그럴 마음이 없고요."

"계속 만나겠다는 거야?"

"아닙니다. 헤어지겠습니다. 그러니 사과하십시오."

"싫다면? 내가 벌레만도 못한 네게 왜 사과를 해야 해? 그리고 범후가 선을 본다면 너하고 붙어먹든 말든 상관 안 해. 알겠어?"

선이라는 단어가 귀에 박혔다.

"내려 주십시오."

"차 세워!"

그가 인터폰으로 말하자 운전기사가 차를 세웠다.

"내려. 그리고 민국일보도 그만둬."

"……"

그녀는 대꾸하지 않고 차에서 내렸다.

"야!"

김 회장이 소리를 질렀지만 다이는 답하지 않고 앞으로 무작정 걸었다. 가방 안에서 전화는 계속 울렸다. 아마 범후가 그녀를 데리러 온 모양이었다. 다이는 전화도 받지 않은 채 무작정 걷고 또 걸었다.

그렇게 한참을 걷다가 다이는 택시를 타고 집 앞에 내렸다.

"한다이!"

범후의 목소리였다.

"……"

다이는 그를 무시하고 그녀의 원룸 건물 안으로 들어갔다.

"한다이!"

"……."

범후가 달려와 그녀의 팔을 잡아챘다.

"뭐야? 왜 그래?"

"……."

"화나는 일이 있는 거야?"

"우리, 이제 그만 만나요."

"뭐?"

범후의 표정이 굳어졌다.

"우리 이제……."

그가 갑자기 그녀의 입술을 삼켰다. 원룸 엘리베이터 앞에서 그는 다이에게 진한 키스를 하고 있었다. 그의 혀가 깊숙이 들어와서 소유권을 주장하고 있었다. 아무 느낌이 없어야 하는데, 그의 키스가 좋았다.

띵!

엘리베이터가 내려왔고 한 남자가 내리려다가 그들을 보고 주춤하는 게 보였다.

"죄송합니다. 하던 거 하세요……."

남자는 이렇게 말하며 밖으로 나갔다.

"왜 이러는 거야?"

"……."

"내가 속이 타서 죽길 바라는 거야?"

"미안해요. 우리의 인연은 여기까지인 거예요."

"한다이!"

그가 다이를 벽으로 밀어붙였다. 하지만 이번엔 다이도 가만히 있지 않았다.

"그만하자고요. 난 재벌 따위는 한 트럭을 줘도 싫으니까!"

그녀는 범후를 밀치고 엘리베이터에 탔다. 그리고 황당한 표정을 짓는 그를 뒤로하고 엘리베이터의 닫힘 버튼을 눌러 버렸다.

혜련은 조 선배와 나란히 앉아 있는 게 어색해서 죽을 지경이었다. 다이가 먼저 퇴근하고 둘만 남자 조 선배가 갑자기 그녀에게 같이 갈 곳이 있다고 하여 쫓아온 곳이 바로 자동차 극장이었다. 연쇄 살인범의 자료를 조사하다가 갑자기 영화라니. 기가 막혔다. 멀쩡하게 봤는데 아닌 모양이었다.

자동차 극장에 앉아 있은 지 30분이 흐르고 있었다.

"이거 다 드세요."

팝콘을 먹느라 손이 왔다 갔다 하는데 자꾸 부딪쳐서 신경이 쓰였다.

"선배, 여긴 왜 온 겁니까?"

"연쇄 살인."

"아……."

오늘 영화는 연쇄 살인범에 관한 영화였다. 눈으로 보는 건 무섭지 않은데 이상하게 긴장감이 흐르는 음향 효과에 반응하는 혜련이었다.

"어머!"

그녀는 저도 모르게 몸을 움츠리고 눈을 감았다.

"아까 잔인한 사진도 잘 봤으면서 내숭이야?"

"네, 내숭인 거로……."

혜련은 지금 상황이 짜증스러워 대꾸도 안 하기로 마음먹었다.

둥둥둥…….

"아악!"

이래서 스릴러를 보지 않는데 머릿속이 하얗게 변했다.

"언제까지 안겨 있을 거지?"

"……."

얼른 몸을 떼야 하는데 긴장감이 흐르는 음악이 계속 나와서 눈을 뜰 수가 없었다.

"송혜련."

"잠깐만요, 난 이런 거 무섭단 말이에요."

그때 갑자기 조 선배의 팔이 그녀의 어깨에 올려졌다.

"불편하니까 차라리 편하게 기대."

"……."

그의 말에 혜련은 심장이 두근거리는 게 느껴졌다.

"난 이런 거 좋아하는 줄 알았지. 다음에 올 땐 스릴러는 보면 안 되겠군."

"다음에?"

"그래, 다음에."

그는 이렇게만 말할 뿐 더는 말을 하지 않았다. 심장이 쫄깃해 지는 영화 때문에 혜련은 더는 그의 말에 깊은 의미를 두지 못했 다. 하지만 그의 손은 신경 쓰이게 그녀의 어깨를 꽉 끌어안고 있었다.

"자동차 극장에 많이 와 봤나 봐요?"

"처음이야."

"거짓말, 이렇게 자연스러우면서……."

그녀는 이렇게 말하며 그의 팔에서 나오려고 했다.

"왜?"

"이제 안 무서워요."

하지만 그는 계속해서 그녀의 어깨를 감싸고 있었다.

"남자 친구 있어?"

"아뇨. 여자 친구 있어요?"

"아니."

"그런데 왜 이런 걸 물어봐요?"

그녀가 고개를 들어 조 선배의 얼굴을 바라봤다.

"남자 친구가 없어야 할 수 있는 걸 하려고."

"뭘요……. 읍!"

조 선배가 갑자기 혜련에게 입술을 맞췄다. 정신이 없어서 지금 이 상황을 어떻게 설명할 수가 없었다. 혜련은 심장이 터질 것 같았다. 그의 혀가 그녀의 입안으로 들어와 정신없이 움직였다.

"<u>으으으음</u>……."

그녀의 입에서 신음이 나왔다. 조 선배는 글만 잘 쓰는 게 아니라 키스도 잘했다. 혜련은 저도 모르게 그가 리드하는 대로 키스했다. 싫지 않았다. 혜련은 속으로 이제 자동차 극장에 자주 올 것 같은 생각이 들었다.

8. 아무도 도와주지 않는다

　이틀 동안 다이의 삶은 지옥 그 자체였다. 범후를 그렇게 보내고 다이의 마음은 가볍지 않았다. 그리고 그녀가 깨달은 것이 있다면 그녀는 이미 범후를 사랑하고 있다는 것이었다.

　그에게선 더는 연락이 없었다. 다행이라고 생각해야 하는데 마음은 그렇지 않았다.

　"무슨 일 있어?"

　"어?"

　"얼굴이 핼쑥해졌어."

　"아니야."

그녀는 선배들의 기사를 정리해 주고 있었다. 아직 말단 기자라서 그녀가 자체적으로 할 수 있는 건 없었다. 하지만 언젠가는 조 선배처럼 심층 취재 기사를 쓸 날이 있을 거라는 희망을 가지고 열심히 일하는 다이였다.

"한다이."

"네, 부장님."

자동으로 몸이 반응해서 언제 갔는지 빛의 속도로 부장님 책상 앞에 서 있는 다이였다.

"지금 바로 청주 지사에 내려가서 근무하도록."

"네?"

"청주에 내려가라고. 조 기자가 쓰는 기사 도와줘."

갑작스러운 결정에 다이는 당황했다. 지금 하던 일의 양도 장난이 아닌데 그녀가 내려간다면 혜련은 그냥 일에 치여 죽으라는 말이었다.

"제 업무량이 적지 않은데, 송혜련 기자 혼자선 못 버팁니다."

"그건 내가 알아서 할 테니까 신경 쓰지 마.

부장은 그녀와 눈도 마주치지 않았다.

"조 기자님도 내려가십니까?"

"아니."

이유는 모르겠지만 이상하게 좌천되는 느낌이었다. 부장이 서류에서 눈을 떼지 않고 말하는 것도 신경이 쓰였다. 뭔가 아는 눈치인데…….

"언제까지 있어야 합니까?"

"올라오라고 할 때까지."

"……."

"한 가지, 너 윗선에 무슨 사고 쳤어?"

"제가요?"

"지난번에 너 사장님 오셨을 때 사고 쳤잖아. 그런 거 다른 데서도 했어?"

"아니요."

부장이 눈을 가늘게 뜨고 다이를 보았다.

"내가 기자 생활 20년에 너같이 말도 안 되는 사고를 치는 애는 처음인데 말이야. 그래도 그랬다고 내려보내는 사장도 이상하고."

"사장님이 직접 말씀하신 겁니까?"

"그건 아니고, 난 편집장님한테 들었으니까. 자세한 건 몰라. 당장 내려보내란 말만 들었어. 정말 사고 친 건 아니지?"

"네."

"알았어. 일단은 내려가 있어. 내가 알아보고 다시 데려올 테니까."

부장의 말에 인사하고 자리로 돌아온 다이는 책상에 짐을 챙겼다.

"뭐 해?"

그녀가 갑자기 박스에 짐을 넣자 혜련이 걱정스러운 얼굴로 그녀 옆에 다가왔다.

"청주 간다."

"거기는 왜?"

"까라면 까야지."

이를 악물고 조용히 말했지만, 속에선 천불이 올라오고 있었다.

"까였어?"

다이가 고개를 끄덕였다.

"내가 내일쯤 내려갈 테니까 먼저 가서 있어. 그리고 사고 치지 말고 가만히 있고. 알겠지?"

조 선배가 그녀의 어깨를 툭 치며 말했다.

"내가 언제 사고를 쳤다고……."

"뭣 때문인지 몰라?"

다이는 이런 불합리한 처분에 노동청에 신고해야 하나 말아야 하나 고민 중이었다. 하지만 만약 김 사장과의 관계 때문에 이렇게 됐다면 할 말은 없었다. 어쨌든지 민국일보에 입사한 건 그녀의 선택이었으니까 말이다.

"모르겠다."

다이는 짐을 정리해서 곧바로 청주로 향했다. 청주엔 기숙사가 있어서 불편함은 없었다. 그렇지만 이유도 모르고 이렇게 좌천이 된 건 기분이 좋지 않았다.

"그만둬야 하나?"

그녀는 청주행 고속버스에 몸을 싣고 가는 내내 생각이 많았다.

청주에 도착한 다이는 기숙사로 사용되는 아파트에 들어갔다. 현재 사용하는 사람은 없었다. 그래서 30평대의 아파트를 혼자서 독식하게 되었다.

"아이고 좋다."

소파에 길게 누우며 다이는 천장을 보았다. 좋은 게 좋다고 장점만 생각해 보기로 했다. 이렇게 새 아파트도 혼자 쓰고…….

"좋다고……."

갑자기 서러움에 눈물이 흘러내렸다.

"울긴……."

손으로 눈물을 훔치며 자리에서 일어난 다이는 캐리어의 짐을 풀고 청주 지사로 나갔다.

"내일 와도 되는데……."

편집장님이 그녀를 맞이해 주셨다. 열 명 남짓한 직원들이 각자의 책상에서 뭔가를 하고 있었다.

"저기가 한 기자 자리."

"네, 감사합니다."

다이는 거의 퇴근 시간에 와서 얼마 안 있다가 그들과 같이 퇴근을 했다. 낯선 환경이 마음을 불안하게 했지만, 그래도 같이 일하는 사람들의 성격이 좋아 보여서 그나마 다행인 것 같았다. 신문사 건물을 나오자 낯익은 실루엣이 보였다. 잘못 본 것이 아닌가 싶어 다이는 눈을 크게 뜨고 다시 한 번 보았다.

"오빠?"

대호 오빠였다. 그녀가 여기 온건 어떻게 알고 온 것일까?

"여기로 온다고 말은 해야지."

"그런가? 그런데 여긴 어쩐 일이야?"

"너 때문에 걱정되서 왔지. 혜련이에게 전화했더니 너 청주로 쫓겨났다고 화가 머리끝까지 나서 말하더라."

혜련이가 알려 줬다는 걸 알고 다행이라는 생각이 들었다. 세현이가 말해 줬다고 하면 기분이 나빴을 것 같았다.

"괜찮아."

"밥은?"

오빠는 부모님처럼 언제나 그녀의 건강이 가장 걱정인 것 같았다.

"아직."

그가 다이의 손을 잡았다. 다른 때 같으면 그냥 내버려 뒀을 텐데 다이는 그의 손을 살며시 뺐다.

"왜?"

"오빠, 이러니까 세현이가 싫어하는 거야."

세현이 싫어하는 게 문제가 아니라 다이도 이제 오빠와 이러면 안 될 것 같은 생각이 들었다. 그간 너무 편하게 대했던 게 문제였다. 그녀의 잘못도 있는 것 같았다.

"뭐가? 난 세현이한테도 이렇게 해."

"알아, 하지만 세현이는 오빠 애인이고 난 오빠 동생이야."

그녀는 처음으로 대호에게 자신의 진심을 말했다.

"여자들은 있잖아, 자기 남자가 다른 어떤 여자하고도 이러는 거 싫어해. 그게 친동생이라도 말이야."

대호 오빠의 서운한 얼굴이 그녀에게도 그대로 보여 마음이 아팠다. 하지만 언젠가는 할 말이었다.

"다이야."

"알아, 오빠가 날 어떻게 생각하는지. 오빠는 정말 나에겐 가족 같은 사람이야. 알지? 오빠 서운하게 하고 싶은 마음 없어. 난 오빠 좋아해."

다이는 이렇게 말하며 한 발 뒤로 물러섰다.

"넌…… 내 마음이 어떨 것 같아? 네 눈엔 내가 안 보이는 거야?"

서운한 오빠의 마음을 이야기하는 게 아닌 것 같았다. 오늘 대호 오빠는 다른 날과 달랐다.

"오빠."

"난 세현이가 아니라 다이, 네가 좋아. 세현이를 좋아하려고 노력했는데…… 그게 잘 안 돼."

다이는 온몸에서 피가 빠져나가는 느낌이었다. 오빠가 그녀를 여자로 생각하고 있는 줄은 꿈에도 생각하지 못했었다.

"오빠는 나한테 친오빠야."

"다이야……."

"가족끼리 이러는 거 아니야."

다이가 웃으며 농담을 건넸지만, 대호의 표정은 그게 아니었다.

"김범후 때문이야?"

"오빠?"

"세현이가 나에게 말했어. 네가 주제넘게 자신의 오빠를 좋아한다고 말이야. 자기 오빠는 민국일보 사장인데 어떻게 기자 주제에 자신의 오빠와 그럴 수 있냐고……."

다이는 지금 대호가 하는 말이 가슴에 못이 되어 박혔다. 사실이라 더 아팠다.

"다 사실이야. 난 그 사람과 깊은 관계였는데 지금은 아니야."

"다이야."

"그리고 오빠와도 아니야."

다이가 그의 손을 뿌리치고 뒤를 돌아서서는 집으로 향했다. 마음이 아팠다. 하지만 다이는 단 한 번도 대호를 오빠 이외의 다른 감정으로 생각해 보지 않았다.

대호는 그녀의 인생에 길잡이 같은 사람이었다. 오빠가 그녀를 각별하게 생각한다는 건 알았지만 여자로 생각하는 줄은 몰랐었다. 그동안 오빠는 그녀를 여자로 생각한다고 말한 적도 티를 낸 적도 없었다.

"내가 눈치가 없었던 거야."

놀란 마음에 심장이 두근거렸다. 대호 오빠와는 다시 이야기
해 봐야겠다는 생각을 했다. 오빠는 가족 같은 사람이라서 이런
일로 오빠를 잃고 싶지 않았다.

집에 들어서니 여자 신발이 있었다. 다른 기자들이 왔다는 생
각을 하며 다이는 안으로 들어갔다.

"안녕하세⋯⋯."

인기척에 다이는 무조건 인사를 하려다가 멈추었다. 세현과
그간 사진으로 많이 보았던 시은이 나란히 소파에 앉아 있었다.

"왜 인사를 하다가 말아?"

세현이 까칠하게 말했다. 여기서까지 세현을 보니 기분이 좋
지 않았다. 대호 오빠가 여기에 온 걸 안다면 더 길길이 날뛸 게
뻔했다.

"너는 어쩐 일이야?"

다이가 인상을 쓰며 말했다.

"언니, 제가 저렇게 당돌해요."

아직도 시은과 친한 모양이었다. 범후가 안다면 기분이 나쁠
일이었다. 불륜을 저지른 전처와 동생이 친하게 지내는 일은 기

분 좋은 일은 아니니까 말이다.

"그런 것 같네. 앉아."

시은이란 여자는 연예인처럼 옷을 입었다. 노란색 원피스에 초록색 밍크는 원지 마스크에 짐 캐리가 연상되는 색감이었다.

"전 할 말이 없는데요."

오늘은 그냥 쉬고 싶었다. 진이 다 빠져나간 것 같았다.

"앉으라면 앉아."

여자의 말끝이 짧았다.

"그래, 앉지 뭐. 나한테 할 말 있어?"

"뭐?"

시은이 발끈했다. 시은은 범후와 나이가 비슷한 여자였다.

"먼저 반말을 하니까, 난 또 이런 미국식 언어를 좋아하는 줄 알았지."

다이는 물러나지 않았다. 다이는 싸움을 좋아하는 성격은 아니었지만, 상대방이 싸움을 걸면 결코 밀리는 성격도 아니었다.

"좋아, 네가 서서 듣든 앉아서 듣든 마지막 경고를 하려고 온 거야."

"무슨 경고?"

"김범후하고 한대호에게서 떨어져."

"둘 다 관심 없으니까 알아서 갖도록 하고. 이만 가 줄래?"

다이는 세현을 보고 말했다.

"내가 대호 오빠라도 너한테 질리겠다. 어떻게 그렇게 줘도 못 먹니?"

"뭐?"

"난 할 만큼 했어. 네가 자꾸 오빠와 나를 엮지만 않았어도 오빠는 그냥 너랑 결혼했을 거야. 그런데 이제는 좀 그른 것 같다."

"뭐?"

"그동안은 네가 뭐라고 해도 오빠에게 말 안 했는데 이제는 애인 단속 좀 하라고 말하려고."

다이가 당차게 나가자 두 여자 다 놀란 눈치였다.

"그리고 범후 씨는 한 번도 내 사람이라고 생각해 보지 않았어. 그런데 아직도 미련 있는 거야?"

"뭐?"

"미련이 있으면 범후 씨에게 말해야지. 나한테 이래 봤자 무슨 소용이야?"

세현이 자리를 박차고 일어나 다이의 뺨을 때리려고 했지만 다이가 그녀의 손을 붙잡았다.

"이런 건 상대를 봐 가면서 하는 거야."

"이거 안 놔?"

그녀가 세현의 손을 놔주었다.

"빨리 나가. 안 나가면 경찰을 부를 거니까."

아주 가지가지인 상황이었다.

"확실히 대단해. 그러니까 김범후가 호기심을 느낀 거겠지. 일단 갈게. 다음에 볼 때는 이 상황은 아닐 거야. 오늘 너의 그 악바리 근성은 아주 인상적이었어."

세현과 시은이 숙소를 빠져나가자 다이는 욕실로 향해 물을 틀고는 큰 소리로 울었다. 왜 이렇게 당하고 살아야 하는지 속이 상했다. 그리고 이렇게 속상한 마음을 편하게 털어놓았던 오빠도 이제는 없다는 게 서러웠다.

다음 날, 청주 지사로 출근을 한 다이는 조 선배가 부탁한 사건을 취재하기 위해 청주 교도소를 방문했다. 교도소에 온 건 난생처음이었다. 미리 서면으로 취재 요청서를 보내 들어가는 것에는 문제가 없었지만, 괜히 떨렸다.

"감사합니다."

접견실로 안내받은 다이는 자리를 잡고 앉았다. 그녀와 교도관이 거리를 두고 앉아 있었다. 영화에서 본 것과 비슷한 느낌인데 직접 이러고 있으니 무서웠다. 괜히 주변을 두리번거리며 살핀 다이는 애꿎은 입술만 물어뜯고 있었다.

끼익!

철문이 열리고 되수가 교도관과 함께 들어왔다. 그리고 당시 죄수인 김복남을 마주했다.

머리에 뿔이라도 달려 있을 줄 알았는데 그는 정상적으로 생긴 아저씨였다. 아니 아주 호감형의 미남이었다. 하지만 다른 게 있다면 그의 눈빛이었다. 이런 게 살기란 걸까…….

한 번도 느껴 보지 못한 살기가 그의 눈에서 느껴졌다.

"안녕하세요? 다른 취재진은 만나 주지 않았는데 저를 이렇게 만나 주시니 감사합니다."

자신이 듣기에도 목소리가 불쌍할 정도로 떨렸다. 이렇게 혼자 오는 게 아니었다. 살인자를 너무 가볍게 생각했던 게 실수였다.

"먹을 거 가져왔어?"

그녀는 가방에 든 초코파이를 그에게 내밀었다. 그리고 야쿠르트도 주었다.

"고마워."

그냥 보기에 평범한 아저씨 같은 사람이었다. 죄수복을 입고 살기 어린 눈빛이라는 것만 빼고 일반인과 다를 게 없는 사람이었다.

"제가 이제부터 질문하겠습니다. 대답하기 싫은 부분은 안 하셔도 됩니다."

다이는 노트북을 펼쳐 들었다.

"부인을 죽이셨다고 들었습니다."

"……."

그는 말없이 그녀를 빤히 보았다.

"왜 죽이셨나요? 왜 굳이 토막을 내신거죠? 그리고 왜 담요에 싸셨는지……."

그와 마주하는 게 무서워 저도 모르게 질문이 막 나가 버렸다.

"싸우다가 우발적으로 죽인 거야. 난 토막을 내지 않았고 담요에 싸지도 않았어."

그건 그의 말이 맞았다. 그간 연쇄 살인을 취재하다 보니 자연스럽게 연관된 다른 사건을 떠올린 것 같았다. 그런데 김복남은 눈 하나 깜박이지 않고 자신의 일에 대해 말했다.

"죄, 죄송합니다. 저도 모르게 막 물었네요. 흠흠, 그날은 왜 싸우셨습니까?"

"술을 먹는데 짜증이 났어."

"짜증이 나서 때리셨습니까?"

"맞아, 평소 하던 대로 했지."

평소에도 술을 먹으면 여자를 때리는 모양이었다.

"밧줄로 목을 조르셨다고……."

"난 등산을 좋아해. 그래서 집에 항상 밧줄이 있었지. 그날도 그냥 내 옆에 밧줄이 있었어."

양천 사건의 직접 사인은 교살이었다. 그것도 등산용 밧줄이 주로 사용되었다.

"그랬군요. 그런데 왜 부인을 토막 내고……."

"삑, 틀렸다니까."

한참 질문을 하는데 그가 신난 아이처럼 말했다. 사람을 죽이는 것이 신이 나 보이다니. 그런데 이런 사람이 한 명만 죽였을까? 이렇게 완벽하게 죽였다면 다른 살인의 경험이 많다는 말이었다.

"가족은 없으세요?"

다이가 질문의 방향을 바꾸었다. 그가 너무 신나 하는 게 눈에 거슬렸다.

"기자 양반은 몇 살이지?"

그가 다이를 빤히 쳐다보며 물었다.

"전 지금 스물다섯 살인데요."

"우리 딸이 살아 있다면 비슷하겠네."

생각만 해도 끔찍했다. 살인자 아버지라……. 그녀의 아버지
가 그렇다면 그녀는 정말 싫을 것 같았다.

"따님이 있으세요?"

"죽은 마누라가 딸을 낳고는 보육원에 보내 버렸어."

"왜요?"

"내가 죽일까 봐. 난 어린 것들에겐 관심이 없는데도 말이야."

그의 말을 한참 동안 듣고 있으니 기분이 싸해지는 것이 이상
했다.

"서울 양천 경찰서에 사건이 하나 들어왔어요."

"그래?"

그에게 사진을 보여 주었다. 그가 한참 동안 사진을 보더니 웃
었다.

"왜요?"

그가 웃는데 소름이 돋았다.

"왜 그러시는데요?"

"이거, 날 따라 한 거네."

그가 자신이 이런 식으로 사람을 죽였다는 말을 했다. 뭔가 건
질 수 있을 것 같았다. 그런데 그때 교도관이 면회 시간이 끝났
다고 했다.

"저기 조금만……."

"기자 양반, 내일 또 와. 이렇게 이야기를 나누니까 좋네."

김복남이 윙크를 하며 사라졌다. 손발이 떨려 죽겠는데 김복남은 너무 여유가 넘쳤다. 다이는 사무실로 돌아가 오늘의 일을 정리했다. 오늘 조 선배는 일이 생겨서 못 오고 월요일에 오기로 하였다.

늦은 시간까지 사건 정리를 하고 선배 기자들의 사건 사고 소식을 정리한 다이는 늦은 저녁에 사무실을 나왔다.

"으으윽!"

기지개를 켜고 택시를 부른 다이는 신문사 간판을 멍하게 바라보았다.

"이게 내가 원하는 기자 생활이 맞나?"

그녀는 이렇게 구시렁거리며 택시를 타고 숙소로 향했다.

민국그룹의 본가는 지금 폭풍전야였다. 서재에 모인 식구들의 얼굴은 거의 경직되어 있었다. 특히 김 회장의 얼굴은 험악하기까지 했다.

"뭐야? 안 보겠다는 거야?"

"네, 전 여자가 있습니다."

"여자? 그 기자 나부랭이를 여자라고 하는 거야? 서동그룹의 딸 정도는 돼야지.”

김 회장의 입가에 거품이 일었다.

“전 싫습니다.”

태성의 입꼬리가 말려 올라갔다. 아주 볼썽사나운 상황이었다. 할아버지에게 대드는 손자라니. 그로서는 상상도 할 수 없는 일이었다.

“전 제가 원하는 여자와…….”

팍!

김 회장이 범후의 얼굴에 그의 앞에 있던 책을 던졌다. 책 모서리에 머리를 찍힌 범후의 이마에서 드라마틱하게 피가 흘러내렸다.

“할아버지, 피가…….”

세현이 옆에서 호들갑이었다.

“안 죽어.”

“전 절대로 다이를 포기 못 합니다.”

범후의 말에 가만히 있던 세현도 발끈했다.

“다이는 잊어, 그년이 내 남자 친구를 빼앗아 갔어. 그런데도 오빠는 다이를 만날 거야?”

“네 사랑은 네가 알아서 하는 거야. 누굴 핑계로 삼지 마.”

범후가 인상을 쓰며 말하다니 그 여자가 좋긴 한가 보다라는 생각이 든 태성은 머리를 굴리기 시작했다.

"그 아이의 집안이 좋다면 기자라고 해도 뭐……."

일부러 말끝을 흐렸다. 다이에 대해 다 알지만, 지금은 살살 약 올리는 게 목적이었다.

"고아 출신입니다."

세현이 알아서 잘 말해 주고 있었다.

"뭐?"

"얼굴은 오빠가 좋아하는 스타일인데 성격도 별로고 고집도 세요."

김 회장은 뒷덜미를 잡았다. 태성은 옆에서 세현에게 박수라도 쳐 주고 싶었다. 오늘 세현도 이를 악물고 말하는 걸 보니 뭔가 맺힌 게 있어 보였다.

"소문엔 아버지가 살인자라고……."

"김세현!"

오늘은 세현이 예쁜 짓을 하고 있었다. 태성이 하려던 말을 고맙게도 세현이 먼저 말해 주었다.

"확실해?"

"같은 학교 나왔잖아요."

세현이 말뚝을 박았다.

"소문이긴 하지만, 그래도 아니 땐 굴뚝에 연기 나겠어요?"

범후의 얼굴이 창백해져 있었다. 고아까지는 어떻게 해서든지 설득할 수 있었을 것이다. 범후는 초혼이 아니니까. 하지만 살인자의 딸은 그런 범주를 넘어서는 것이었다.

"그럴 리가 없습니다. 소문을 가지고 그렇게 판단하시면 안 됩니다."

"맞다니까요."

세현이 쐐기를 박았다.

"아니면 어쩔 건데?"

범후가 발끈했다.

"진짜 살인자의 딸이면 어떻게 하냐고? 소문엔 자기 아내를 죽인 파렴치한이라는 말도 있어."

"그걸 다이가 한 건 아니잖아. 그리고 넌 다이 친구야."

"이제 난 그년 친구가 아니야."

세현이 강경하게 말했다. 옆에서 그만 보기 아까운 장면이었다.

"조용히 해. 일단 넌 서동그룹 딸과 선봐."

"할아버지!"

"안 그러면 그년의 발모가지를 내가 직접 부러뜨릴 거니까."

아버지의 성화에 못 이겨 범후는 결국 선을 보게 되었다. 이제

태성은 범후가 어떻게 나올지 기다리다가 다이와 만나는 사진을 찍어 김 회장과 서동그룹에 보내면 될 것이다. 저렇게 흥분한 녀석이 서동그룹의 딸에게 매너를 지킬 리가 없었다.

태성은 굿이나 보고 떡이나 먹을 생각이었다.

다이는 청주에서 일주일째 근무 중이었다. 사람들과도 친하게 지냈다. 여기서도 혜련처럼 오지랖이 넓은 친구가 있었다. 그녀의 옆자리에 앉은 김한빛이라는 기자였다. 나이는 그녀보다 많았지만, 경력은 그녀와 비슷한 동기였다.

청주는 처음이라 어색하고 심심할 줄 알았는데 아니라서 다행이었다. 가끔 쓸데없는 농담을 잘해서 그렇지 한빛과 재미있게 잘 지냈다.

"한 기자, 이거 봤어?"

한빛이 그녀의 옆구리를 찔렀다.

"네?"

"지금 기사 뜬 거 봤냐고?"

"제가 기사 볼 시간이 어딨습니까? 부장님이 주신 숙제가 얼마나 많은데……."

다이가 투덜거렸다. 그녀의 작문 실력이 너무 좋다며 부장이 날이면 날마다 그녀에게 기사 원고를 맡겼다.

"우리 사장님 선본 것 같은데…… 깜짝이야!"

그의 말이 떨어지기가 무섭게 다이의 얼굴이 그의 모니터 앞으로 가 있었다.

"관심 없다며?"

"……."

서동그룹의 딸과 선을 봤다는 기사가 실렸다. 정말 선을 보고 있는 사진이 실려 있었다. 다이는 왜 이렇게 온몸에 힘이 빠지는지 알수 없었다. 의자에 털썩 주저앉은 다이는 한참을 멍하게 있었다.

"한 기자도 우리 사장님 팬이야?"

"……."

"하여간 남자는 잘생기고 봐야 할 것 같아. 이렇게 여기저기서 한숨이 나오니 말이야. 내가 선을 보면 신경도 안 쓸 텐데……."

김 기자의 말이 귀에 들리지도 않았다.

"한 번을 안 잡네."

"뭐가?"

"아니에요."

범후는 그날 이후로 그녀에게 연락 자체를 끊었다. 그녀는 그냥 섹스 파트너에 불과했다. 다이는 책상에 머리를 박았다. 여기서도 김범후 때문에 미칠 것 같다니. 그녀는 아무래도 김범후의 늪에 빠진 것 같았다.

"뭐 하는 거야? 왜 그래?"

놀란 김 기자가 그녀에게 물어봤지만 다이는 대답할 기운이 없었다. 멘붕인 상황이었다.

"놀랐어? 물이라도 줄까?"

"아니요."

"누가 보면 애인이 선본 줄 알겠다."

"그러게요."

그녀는 다시 하던 일을 하려고 시선을 돌렸다.

Rrrrrrr—

혜련의 전화였다.

"여보세요?"

[어때? 괜찮아?]

기사를 본 모양이었다.

"응, 안 괜찮으면 또 어쩌겠어?"

[난 세현이한테 전화가 와서 깜짝 놀랐어. 네가 시골에 내려가서 못 볼 것 같으니까 말해 주래나 뭐라나. 다시는 내 눈에 띄지 말라고 했다.]

역시 세현은 그녀 인생의 악역이 되기로 작정한 것 같았다. 하지만 세현은 아직 너무 연기력이 부족했다.

"고마워. 근데 나 바빠."

[알았다. 힘내. 원래 맞는 짝이 다 있는 거야. 김 사장님은 아니었던 거고.]

"알았다."

전화를 끊은 다이는 또다시 책상에 머리를 박았다.

"그렇게 박으면 안 깨져."

부장이 다이를 바라보며 말했다.

"죄송합니다."

다이는 얼른 몸을 일으켰다. 이러다가 직장까지 잃게 된다면 정말 비련의 여주인공이 될 것 같았다.

"죄송은, 내 머리 깨지는 것도 아닌데……."

그때였다. 그녀의 구원 투수인 조 선배가 들어왔다.

"안녕하십니까?"

"선배……."

"늦어서 미안, 네가 부탁한 거 찾느라고 늦었다. 빨리 나와봐."

조 선배는 그녀를 끌고 나가다시피 데리고 나왔다.

"왜 이렇게 급해요?"

조 선배는 자동차의 시동을 걸고 바로 출발했다.

"너한테 할 말이 많아서."

"저요?"

"충격적일 수도 있고."

충격은 오늘 받을 만큼 받은 것 같은데 기분이 싸했다.

"난 오늘 충격을 받을 만큼 받았어요. 더 큰 충격은 사양이에요."

다이가 손을 절레절레 흔들었다.

그들은 근처의 포장마차로 향했다.

"낮인데?"

"술이 필요할 거야."

그 정도의 충격적인 이야기를 들은 심리 상태가 아니었다.

"왜요?"

"마셔."

시간이 아직 4시였다. 그런데 술이라니 기가 막혔다.

"어미, 아비도 못 알아본다는 낮술입니다."

"잔소리 말고 마셔."

"먹으라고 하니까 먹지만……."

다이가 소주를 원샷했다. 한 잔 마셨는데도 취기가 올라오는 것 같았다.

"말해요."

"내가 김복남에 대해 조사했는데⋯⋯. 거기서 한 가지 이상한 걸 발견했어."

"그래요?"

"김복남의 가족은 부인과 딸이 있는데 부인이 생활고를 이유로 딸을 보육원에 보냈데."

"그건 알아요. 김복남이 나랑 비슷한 연배의 딸이 있었다고 했어요."

"그런데 말이야⋯⋯."

그가 서류 하나를 내밀었다. 다이는 무심히 사진을 봤다. 어디서 본 사진이었다. 그녀의 얼굴 표정이 점점 더 굳어 갔다.

출생 신고도 안 한 핏덩이를 보육원에 보낸 사람이 그녀의 어머니이자 김복남의 부인이었다.

"그러니까, 내가 김복남의⋯⋯."

뒷말을 내뱉기가 두려웠다. 다이의 눈에선 눈물이 흘러내리고 있었다. 고아로 자라면서 부모에 대한 상상을 해 본 적이 있었다. 돈이 없어서 자신을 버렸거나, 피치 못할 상황이 생겨서 버린 거라고 생각했다.

하지만 아버지가 어머니를 죽인 살인자라고는 그 누구도 생각하지 못할 것이다.

"널 낳자마자 버린 거야. 네가 아버지에게 죽임을 당할까봐…… 네 어머니는 그렇게 계속해서 몇 년을 더 폭행을 당하다가 돌아가셨어."

조 선배의 말에 가슴이 무너져 내렸다.

"아닐…… 거예요."

"……"

"제가 버림받기는 했지만, 이 정도로 기막힌 상황은 아닐 거라고요."

"……"

선배는 조용히 그녀의 잔에 술을 따라 주었다. 다이는 선배와 술을 마시고 나서 완전히 필름이 끊겨 버린 상황이었다.

얼마나 마셨는지 기억조차 나지 않았다. 그런 그녀를 선배는 집까지 옮겨다 놓았다. 원래 세상은 부모가 낳아 주고 혼자 살아가는 거라지만 이건 해도 해도 너무했다. 남들은 행복한 가운데 불행이 한두 개라면 그녀는 불행한 가운데 행복마저도 없는 것 같았다.

부모의 도움을 받으며 사는 것은 꿈도 꾸지 않았다. 그냥 그녀에게 해를 끼치지만 않으면 되는 것이었다.

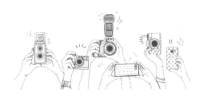

9. 이건 사랑이 아니다

숙취로 인해 머리가 부서질 것같이 아팠다. 누굴 원망하겠는가? 마신 건 본인인데……. 머리를 들 수가 없었다. 도대체 얼마나 부어라 마셔라 했는지 오리엔테이션 때 선배들이 먹였던 술보다 더한 것 같았다.

"으으으……."

신음하며 술 냄새가 진동하는 베개에 얼굴을 묻었다.

"못 일어나겠어."

한쪽 눈을 뜨니 창가에 해가 들어왔다. 이건 오전 6시가 아니란 말이었다. 출근해야 하는데 일어날 수가 없다. 그런데 더 환장하겠는 건 아주 고소한 냄새가 집 안 가득 풍긴다는 것이었다.

옆집에서 밥을 하는 모양이었다. 다이는 핸드폰을 찾아 조 선배에게 전화를 했다.

"선배……."

일단은 연기 대상감의 다 죽어가는 목소리를 냈다.

[아프다면서.]

"네?"

어떻게 알았을까? 설마 필름이 끊겨서 전화를 한 건 아닌지 걱정이었다.

[너 아파서 오늘 출근 못 한다고 하던데?]

"그건 그렇지만, 난 그런 말을 한 적이 없는데……."

머리가 깨질 것 같이 아픈 와중에 다이는 몸을 일으켜 혹시나 새로 숙소에 들어온 사람이 있나 확인했다. 있으면 고맙다고 말해야 할 것 같았다. 왠지 전우애 같은 것이 생겼다.

[괜찮아?]

"아뇨……."

발을 질질 끌며 거실로 나온 다이는 까치집을 진 머리를 긁적였다. 정신을 차릴 수가 없었다.

[어제 술을 그렇게 퍼마시니까 그렇지. 오늘 교도소 면회 갈

거야.]

"저도 갈래요."

[넌 쉬어.]

"……."

전화기를 들고 있던 다이는 주방에서 왔다 갔다 하는 사람의
뒷모습을 보고는 그대로 얼어붙어 버렸다. 이건 취해서 헛것을
보고 있거나 아니면 아직 잠이 덜 깨서 꿈을 꾸고 있다거나, 둘
중의 하나였다.

[다이야……]

"……."

핸드폰에선 소리가 들리는데 그녀는 범후의 뒷모습을 보고는
멍해져 버렸다.

[다이야, 한다이?]

"제가 나중에 전화할게요."

그녀의 목소리에 범후가 뒤를 돌아보았다.

"일어났어? 난 죽은 줄 알았는데……."

너무나 자연스러운 그의 모습에 다이는 더 멍해지는 것 같았
다.

"여긴 어쩐 일이세요? 그건 또 뭐고요?"

"여긴 너 보러 왔고 이건 전복죽이야."

어이가 없다는 말은 이런 경우를 두고 하는 말이란 걸 알게 되었다.

"지금 뭐 하시는 거예요?"

"술 취한 애인 전복죽 끓여 주고 있지."

"애인?"

"그럼 우리 둘의 관계는 뭐지? 사장과 직원?"

그가 말하는 게 왜 이렇게 얄밉게 들리는 것일까?

"선봤잖아요?"

그는 다른 여자와 선까지 봤고 그 상황이 거의 실황 중계되었다.

"봤어."

"이 당당함은 뭐죠?"

"상황이 그렇게 됐어. 그냥 바이어 만난다고 생각했어."

"바이어?"

"맞아, 바이어. 선을 봐야 할아버지가 조용하시거든. 그리고 재벌들의 결혼은 비즈니스야."

어이가 없었다.

"어머, 뭐 하는 거예요?"

"술 취한 애인 죽 먹이려고."

그가 다이를 자신의 무릎에 앉히고 전복죽을 후후 불고 있었다.

"먹어."

얼떨결에 전복죽을 받아먹은 다이였다.

"뭐 하는 거예요?"

"여기 근처에 있는 죽집에서 샀는데 집보다 못해."

"김범후 씨!"

"맞아, 김범후. 그리고 너무 보고 싶었어."

"읍!"

그가 그녀의 입술을 삼켜 버렸다. 빼려고 발버둥을 쳤지만, 그의 힘을 당해낼 수가 없었다. 그의 혀가 거칠게 입안으로 들어오자 다이는 더는 아무런 생각을 할 수가 없었다. 그가 용서되지 않는데 몸은 그의 품 안에 완벽하게 안겨 있었다.

"으읍, 싫어……."

하지만 뒷말은 그의 입안으로 사라졌다. 그녀의 입술을 집요하게 물고 빠는 통에 다이는 정신을 차릴 수가 없었다.

"으으음……."

"보고 싶어서 죽는 줄 알았어."

"다른 여자와 선본 주제에……. 읍!"

그가 다시 그녀의 입술을 삼켰다. 이번엔 키스라기보다는 그녀의 말을 막아 버린 느낌이었다. 다이는 그의 집요한 키스에 서운했던 마음이 녹아내렸다. 그의 목에 팔을 감고 그의 입술을 뜨겁게 받아들이기 시작했다.

"으으음."

그들의 혀가 서로 얽히기 시작했다. 왜 이렇게 그만 보면 섹스를 못 해서 안달일까? 그녀는 마음까지 허락했는데 그는 육체만을 원하는 것 같아서 불안했다. 이러다가 버려지는 것은 아닐까?

그가 다이를 안아 들었다. 그리고 침대로 향했다.

"하아, 아침이라고요."

"알아."

그는 그녀의 말은 무시하고 그녀의 입술부터 찾았다. 그리고 다이를 침대에 눕혔다.

"일주일이 넘었어."

"그거야, 난 청주에 있으니까……."

"미칠 것 같았다고."

그는 이렇게 말을 하며 자신의 옷을 찢듯이 벗었다. 그의 몸은 화가 나는 이 순간에도 멋졌다. 그는 자신의 옷을 빠르게 벗어 던지고는 그녀의 옷을 벗기기 시작했다.

부욱!

이건 벗기는 게 아니라 찢는 것이었다.

"범후 씨!"

"앙탈 부리지 마. 나도 참을 만큼 참았으니까."

그가 으르렁거리며 그녀의 몸을 덮쳐 왔다. 한 마리의 야수가 그녀의 침실을 찾았다. 그는 잠시를 참지 못하고 그녀의 다리를 벌리고 젖은 질 안에 곧바로 페니스를 밀어 넣었다. 이렇게 빠르게 그녀 안에 들어온 적은 없었다.

"오늘은 못 참겠어."

그는 이렇게 말하며 격하게 허리를 움직였다. 그가 움직이는 동안 전화벨이 요란하게 울렸다.

"하아, 하아……."

Rrrrrrrr—

전화는 이런 상황에서 눈치 없이 계속 울었다.

"받아."

"하아, 안 받아요."

그가 허리를 더 격하게 움직였다. 그의 페니스는 오늘따라 더 커진 듯이 그녀의 질을 압박해왔다.

Rrrrrrr—

"헉헉, 받아."

다이는 어쩔 수 없이 전화를 받았다.

"하아, 여보세요?"

[뭐 해?]

"오늘 아파서……."

그가 격하게 그녀 안을 파고들었다. 전화를 받으니 더 집요하게 그녀를 공격하는 것 같았다.

[안 그래도 다들 걱정이야. 어제 사장님이 기사 난 것 때문에 회사를 발칵 뒤집어 놓고 사라지셨거든.]

"사라져?"

[응, 오늘 출근 안 하셨대. 오너가 좋기는 좋아.]

혜련은 오늘따라 전화를 끊을 생각을 하지 않고 있었다.

"아, 알았어."

[넌 술병 났다고 소문이 파다해.]

"그만하고 끊어."

그녀는 혜련의 전화를 일방적으로 끊었다. 더는 받고 있을 수가 없었다. 그가 움직이는 속도를 높이고 있었기 때문이었다.

"아아앙……."

그는 아직 격하게 움직이고 있었다. 고개를 약간 숙이고 보니 그의 거대한 페니스가 그녀 안을 들락거리는 게 보였다. 믿기지 않는 장면이기도 하고 자극적인 모습이기도 했다. 그들이 연결된 부위를 보자 다이의 클리토리스가 움찔거리기 시작했다.

"술병은 나 때문에 난 건가?"

"아니요."

자신의 아버지 때문이라고 말하고 싶지 않았다. 그 살인자는 그녀의 아버지가 아니었다. 다이의 눈에서 또다시 눈물이 흘러내렸다.

"아니긴……."

그가 마지막을 향해 빠르게 움직이자 다이도 끝 모를 쾌감에 사로잡혔다.

"윽!"

그가 다이의 안에 자신의 분신들을 쏟아부었다. 그리고 다이를 꼭 끌어안고 그녀의 정수리에 입을 맞추었다.

"헉헉, 친한 척은 말아 주세요."

다이가 그의 입술에 눌린 정수리를 옆으로 틀며 말했다.

"아니, 우린 친해."

그가 다시 그녀의 머리를 가져와 정수리에 입을 맞추었다.

"말이나 못 하면……."

"선본 건 어쩔 수 없는 일이었어."

범후의 말에 안심이 되기도 했지만, 그는 아직 다이에게 자신이 그녀를 어떻게 생각하는지 말하지 않고 있었다.

"범후 씨는 날……."

Rrrrrrr—

용기를 내서 물어보려고 한 순간 범후의 핸드폰이 울렸다.

"잠깐……."

그는 다이를 방에 두고 밖으로 나가 전화를 받았다. 다이는 그가 사라지자 욕실로 들어가서 샤워를 했다. 그의 통화는 길어지는 것 같았다. 그녀가 씻고 나왔는데도 그의 통화는 계속해서 이어졌다.

바쁜 사람이란 걸 알긴 했지만, 오늘 같은 날은 그가 바쁜 게 싫었다. 다이는 그의 마음을 알고 싶었다. 그녀를 어떻게 생각하는지, 그녀가 이렇게 참고 기다리면 언젠간 그녀에게 돌아올 것인지. 묻고 싶은 말은 많은데 이야기를 할 수가 없었다.

"다이야, 가 봐야 할 것 같아. 일이 생겼어."

그가 들어오더니 옷을 입기 시작했다. 급한 일인 것 같았다. 역시 오늘도 그에게 진심을 물어볼 수 없을 것 같았다.

"네."

"시간 내서 꼭 올 테니까. 그때 얘기하자."

범후는 다이의 입술에 가볍게 키스했다.

"곧 올 거야."

그는 이렇게 말하고 서둘러 방을 나갔다. 집 안에 혼자 남아 그가 사 온 전복죽을 먹으며 다이는 눈물을 흘렸다.

교도소를 이렇게 제집 드나들 듯이 할 거라고는 생각도 못 했었다. 그런데 요즘은 아주 자연스러운 일과가 되어 버렸다. 교도관들에게 인사를 하고 조 선배와 함께 접견실로 들어간 다이는 이곳은 몇 번을 와도 적응이 안 된다는 생각이 들었다.

거기다가 오늘은 그녀의 아버지가 김복남이란 사실을 안 첫날이었다. 가야 하나 말아야 하나 고민하다가 조 선배의 설득으로 오게 되었다.

"괜찮아?"

"하나도 안 괜찮아요."

"다이야, 개인적으로는 떨쳐 버려야 할 일이기도 하고 가지로서는 알아내야 할 일이야."

"네……."

그때 문이 열리더니 김복남이 들어왔다. 그는 비릿한 미소를 띠며 다이를 보았다.

"오늘은 또 뭐가 궁금하지?"

"가족에 대한 이야기요."

다이가 당차게 물었다. 오늘은 김복남이 하나도 무섭지 않았다. 다만 그에 대한 분노의 마음만이 가득했다.

"왜, 소설이라도 쓰게?"

살인자이자 그녀의 아버지는 자신의 죄를 모르고 아주 여유를 부렸다.

"죄책감은 없어요?"

"뭐?"

한동안 가만히 앉아 있던 그녀의 말에 김복남은 인상을 썼다.

"죄책감?"

"아니, 그게 아니라……."

조 선배가 중간에 말을 막았다.

"아니긴, 뭐가 아니야. 그리고 죄책감이라니. 죽을 만하니까 죽인 거지."

"뭐라고요?"

다이가 자리에서 벌떡 일어났다. 마치 온몸에서 용암이 분출

되듯이 분노가 폭발했다. 그녀의 행동에 교도관들도 자리에서 일어났다. 그러자 조 선배가 교도관들을 막았다.

"당신이 뭔데 죽을 만한지 아닌지 판단해. 우리 엄마가 뭘 그렇게 잘못했는데 죽여. 네가 그러고도 사람이야? 내 몸에 있는 네 피를 다 빼 버리고 싶어!"

"……."

그녀의 말에 모두가 놀라 한동안 정적이 흘렀다.

"아악!"

저도 모르게 소리를 질렀다. 속에서 응어리진 뭔가가 가슴을 누르는 것처럼 답답했다. 다이는 접견실 안을 이리저리 돌아다니며 분노를 삼키려고 애썼다.

"그, 그러니까 네가……."

"닥쳐!"

다이가 김복남의 멱살을 잡았다. 죽여 버리고 싶은 마음이었다. 김복남은 다이의 행동에 놀랐는지 가만히 있었다.

"다이야!"

조 선배가 그녀의 말을 막았다. 다이는 심장이 터질 것처럼 뛰었다. 이러다가 심장이 터지는 건 아닐까 생각했다.

"아니지……?"

김복남이 뭔가를 눈치챈 듯이 물었다.

"김복남 씨, 그러니까 제가 묻고 싶은 건……."

"넌 빠져. 난 쟤하고 말할 거니까. 그러니까……."

"엄마는 왜 죽인 거야?"

다이가 흥분한 마음을 진정시키려고 심호흡을 했다.

"널 가져다 버렸으니까."

어이가 없는 이유였다.

"그건 날 위해 그런 거고. 왜 사람은 죽이냐고?"

그의 눈이 사냥감을 본 짐승처럼 어두워졌다.

"내 딸이었어."

그의 한쪽 입꼬리가 올라갔다.

"세상에 날 기억할 사람이 있었어."

"미친……."

"연쇄 살인 사건을 취재하는 거야? 내 딸이 기자가 된 거고? 그럼 내가 다 얘기해 줄 테니까 네놈이 쓰지 말고 내 딸을 줘."

그가 조 선배의 컴퓨터를 뺏어 그녀의 자리에 밀었다.

"내가 다 말해 줄게."

김복남은 다이를 보며 말했다.

"내가 죽인 열두 명에 대한 이야기를 너에게 다 얘기해 줄게."

"……."

기가 막힌 일이었다. 자신이 죽인 열두 명이라니. 이건 또 무슨 말인가? 선배가 그녀에게 눈짓을 했다.

"알았어요."

그녀가 노트북 앞에 앉았다. 짜증이 나고 화가 났지만 이건 기회였다. 기자로서의 일생일대의 기회 말이다.

"넌 나가."

"다이가 위험해서 안 됩니다."

"내가 딸을 죽일까 봐? 수갑을 차고?"

"충분히……."

"알았어. 내가 죽인다면 죽여도 널 죽이겠지."

소름이 돋는 말에 조 선배가 얼어붙었다. 조 선배의 이런 표정은 처음이었다. 두려운 것이었다. 교도관이 옆에서 그들의 말을 듣고는 어딘가로 전화를 걸었다.

"정말 말할 겁니까?"

"난 한다면 해. 그러니까 내가 널 죽이지 않게 넌 그냥 그림자처럼 있어."

김복남이 조 선배를 협박했다. 다이는 그 자리에 앉아서 그를 똑바로 보았다.

"팔목을 보여 줘 봐."

왜 보자는 건지 모르겠지만 다이가 양팔을 내밀자 그의 눈에 눈물이 고였다. 그녀의 팔엔 언제 생겼는지 모르는 데인 흉터가 있었다.

"맞군."

"이봐요."

아버지인 척 감상에 삐진 모습이 역겨웠다.

"그건 담배빵이야. 일부러 그런 건 아니고, 실수였어."

"그 어린애한테……."

다이는 자신의 상처의 비밀을 알고 나니 기가 막혔다. 엄마가 왜 그 핏덩이를 보육원에 보냈는지 이해가 됐다.

"고의는 아니었고 실수였어."

그는 당당하게 실수였다고 말했다.

"뻔뻔하긴……."

"뭐야?"

"……."

조 선배가 한마디 하고 바로 꼬리를 내렸다. 수갑을 차고 있었지만, 살인자가 뿜어내는 살기는 일반인이 감당하기엔 힘든 것이었다.

"말해요."

다이가 정신을 차렸다. 이왕 이렇게 된 거 억울하게 죽은 사람들의 마음이라도 달래 주고 싶었다.

"이름이 뭐지?"

"한다이."

다이가 김복남의 눈을 똑바로 보며 말했다.

"그게 뭐야. 난 김은빈이라고 예쁜 이름도 지어 주었는데……."

"자, 처음 살인은 언제 했죠?"

"급하네."

그는 여유를 부렸지만, 그들은 여유가 없었다.

"처음은 30년 전인데……."

이건 청주 살인 사건의 처음이었다. 미제 사건의 주인공이 그녀의 친부라니. 다이는 미칠 것 같았다.

온 세상이 떠들썩했다. 청주 살인 사건의 범인이 나타나면서 세상이 발칵 뒤집혔다. 거기다가 경찰이 아닌 기자가 사건을 해결해서 더욱 세간의 관심을 받았다.

찰칵! 찰칵!

기사가 난 당일, 출근길은 그야말로 혼잡 그 자체였다. 조 선배가 그녀를 빼내 주지 않았다면 그녀는 사무실로 들어올 수도 없는 상황이었다.

"우리 청주 지사가 생긴 이래 이렇게 떠들썩한 건 처음이야."

부장이 혀를 내둘렀다.

"어쨌든. 조 기자, 한 기자 수고했어."

부장이 더 기뻐할 수 없는 건 그녀가 살인자의 딸이란 걸 알았기 때문이었다. 그 점은 기사에 나가지 않았지만 조금 있으면 밝혀질 일이었다.

"어쨌든 대단해."

김 기자도 옆에서 축하해 주었다.

"이건 조 선배가 다 한 일입니다."

"아니야, 이건 한 기자가 다 한 거야. 나라면 절대로 밝혀내지 못했을 거야."

조 선배도 그녀의 어깨를 툭툭 치며 응원해 주었다.

다이는 마음이 무거웠다. 아버지인 김복남이 불쌍해서는 아니었다. 그가 죽인 여자들이 생각났기 때문이었다. 고통 속에 죽어간 그녀들이 제발 한을 풀기를 바라는 마음이었다.

이틀 연속, 이건 아니었다. 어쩌면 이렇게 사람을 엿을 먹이는 건지 다이는 이를 악물었다. 모니터 안에는 그녀의 반라의 사진이 얼굴만 모자이크되어 있었고 그 옆에는 완전 나체의 범후가 있었다. 그의 집에서 찍힌 사진이었다.

"와우, 이 글래머는 누구야?"

김 기자가 침을 흘리며 모니터를 보았다.

"자고로 남자는 돈이 많아야 하는 것 같아. 이런 아름다운 여자와 이렇게 찐한……."

다이가 그를 째려보았다.

"미안, 기분 나쁘라고 한 건 아니고. 사진 속의 여자가 예쁘긴 하잖아?"

김 기자가 꼬리를 내렸다. 요즘은 말 한마디 잘못했다가는 성희롱으로 걸리기 때문이었다.

Rrrrrr—

혜련이었다.

"여보세요?"

[너지?]

하여튼 눈치는 기가 막혔다.

[어떻게 하려고 이 난리냐?]

어제오늘 다이는 연예인보다도 많은 스포트라이트를 받고 있었다. 더는 사양이었다.

"아무도 몰라."

그녀의 몸매만 보고 그녀라는 걸 알 사람은 김범후 한 사람뿐이었다.

[내가 알잖아, 내가 알면 세현이도 알 거고.]

"후……."

그래, 예외도 있었다. 어릴 때부터 같이 목욕탕을 아무렇지 않게 다녔던 그들이었다. 혜련의 말이 맞는 듯했다.

"어떤 새끼가 이런 짓을 했을까?"

[김 사장이 워낙 적이 많아. 회장님이 이번에 결혼시키려고 했는데 잘 안 돼서 완전 눈 밖에 났나 봐. 회장님은 재벌가의 여자 아니면 며느릿감으로 생각도 안 하신대.]

그녀 같아도 잘난 손주를 평범한 여자에게 장가보내고 싶지 않을 것 같았다. 그래도 이 사진은 너무했다. 그에게선 전화도 오지 않고 있었다.

"자, 다들 엉뚱한 기사 읽지 말고 일들이나 해."

부장이 소리쳤다. 프로라면 이런 상황에서도 일을 해내야 되는데 전혀 되지 않고 있었다. 그리고 또다시 기사가 떴다. 이 여자가 누군지 안다면서 뜬 기사였다. 거기엔 그녀의 얼굴이 그대로 드러나 있었다.

옆에 있던 김 기자가 그녀의 얼굴을 한 번 보고 모니터를 한 번 보았다.

"아니지?"

"뭐가요?"

어쩔 수 없이 목소리가 떨렸다.

"똑같은데?"

"세상엔 닮은 사람들이 많죠."

모두의 시선이 그녀에게 향했다.

"저, 전 아닙니다."

분위기가 이상해졌다.

"그런데 왜 이렇게 연 이틀을 민국방송에서 우리 사장님을 건드리지?"

"조금 있으면 주총이라서 그래요."

옆에 있던 다른 기자가 말했다.

"이제 회장님이 일선에서 물러나면 민국그룹에서 회장 자리를 놓고 경쟁할 사람은 김범후 사장과 김태성 사장밖에 없거든요. 두 사람이 피 튀기는 기싸움을 할 거예요. 지금은 전초전이고."

그녀를 이용해서 범후를 깎아내리려는 음모였다.

다이는 범후에게 전화를 걸었지만 그는 전화를 받지 않았다. 아마도 지금쯤 민국방송에 쳐들어갔을지도 몰랐다.

"성질을 죽여야 하는데……."

다이는 자신이 노출된 것보다 범후가 걱정이 되었다.

세현은 대호를 쏘아보고 있었다. 이렇게 사람 말을 죽어라 안 듣는 인간도 처음이었다.

"집에 안 들어갈 거야?"

"……."

경찰서 사람들이 그들을 보고 있었다. 방송국에서 뉴스 진행을 하다가 바로 와서 풀 메이크업인 그녀였다. 신입이었지만, 운이 좋아서 그녀는 7시 뉴스에 작은 코너를 진행하고 있었다. 그녀의 등장에 양천 경찰서는 아주 난리였다.

그런데 더 웃기는 건 소도둑놈같이 생긴 대호에게 말을 거니 다들 더 놀란 눈치였다.

"여기가 어디라고 들어와."

대호가 세현에게 핀잔을 주었다.

"내가 못 올 데 왔어? 그리고 집에 혼자 가기 싫어."

"세현아……."

"같이 가자. 혼자 있으면 무섭다고."

다른 사람이 있건 없건 세현은 막무가내였다.

"오늘따라 왜 이러는 건데?"

"몰라서 그래?"

세현의 눈에 눈물이 글썽거렸다.

"내 생일이잖아."

대호는 그때야 생각난 듯 세현의 손을 잡고 경찰서를 나섰다.

"너무해."

"미안, 난 원래 그런 거 안 챙기는 놈이야."

"다이는 매번 챙겨 줬잖아."

"하……. 세현아."

그가 한숨을 내쉬며 차 문을 열어 주었다. 그녀가 차에 타자 그는 집이 아닌 다른 곳으로 향했다. 세현은 솔직하게 그가 교외의 레스토랑으로 간다고 생각했다. 하지만 아니었다. 한적한 곳에 차를 세운 대호가 세현에게 말했다.

"너 다이한테 왜 그랬어? 왜 그런 기사를 내게 도와준 거야?"

"난 그런 적 없어."

대호가 형사라는 걸 잠시 잊었다.

"다이는 네 친구야. 그런데 어떻게 그래?"

"난 안 그랬어. 그리고 난 오빠가 다이만 감싸는 거 싫어."

이제 이런 싸움은 그만할 때도 되었는데 매번 싸움의 끝은 다이였다.

"……난 다이 좋아해."

처음엔 잘못 들은 줄 알고 그의 얼굴을 멍하게 바라보았다.

"다이를 좋아한 지 오래됐어."

"오빠!"

"그냥 다이를 좋아하는 마음을 누르고 살려고 했어. 아니, 그렇게 할 거야. 하지만 오늘 다이 기사는 좀 심했어."

대호는 화를 내는 사람이 아니었다. 그런데 다이 일에는 이렇게 열을 올리고 있었다.

"뭐가 심한 건데? 그건 사실이잖아. 둘이 온종일 그러고 있었어."

"사실이든 거짓이든, 남의 사생활을 멋대로 기사로 내는 건 옳지 않아. 둘의 관계가 범죄인 것도 아니잖아."

"오빠……."

"그리고 다이는 날 남자로 생각하지 않아. 오빠로 생각하지."

그건 대호의 말이 맞았다.

"너와 나의 문제는 다이 때문이 아니라 내 마음 때문이야. 다이가 아니더라도 난 너와는 맞지 않아. 아니, 오히려 다이 때문에 널 좋아하려고 했어. 그런데 난 부담스러운 관계는 싫어. 넌 부자고 난 가난해. 그건 내가 아무리 노력한다고 해도 줄여질 차이가 아니야."

"아니, 내가 다 포기할게."

"아니, 넌 포기 못 해. 그래서 안 되는 거야. 네가 날 좋아해 주는 건 고맙지만, 내 마음이 편하지 않아."

"오빠."

"다이와는 관계없어. 그리고 앞으로 다이는 괴롭히지 말아 줘. 너 아니어도 힘든 아이야."

대호는 분명 그녀를 좋아한다고 했다.

"끝까지 지켜 주지 못해서 미안하다. 하지만 나도 솔직해지고 싶었어."

대호의 말에 세현은 한없이 울었다. 이렇게 힘든 사랑을 할 거라고는 단 한 번도 생각해 보지 못했었다.

세현은 다이가 용서되지 않았다. 그리고 그런 그녀의 마음을 받아 주지 않는 대호도 미웠다. 친절하게 대하지나 말지. 그녀의 마음을 받아 주는 척이나 하지 말지. 세현은 서러움에 눈물을 흘렸다. 둘 다 그녀의 마음을 아프게 했다. 그렇게 참고 참았는데…….

그런데 대호가 참으라고 했다. 참으면 안 되겠냐고, 마지막 부탁이라고 말했다. 세현은 뜨거운 눈물을 흘렸다.

사무실에 한가로이 앉아 있을 시간도 있고, 오래 살다 볼 일이었다. 범후는 책상 위에 모니터를 비릿한 시선으로 보며 스캔들 기사를 읽고 있었다. 아주 잘 조합된 사진이었다. 시은의 불륜 사진이 진실인 것에 비해 그의 스캔들 사진은 조작된 것이었다.

일단 자신과 다이의 기사는 빠르게 내리긴 했지만, 다이에 대한 기사가 쏟아지고 있었다.

"살인자의 딸이라……."

그는 다리를 꼬고 앉아 생각에 잠겼다. 그를 이렇게 건드리고 있는 건 다름 아닌 민국방송이었다. 이 기사를 뉴스에 내놓다니 정신이 어떻게 된 것 같았다. 덕분에 민국방송의 시청률은 평소보다 10% 이상 올라갔지만 말이다.

"미친……."

잠자는 사자의 코털을 건드렸으니 이제 그가 그들을 잡아먹을 차례였다. 물론 그가 대부분의 기사들을 막기는 했다. 하지만 다른 채널을 통해 확인되지 않는 사실들이 유포되고 있었다. 범후는 다이가 걱정되었다. 최대한 그가 할 수 있는 선에서 기사를 막고 있었다.

"사장님."

손 비서가 창백한 얼굴로 들어왔다.

"왜?"

"회장님께서 부르십니다."

"너무 늦었어."

스캔들 기사로 떠들썩했던 건 3일 전이었다. 그는 자리에서 일어나 감청색 재킷을 입었다. 그리고 넥타이를 고쳐 맸다. 결전을 벌이려면 이 정도는 해야 할 것 같았다.

"사장님, 김태성 사장님도 같이 계신답니다."

"그래?"

"저기 너무 화내시지 마시고……."

"내가 알아서 해."

그는 냉정하게 말하고는 걱정이 한가득인 손 비서를 뒤로하고 회장실로 향했다. 범후는 오늘 작심을 하고 모인 사람들의 얼굴을 하나씩 보았다. 그들의 눈을 바라보며 여유로운 미소를 지었다.

"부르셨습니까?"

최대한 아무렇지 않은 표정으로 인사를 했다.

"어떻게 된 일인지 설명해 봐."

김 회장은 노기를 띤 얼굴로 그에게 물었다.

"짜 놓은 함정에 걸려든 거죠."

"뭐?"

김 회장이 모른 척하며 소리를 쳤다.

"그러니까 여기 모이신 분들께서 쳐 놓은 함정에 제가 걸린 거라고 해 두죠."

범후는 어제저녁부터 아침까지 생각에 생각을 거듭했지만 화만 날 뿐이었다.

"잘못을 모른다니까요."

사촌 동생인 성우가 한마디 했다.

"한 마디만 더 하면 내일 자 신문 1면은 너야."

범후가 눈에 거슬리는 성우를 보며 쏘아붙였다.

"뭐?"

"난 분명히 경고했어."

그의 당당한 태도에 성우가 꼬리를 내렸다.

"남들이 보면 네가 잘한 것 같구나."

"전 제 감정에 솔직한 것뿐입니다. 뭐 문제라도 있습니까?"

회장실엔 임원들도 같이 있었다. 모두가 그의 말에 반박하지 못했지만 못마땅한 얼굴들이었다.

"사장님, 솔직히 사장님의 사생활은 저희에게 그리 중요하지 않습니다. 은밀하고 조용하게 넘어간다면 얼마나 좋겠습니까. 3년 전에 그 사건 이후 여론은 사장님께 우호적이었지만, 며칠 전에 그 사진은 저희도 감당하기 어려운 사진이라……."

임원진들이 하나둘씩 말을 꺼내기 시작했다.

"공교롭게도 서동그룹의 따님과 선본 사진이 실리고 그 다음 날 이런 사진이 올라오니, 저희로서도 사장님의 사생활에 문제를 제기할 수밖에 없습니다."

"제 사생활은 문제가 없습니다. 사랑하는 게 문제가 됩니까? 불륜도 아니고. 그보다 이건 이런 사진을 찍는 사람들을 처벌해야 하는 겁니다."

"김 사장."

드디어 회장이 입을 열었다.

"난 김 사장이 품위를 지켜야 한다고 생각해."

"네, 회장님."

"그런 기자와의 스캔들은 좋은 인상을 줄 수가 없어. 당장 헤어져."

"헤어지는 건 회사의 이미지를 실추시킨 것에 대한 책임을 지는 거라고 할 수 없습니다."

그때 김태성이 끼어들며 말했다.

"그럼, 그만둘까요?"

범후가 태성을 노려보며 물었다.

"뭐 그렇게 해야 한다면……."

"그런 일은 없을 겁니다. 그리고 이번에 제 사생활을 이렇게 들쑤시고 다닌 사람은 반드시 각오해야 할 겁니다. 내가 어떻게 하는지."

그는 회장실을 나왔다. 범후는 이번 일에 연루된 사람들을 찾아 뼛속까지 후회하게 만들어 줄 것이라고 다짐했다.

10. 사랑의 또 다른 이름은 섹스

딸기 맛 막대 사탕을 입에 문 다이는 창가에 서서 먼 산을 바라보고 있었다. 아파트의 거실에서 보면 이름 모를 산이 보였다. 오늘은 눈이 하얗게 내려 산이 볼 만했다. 이렇게 사탕을 입에 물고 있으니 정신 병동에 있는 것 같았다.

매일같이 그녀를 몰아붙이는 일들에 다이는 급기야 어제 두 손 두 발을 다 든 상황이었다. 청주에서 거의 한 달을 보냈는데 사건 사고의 향연이었다.

시끄러운 상황과는 너무나 다르게 그녀 앞의 산은 참으로 평화로웠다.

"춥다……."

그녀는 창문을 닫고 여전히 사탕을 입에 문 채 TV를 켰다. 일요일 오전이라서 다른 채널은 뉴스를 안 했지만, 민국방송은 24시간 뉴스를 하는 채널을 보유하고 있었다.

"어디 오랜만에 뉴스를 한번 볼까?"

이렇게 집 안에만 있으니 괴로웠다. 혹시나 그녀에 관한 뉴스가 나오는 게 아닌가 노심초사했지만, 그날 이후로 그녀와 범후에 관련된 뉴스는 찾아볼 수가 없었다. 다른 뉴스가 문제긴 했지만.

"다행이라고 생각해야 하나?"

다이는 늘 걱정이었다. 뉴스가 나온 지 일주일이 흘렀지만 너무나 조용했다. 하긴 다이는 아버지의 일 때문에 범후의 스캔들은 순번에서 밀려났다.

「영구히 미제로 남을 뻔했던 청주 연쇄 살인 사건의 범인이 10년 만에 나타났습니다. 범인은 지금 청주 교도소에 또 다른 살인 사건으로 복역 중인 김복남…….」

틱!

이제 저 뉴스를 보는 것도 지겨웠다. 뉴스만 틀면 나오는 말이었다. 오늘 정도면 안 나올 줄 알았는데 그건 그녀의 잘못된 판단이었다. 입에 남은 막대를 빼서 쓰레기통에 던진 다이는 소파에 길게 누워 천장을 바라보았다.

일약 스타 기자가 돼 버린 다이였다. 하지만 그것도 잠시, 김 복남이 그녀의 아버지란 게 세상에 밝혀지면서 그녀도 화제의 인물이 되었다. 그래도 여론이 나쁘지 않은 건 그녀가 갓난아이였을 때 아버지에게 버림을 받았다는 것이 부각되었고, 취재하면서 우연히 그가 아버지란 걸 알게 되었다는 게 드러나면서부터 여론의 지지를 받게 되었다.

"미치겠다."

지금은 멍하게 있는 중이었다. 조 선배가 신경을 써 줘서 그녀는 사흘간 휴가를 받았다. 주말을 보내고 월요일에 청주가 아닌 서울로 출근을 해야 한다. 다이는 일요일까지는 숙소에 있을 예정이었다.

지금 서울에 가면 그녀가 도리어 취재를 당할 것 같았기 때문이다. 솔직하게 그가 자신의 아버지라고는 하지만 감이 오지 않았다. 아무런 감정이 없었다. 시간이 흐르고 나면 이 상황이 이해가 될지 모르지만, 지금은 그냥 꿈같았다.

그것도 아주 기분이 더러운 꿈 말이다.

오랜만의 민국그룹 본가가 북적이고 있었다. 오늘이 김 회장의 생일이었기 때문이다. 뭐든 상류층의 삶을 외부로 보여 주고 싶어 하는 김 회장은 오늘도 기자들을 불러 생일 파티 기사를 쓰게 했다.

정치인들과 그룹의 회장들이 참석한 자리였다. 그래서 집안 식구들도 다 참석해서 각자 사업에 도움이 될 만한 인연들을 맺고 있었다. 범후도 솔직하게 이런 자리를 통해서 민국일보에 도움이 되는 광고주들을 만나곤 했다.

이건 할아버지의 사업 수단이었다. 하지만 범후는 꼭 이 자리가 아니더라도 사업을 할 수 있다는 생각을 하고 있었다.

"축하드립니다. 할아버지."

범후가 김 회장의 곁으로 가서 축하 인사를 드렸다.

"오냐, 너도 이제 정신 좀 들었지? 그 아이의 아버지가 연쇄 살인범이라고?"

"네, 저희 언론사의 퓰리처상을 받을 만한 인재죠."

그가 응수했다.

"아버지가 살인자인데 그 뉴스 좀 퍼트렸다고 퓰리처야? 퓰리처가 다 죽었네."

어느새 왔는지 숙부가 옆에 서서 비웃으며 말했다.

"기사도 천운이 따라야 쓰는 겁니다. 다이가 천운이 든 거죠."

"훗, 그런가?"

"요즘 민국방송에서도 많이 다루던데. 기사 같지 않으면 다루지 않는 것이 어떨까요?"

지금 연쇄 살인범 김복남은 전국적인 이슈였다. 거기에 그걸 조사하다가 우연히 아버지인 줄 안 다이의 안타까운 사연이 더해지면서 폭발적인 관심을 받고 있었다.

"덕분에 주가도 오르고 있죠."

그는 할아버지와 숙부가 말도 못 꺼내도록 주식 이야기까지 했다. 오늘의 파티는 범후에게는 조금 특별했다. 전처까지 자리하고 있으니 말이다. 아까부터 거슬리게 왔다 갔다 하는 시은은 그에게 말 걸 타이밍을 찾는 것 같았다.

"어머, 범후 씨."

그와 눈이 마주치자 곧바로 시은이 다가왔다.

"여기가 어디라고 와?"

솔직하게 기분이 좋지 않았다.

"내가 못 올 데에 왔나요?"

"응."

"간결하네요."

"난 뭐든 심플하지. 상대방도 그렇게 심플했으면 하고."

범후가 시은을 지나치려 하자 시은이 그의 팔을 잡았다.

"뭐지? 이렇게 닿는 것조차 불쾌해."

"태한건설에 대한 기사 내려 줘요."

태한건설의 홍보 실장답게 말하는 시은인데 왠지 어색하게 느껴졌다.

"아직 올리지도 않았는데?"

"김복남 끝나면 올릴 예정인 거 알아요."

시은의 정보력이 생각보다 빠르다는 사실을 알게 되었다. 범후는 자신의 최대의 장점을 이용해 이들을 다 밀어 버릴 생각이었다.

"태한건설만 내리면 될까? 태한 면세점 입찰 비리, 태한전자 갑질, 너무 많은데?"

"범후 씨!"

"이 자리에 온 것까지는 뭐라고 안 할 테니까 즐기다가 가. 이번 기사에 대한 나의 반응은 기대해도 좋을 거야."

범후가 매서운 눈으로 시은을 바라보았다.

"왜 내가 그랬을 거라고 확신해요?"

"너 맞아."

그는 차갑게 말하고는 입술을 부르르 떠는 시은을 뒤로하고 할아버지 옆으로 갔다.

"시은이는 왜 온 거냐?"

"숙부가 초대하셨겠죠."

범후는 별일 아니란 듯이 말하며 숙부 쪽을 바라보았다.

"왜?"

"숙부하고 시은이가 결탁해서 악의적으로 저와 다이의 기사를 냈으니까요."

"내가 막았다."

할아버지는 자신이 기사를 내렸다고 생각하는 것 같았다.

"집안 망신은 한 번이면 족해."

"아니죠, 제가 내렸죠. 한 번만 더 방송하면 민국방송의 횡령 사건을 터트린다고 했으니까."

"횡령?"

"숙부는 방송국을 하나 더 차리실 계획이던데요? 너무 많은 돈이 숙부의 주머니 속으로 들어갔던데……."

범후는 이렇게 말을 흘렸다. 그들은 잠자는 사자의 코털을 건드렸다. 그를 그냥 놔뒀어야 했다.

"범후야……."

"할아버지, 전 할아버지 손자입니다. 제가 경영이나 사람 다루는 것을 누구한테 배웠겠습니까. 할아버지라면 지금 가만히 계셨을까요? 다 쓸어버리셨을 겁니다."

할아버지의 표정이 굳었다.

"첫 번째로 민국방송은 저의 것이 될 겁니다."

"범후야, 너……."

"두 번째로 저는 민국그룹의 회장이 될 겁니다. 그리고 미디어를 통합할 겁니다."

"……."

"마지막으로, 전 다이와 결혼할 겁니다."

"내, 내가 가만히 둘 것 같아?"

"손쓰실 수 없을 겁니다."

그는 이렇게 말을 마치고 본가에서 나와 버렸다. 지금은 그 누구보다도 다이가 필요했다. 그는 차를 몰아 자신의 집으로 향했다. 이 모든 걸 해결하고 다이를 만날 예정이었다. 지금은 아니었다.

세현은 대호가 나오기를 30분째 기다리고 있었다. 그녀의 짐을 모두 빼서 본가로 부쳐 버린 대호 때문이었다.

그때 저 멀리 대호의 모습이 보였다.

"오빠!"

그녀의 부름에 대호는 같이 나온 사람에게 뭐라고 말하더니 그녀에게로 왔다.

"오늘 회식이야. 가 봐야 해."

"어떻게 된 일이야?"

"뭐가?"

"뭔지 몰라서 묻는 거야? 내 짐."

그는 한숨을 쉬더니 세현의 어깨를 양손으로 잡았다. 그리고 자신을 마주 보게 했다. 여전히 세현은 대호를 향해 심장이 뛰었다.

"세현아, 우리는 이제 끝났어."

"다이 때문에?"

"아니, 너랑 나랑은 안 맞아. 난 이제 네가 별로야."

"……."

"그러니까 더는 이렇게 나 같은 놈한테 매달리지 마."

대호의 말이 뼛속까지 사무쳤다.

"그동안 너에게 잘해 보려고 노력했는데, 네가 기회를 놓친 거야. 그러는 동안 난 정신을 차린 거고. 그러니까 이쯤에서 서로 깨끗하게 끝내는 게 맞아. 지난번에도 똑같이 말했을 텐데?"

대호는 다른 사람처럼 차갑게 말했다.

"오빠……."

"네가 네 입으로 더 이상 다이 친구가 아니라고 했잖아. 그런데 널 만날 이유는 더 없지."

"다이 때문이구나?"

"아니야, 자꾸 이상한 상상해서 소설 쓰지 말고 가. 다시는 여기 오지 말고."

대호의 무서운 면을 보았다. 세현은 그 자리에 서서 눈물을 흘렸다. 이렇게 철저하게 무시당한 적은 없었다.

다이는 다시 본사로 출근하고 있었다. 하지만 매일 아침 인터뷰 요청에 다이는 죽을 것 같았다. 이제 아버지 때문만이 아니라 그녀의 외모 때문에 대중의 관심을 한 번 더 받고 있었다.

"야, 화장발 죽인다."

"뭐?"

"난 네가 예쁜지는 알고 있었지만 이렇게 섹시한 분위기까지 있는 줄은 몰랐다."

혜련이 감탄 어린 시선으로 그녀를 보았다.

"너도 분장실 메이크업 받으면 이렇게 돼. 이건 화장이 아닌 분장이야."

다이의 말에 혜련이 웃었다. 둘은 여전히 친구였다. 서로를 아꼈다. 세현은 대호와 완전히 갈라섰고 대호는 여전히 다이의 오빠였다.

"요즘도 사장님 만나?"

"……아니."

그 일이 있고 2주가 흘렀는데 그들은 만나지 못하고 있었다.

"지금은 널 만날 시간이 없으실 거야. 이것저것 다 터트리니 기자들도 죽을 맛이고, 날이면 날마다 야근이잖아."

"기삿거리 많아서 좋지 뭐."

"그건 그래."

"넌 뭐 쓰는데?"

혜련은 지금 특별 기사를 쓰고 있었다.

"태한그룹 탈세에 관한 기사. 난 태한그룹을 죽이고 있고 조 선배는 특별하게 사장님의 지시를 받고 민국방송의 김태성 사장을 죽이고 있지. 그리고 저기 최 기자는 지금 김성우 본부장을 갈아 마시는 중이야."

"왜 그러는 거야?"

"너에게 김범후 사장님은 부드러운 솜사탕일지 몰라도 지금 언론계에서 김범후 사장님은 저승사자야. 아니 굶주린 맹수지.

아주 그냥 미쳐 날뛰는 중이라고."

다이는 청주에서 돌아온 후 김복남 사건 때문에 정신이 없는 상황이라서 주위의 상황을 몰랐다. 솔직하게 여기저기서 인터뷰 하느라 정신이 없었다.

"한 기자!"

"네, 갑니다. 다녀올게."

"응, 파이팅이다."

혜련의 파이팅 소리와 함께 그녀는 민국방송국 쪽으로 향했다. 엘리베이터의 문이 열리고 다이는 멍하게 안을 보았다.

"어?"

그 안에는 범후와 손 비서가 서 있었다.

"안녕하십니까?"

손 비서 때문에 다이는 고개 숙여 인사했다. 사장님께 하는 의례적인 인사였다.

"손 비서."

그가 말을 하자 손 비서가 갑자기 등을 돌렸다. 뭐지? 하는 생각이 들기도 전에 김 사장이 그녀를 품에 안았다.

"……"

그녀의 심장이 밖으로 튀어나오는 줄 알았다.

"보고 싶었어. 내일 데리러 갈게."

"내일이요?"

"응."

엘리베이터의 문이 눈치 없이 열리자 그가 다이를 놓아주었다. 직원들이 그들을 힐끔거리며 보았다. 너무 유명인사가 된 덕분이었다. 둘이 사귄다는 소문은 벌써 사내에 퍼져 있었다.

다이는 로비에서 내리고 그는 지하 주차장으로 내려갔다.

일단은 범후가 그녀에게 미안한 감정이 있는 것 같았다. 은밀한 사생활이 노출되었으니까 말이다. 하지만 다이는 노출된 건 아무런 상관이 없었다. 솔직한 그의 감정이 듣고 싶을 뿐이었다.

그게 다이를 시치게 했다.

범후는 할아버지의 호출로 태한호텔에서 점심 식사를 하게 되었다. 요즘 정신없이 바쁜데 이런 자리는 싫었다. 자리에 도착하니 할아버지만 있는 것이 아니었다. 거기엔 태한그룹 회장과 박시은까지 앉아 있었다.

"안녕하십니까?"

범후는 최대한 예의를 갖추며 인사했다. 시은의 아버지인 태한의 박 회장은 인물이 좋았다. 그래서 시은도 생긴 건 예뻤다.

둘은 생긴 것만 닮은 게 아니었다. 남을 배려할 줄 모르는 이기적인 면도 닮아 있었다.

그래서 범후는 태한 사람들을 그리 좋아하지 않았다.

"잘 지냈나?"

"네."

속으로 마음에도 없는 소리를 한다고 생각했다.

"요즘에 우리 회사를 조사한다고?"

"네."

범후는 서슴없이 이야기했다.

"왜 그러는 건가? 우리가 서운하게 한 거라도 있어?"

태한 회장은 자신의 딸이 벌인 일을 모르는 건지 모른 척하는 건지, 서운하다는 말을 하고 있었다.

"모르셔서 물으시는 겁니까?"

"난 도통 모르겠어. 서운해야 하는 건 우리 아닌가? 자네가 내 딸의 치부를 다 드러내고……."

태한 회장이 울컥해서 뒷말을 잇지 못했다.

"할아버지, 왜 이런 자리를 만드셨습니까?"

범후는 미간을 찡그리며 할아버지에게 물었다. 이런 불편한 자리는 만들어서는 안 되는 자리였다.

"이런 자리? 자네, 말이면 단가?"

"그만들 하시게."

김 회장이 둘의 사이를 중재했다.

"시은이 네가 할 말이 있다고?"

"네, 할아버님."

시은이가 자리에서 일어나 그의 앞에 무릎을 꿇었다.

"내가 잘못했어요. 그러니까 이쯤에서 끝내요."

"……."

이건 무릎을 꿇는다고 해결되는 일이 아니었다. 그가 사랑하는 다이의 가슴에 피멍을 들게 한 사람이 시은이었다. 용서할 수가 없었다.

"난 당신이 날 너무 모욕해서…… 그냥 복수하고 싶었어요."

"너의 그런 이기적인 마음 때문에 내 친구가 죽었어."

"그땐 나도 괴로웠어요. 그런 선택을 할 줄은……."

시은이 눈물을 흘렸다. 하지만 이쯤에서 정리할 사안이었으면 시작도 하지 않았다.

"이렇게 끝낼 거면 시작도 안 했습니다."

"범후야……."

"전 이만 일어나겠습니다."

범후는 자리에서 일어나 나와 버렸다. 태한은 반드시 응당한 벌을 받게 될 것이다.

태한호텔에서 돌아온 김 회장은 머리를 싸매고 있었다. 질주하는 핵폭탄인 범후를 막아야 했다. 비리가 없는 재벌은 없었다. 다들 살기 위해, 아니면 회사의 덩치를 부풀리기 위해 죄들을 지었다.

서로가 알면서도 깊이 파헤치지 않고 넘기는 부분들이 많았다. 하지만 지금 범후는 그들의 약점을 파헤치고 있었다. 이렇게 되면 태한은 큰 타격을 입을 것이고 민국방송의 태성도 자리에서 쫓겨날 판이었다.

"닮아도 쓸데없이 너무 많이 닮았어."

범후는 사업에서는 천재적인 아이였다. 그의 젊은 시절을 보는 것 같았다.

"아버지."

태성이 무작정 회장실로 들어왔다.

"왜?"

"범후 자식 좀 말려 보세요. 저러다가 우리 방송국 문 닫게 생겼어요."

태성의 입술이 바짝 타들어 가는 게 보였다. 며칠째 태한그룹 사람과 민국방송 때문에 그의 머리가 터질 것 같았다.

"아버지, 저 좀 살려 주세요."

"알았으니까 가. 그리고 한다이 불러들여."

그는 비서에게 말을 전하고는 의자에 기대 눈을 감았다. 조금 뒤에 다이가 그의 사무실 안으로 들어왔다.

"앉아."

얼떨떨한 얼굴로 그의 앞에 앉은 다이는 긴장하고 있어 보이지는 않았다.

"내가 왜 부른 줄 아나?"

"모릅니다."

"회장이 말단 기자와 나란히 앉은 적인 있다고 생각하나?"

"없으시겠지만 그런 자리를 갖는 건 옳은 일이라고 봅니다."

김 회장이 피식 웃었다. 범후가 왜 끌리는지 알 것 같았다.

"난 신문 기자 생활을 해 보지 않았네. 하지만 기자들을 부릴 줄 알지."

그는 경영인이었다.

"기자들은 부리는 것이 아닙니다. 그들에게 자유롭게 취재할 기회를 주시는 게 오너라고 생각합니다."

"그래? 당당하군."

그는 찬찬히 다이를 보았다.

"왜 우리 범후에게 접근했나?"

"접근한 게 아니라 자연스럽게 만난 거라고 보시면 됩니다."

다이는 전혀 그에게 주눅 들지 않고 있었다.

"우리 범후를 어떻게 생각하지?"

"사랑합니다."

"하!"

기가 막히는 소리를 아무렇지 않게 하고 있었다.

"배포 하나는 인정하지."

"저의 사랑을 인정해 주셨으면 합니다."

"살인자의 딸이지 않나?"

그녀의 가장 아픈 곳을 후벼 팠다.

"제가 원한 게 아닙니다. 덕분에 요즘 스포트라이트를 받고 있지만요."

아버지 때문에 주눅이 들 여자는 아니었다. 이런 배포가 범후를 사로잡은 게 분명했다.

"사랑한다? 얼마나 오래 갈 거라 생각하나."

"전 결혼한다고 하지 않았습니다. 사랑한다고 했지. 전 범후씨가 부담스럽습니다. 그리고 전 범후 씨가 살인자를 아버지로

둔 저보다 가족들을 더 부끄러워할 것 같습니다."

다이는 살인자 아버지를 둔 것에 부끄러움 따위는 없었다. 아마 아버지의 죄를 자식까지 짊어지는 건 옳지 않기 때문일 것이다. 그리고 본인도 부끄러운 점 없이 살아서 당당한 것 같았다. 재벌가의 딸이라면, 아니 그냥 평범한 가정의 딸이어도 다이는 욕심이 났다.

"……."

"그럼 전 이만 일어나 보겠습니다."

"결혼은 안 한다는 건가?"

"네, 제가 싫습니다."

다이가 당당하게 싫다는 말을 하고 나가자 김 회장은 뒷덜미를 잡았다.

"할아버지!"

얼마 되지 않아 범후가 회장실로 뛰어 들어왔다. 눈이 방 안을 살피는 걸 보니 다이를 찾는 게 분명했다.

"갔어. 너랑 결혼 안 한다고 하고 갔다."

"할아버지."

화가 머리끝까지 난 모양이었다.

"내가 이 결혼을 승낙한다면 지금 벌이는 일은 멈출 거냐?"

"……."

"잘 생각해 봐."

그의 말이 떨어지기가 무섭게 범후는 밖으로 나가 버렸다.

"여자한테 눈이 뒤집혀서 사리 분간을 못 하는 건 지 애비를 닮았어."

그는 사랑하고 아꼈던 첫째 아들을 생각했다. 그때 그가 고집을 꺾지 않아서 큰아들은 자살을 선택했다. 손자마저 그렇게 허무하게 잃을 순 없었다.

"한다이……."

이름이 너무 웃기는 아가씨였다. 그리고 그의 손자며느리가 될 아가씨라는 생각도 들었다.

정신없이 바쁘지만, 여느 날과 다름없는 평범한 날이었다. 다들 기사를 정리하느라고 정신이 없었다. 김범후가 소리를 지르며 들어오기 전까지는 말이다.

"다이야!"

사회부실에 갑자기 정적이 흘렀다. 다이는 책상에 머리를 박았다.

"한다이!"

"다이야, 사장님이 미친 거 아니니? 여기가 어디라고 네 이름을 불러. 넌 내일 1면 기사다."

모두의 시선이 다이에게로 향했다.

"헉헉, 한다이⋯⋯."

"⋯⋯."

다이는 책상에 머리를 박은 채 그렇게 나름의 방법으로 숨어 있었다.

"죄송해요. 내가 회장님께 그렇게 하면 안 된다는 건 알았지만⋯⋯. 어머!"

그가 다이의 손을 잡고 일으켜 세웠다.

"사장님."

"사장 소리는 집어치워."

"⋯⋯."

화가 난 게 분명했다. 모두가 숨을 죽이며 그들을 바라보았다. 하지만 다이는 짐짝 끌려 나가듯 그의 손에 의해 사회부실을 나섰다.

"내가 잘못했다고요."

"뭘?"

"그러니까⋯⋯. 읍!"

엘리베이터에 오르자마자 그가 입술을 삼켜 버렸다. 그의 혀가 입안으로 들어와 그녀의 정신을 혼미하게 했다.

"으으음……."

다이의 입에서 신음이 나왔다. 알게 뭐냐? 그녀는 그의 목에 팔을 감고 매달렸다. 그리운 그의 입술이었다. 서로의 혀가 엉켜 들었다. 둘은 떨어질 줄을 몰랐다.

그들은 엘리베이터에 사람이 있다는 것도 신경 쓰지 않고 서로에게 키스했다.

"몇 층……."

뻘쭘한지 남자가 몇 층에 갈지를 물었다.

"지하 1층……."

같이 탄 사람이 층을 눌러 주었다. 그들은 지하에 도달하자 엘리베이터에서 내려 그의 차에 올랐다.

"우리 집."

놀란 운전기사가 차단막을 올렸다. 그도 그럴 것이 둘은 차에 오르자마자 키스에 빠져들었기 때문이다.

"하하하, 우리 이상한 거 알죠."

"알아."

"내가 사랑한다고 말했어요?"

그녀는 오늘 처음으로 자신의 마음을 솔직하게 말했다.

"아니."

그녀의 말에 범후는 당황한 눈빛이었지만 더는 말이 없었다.

"사랑해요."

"······."

그는 말하지 않았지만 다이는 솔직히 상관없었다. 지금은 그녀의 감정이 폭발하기 직전이었다.

"사랑은 하는데, 결혼은 안 해요."

다이는 감정은 폭발했지만 이성은 남아 있었다. 그와는 연애는 몰라도 결혼은 아니었다. 연애는 한 사람만 사랑하는 마음이 강해도 되지만 결혼은 양쪽 다 서로를 아끼고 사랑해야 한다. 그래도 힘든 게 결혼이었다.

"왜?"

"아직 고백도 못 받고 프러포즈도 못 받았고, 묻지도 않았으니까?"

그는 대답 대신에 입술을 삼켰다. 그의 혀가 미친 듯이 그녀의 입안을 파고들어 다이는 의자에 거의 누운 상황이었다.

"여기서 할까?"

"아뇨, 기사 아저씨 또 놀라요."

"그렇겠지?"

"읍!"

그는 또다시 깊은 키스를 했다. 차가 그의 집에 도착하자 범후는 다이를 안아 들고는 자신의 집으로 들어갔다.

"나에 대해 어떻게 생각해요?"

"……"

다이가 그의 품에 안겨 물었지만, 그는 답하지 않았다.

"사랑하지 않는 건가?"

슬쩍 물어보았지만, 또다시 답이 없었다.

"후, 괜찮아요. 나만 사랑해도 돼요. 내 감정이 너무 넘쳐서 당신 것까지 채워 줄게요."

"……"

문을 열 때까지 그는 말이 없었다. 그는 거실에 그녀를 내려놓았다.

"잠깐만 기다려."

"네."

무슨 일인지 그는 빠르게 침실로 뛰어 들어갔다.

"다이야!"

그가 다이를 불렀다.

"네."

"빨리 와 봐."

무슨 일이 있는지 걱정이 된 다이는 침실로 뛰어 들어갔다.

"도대체 무슨 일……."

침실에 들어선 다이는 멍하게 그를 바라보았다. 침대에는 너무나 아름다운 웨딩드레스가 걸려 있었다.

"범후 씨……."

"사랑해. 나와 결혼해 주겠어?"

"……당연하죠!"

다이는 울음을 터트렸다. 이렇게 사람을 놀라게 하다니, 그는 나쁜 사람이었다.

"심장 마비로 죽을 뻔했어요."

그녀가 울면서 그에게 안겼다.

"아직 안 끝났어."

그가 다이의 손가락에 엄지손톱만 한 다이아몬드가 있는 반지를 끼워 주었다.

"나와 영원히 행복하게 살자."

"네."

그녀는 범후를 끌어안고는 그대로 침대 위로 쓰러졌다. 그들의 입술이 뜨겁게 부딪쳤다. 이렇게 한 사람을 사랑하게 되리라고는 상상하지 못했었다.

"앞으로 내가 더 많이 사랑할게."

"고마워요."

그가 다이의 스웨터를 머리 위로 벗겨 냈다. 그리고 나머지 옷들은 다이가 빠르게 벗었다. 그와 빨리 하나가 되고 싶은 마음이 강했다.

"다이야……."

"빨리 벗어요."

그의 옷을 찢을 듯이 벗겨 내자 그가 웃었다.

"난 지금 웃을 기분이 아니에요."

"왜?"

"빨리…… 넣어 줘요."

그녀의 말에 범후는 웃음을 멈추고 빠르게 옷을 벗었다.

"넌 날 너무 자극해."

그는 이렇게 말하고 다이의 다리를 빠르게 벌렸다.

"너무 참았어."

"나도요."

다이의 다리를 벌린 그는 그녀의 여성을 손으로 감싸고는 질

안쪽에 손가락 하나를 넣었다.

"벌써 젖었어."

"빨리요……."

오늘따라 다이가 보챘다. 그러자 그는 자신의 페니스를 그녀 안에 넣었다.

"윽!"

"아, 너무 좋아……."

그리운 그의 페니스였다. 다이는 그보다 먼저 자신의 엉덩이를 움직이기 시작했다. 더는 참을 수가 없었다. 뜨거운 것이 몸 안에 가득했다. 그의 엉덩이를 양손으로 감싸고는 다이는 그와 함께 격정의 리듬을 탔다.

다이는 그의 품 안에서 이렇게 계속해서 있기를 바랐다.

"사랑해요."

"헉헉, 나도."

그는 뜨겁게 움직였다. 그의 이마에 땀방울이 맺혔고 그의 눈 동자는 짙은 검은색이 되어 있었다. 범후는 뜨겁게 그녀를 원했 다. 그녀의 가슴을 아프게 감싸 쥔 범후는 마지막을 향해 빠르게 움직였다.

"아아아앙."

그의 분신이 그녀의 안에 쏟아졌다. 땀으로 범벅되어 있었지만, 만족감으로 충만했다.

범후가 다이의 옆에 누웠다.

"미친 것 같아."

"맞아요."

"왜 다이만 보면 녀석이 미친 듯이 날뛰는 걸까?"

"저도 그래요."

그들은 서로를 꼭 끌어안고 누워 말했다.

"하루라도 곁에 없으면 힘들어."

"……."

그가 다이의 젖은 머리를 넘겨 주었다. 그의 이런 다정함이 좋았다.

"내가 이런 적은 한 번도 없었어."

"범후 씨……."

"처음 본 날, 도우미 옷을 입은 다이를 안고 싶었어. 마치 남자들이 그리는 야한 영화의 여주인공 같은 그런 느낌이었어. 하지만 말을 해 보니 달랐지."

"뭐가요?"

"함부로 대할 사람은 아니라는 생각을 했어. 그래서 아끼려고 했는데 널 안고 난 후에 이성을 잃어버렸지."

그의 말에 웃음이 나왔다.

"저도 이성이 사라진 지 오래됐어요."

그의 손이 어느새 그녀의 여성을 감쌌다.

"이게 요물이야."

"그런가요?"

그는 다이의 여성을 가르고 들어가 욕망으로 젖은 질 안에 손가락을 넣었다.

"하아……."

질척이는 소리가 또다시 방 안을 울렸다.

"아흐, 내일은 어떻게 출근하죠?"

"하지 마."

"네?"

"이건 사장의 명령이야."

그의 말에 다이는 웃음이 났다.

"사장이 남자 친구니까 좋은데요?"

"나도 내가 사장인 게 이렇게 좋은지 몰랐어."

그의 입술이 다이의 입술을 다시 한 번 감쌌다. 그들은 그렇게 또다시 뜨거운 시간을 보냈다. 밤이 새도록.

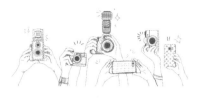

에필로그

청주 토막 살인 사건이 김복남의 소행으로 밝혀지면서 창섭은 미제 사건에 대해 관심을 두게 되었다. 형사는 아니었지만 풀리지 않는 어려운 문제를 풀고 난 후의 쾌감 같은 것이 있었다.

그리고 사회부에서도 그에게 따로 단독으로 탐사 취재를 시킬 만큼 그는 능력도 인정받고 있었다. 지금은 강원도의 염산 테러 사건을 집중적으로 조사하고 있는데, 사장과 결혼 준비 중인 다이 대신 혜련이 그를 도왔다.

"조 선배."

혜련이 눈동자에 졸음을 가득 담고는 그를 불렀다. 긴 머리를 틀어 올려 볼펜으로 고정시킨 모습이 귀여웠다. 혜련은 다 좋은데 체력이 저질이었다. 일을 좀 시키면 코피가 터지기 일쑤고 하루 늦게 보내면 다음 날은 온종일 하품이었다.

"언제 퇴근해요?"

일할 만하니 오늘은 또 퇴근 타령이다.

"지금."

이럴 땐 일찍 보내는 게 상책이다. 그리고 오늘은 그도 좀 일찍 술 한 잔 마시고 쉬고 싶었다. 하지만 인생은 늘 그렇듯이 계획대로 되는 것은 아니었다.

"정말요?"

혜련은 언제 졸렸냐는 듯이 그를 똘망똘망한 눈으로 바라보았다. 그러더니 그의 마음이 바뀌기 전에 빠르게 가방을 들었다.

"어디 가는 거야?"

"다이 결혼 선물 사러 가요. 오늘 아니면 정말 시간이 없어서……"

혜련이 뒤도 돌아보지 않고 빠르게 사무실을 빠져나가자 그도 혜련의 뒤를 따라갔다.

"왜요?"

혜련은 그를 귀찮다는 듯이 바라보며 물었다.

"바늘 가는 데 실 가야지."

"누가 바늘이고 누가 실이에요?"

창섭이 손가락으로 서로를 가리켰다.

"어차피 선배도 선물 살 거죠?"

"아니, 난 돈으로 하련다."

창섭은 섬세한 짓을 하는 스타일이 아니었다. 그리고 결혼 선물로 뭘 사야 할지도 몰랐다. 그들은 문 닫기 일보 직전의 백화점에 들어갔다.

"폐점 음악……."

혜련이 어찌할 줄을 몰랐다.

"물건 사서 올 테니까 여기서 꼼짝하지 말고 있어요."

"응."

신문사의 일만 아니면 혜련에게 그는 말 잘 듣는 선배였다. 그는 혜련이 하라고 하는 건 다 했다. 그게 마음이 편했다. 취재가 아니면 그다지 싸움을 좋아하는 성격도 아닌 창섭이었다.

"피스!"

그는 평화주의자였다. 혜련은 다이가 사 달라고 한 찻잔 세트를 사러 올라갔고 창섭은 보석 코너로 향했다. 물건을 훑어보니 예쁜 게 많았다. 월급을 받아도 특별히 쓸 데가 없는 그였다.

"어서 오세요."

"목걸이 하나 봐도 될까요?"

충동적인 건 아니었지만 자기가 말해 놓고도 흠칫 놀랐다. 여자의 물건은 한 번도 사 본 적이 없었다. 그는 어머니에게도 돈으로 선물을 대신하는 아들이었다.

"네, 연령층이……."

"20대 중반이요."

혜련이 얼굴을 떠올리자 그의 눈에 하트 모양의 목걸이가 눈에 들어왔다.

"이거 주세요."

"이거요?"

"네, 빨리 포장해 주세요."

"네, 여자 친구분 몰래 사시나 봐요. 이벤트인가요? 여자 친구분은 좋겠네요."

직원의 말에 그의 얼굴이 괜히 빨개졌다.

"오기 전에 빨리 해 드릴게요."

직원이 빠르게 포장했고 그는 카드를 꺼내 들고 혜련이 내려오나 살폈다. 계산까지 끝을 낸 그는 조금 전에 그들이 헤어진 곳에 서 있었다. 폐점 인사까지 다 끝이 나고 백화점의 불이 하나씩 꺼지니까 에스컬레이터에서 혜련이 커다란 보따리를 들고 내려왔다.

"뭐가 이렇게 커?"

"도자기라서 그래요."

"비싸?"

"비싸긴 한데, 내가 결혼할 때는 다이가 더 좋은 걸로 해 줄 텐데요. 여기는 재벌인데……."

혜련이 뭐가 좋은지 미소를 잔뜩 머금었다.

"미래를 위한 투자라고 해 두죠."

"너 이러는 거 다이도 알아?"

"아뇨."

그는 혜련에게서 커다란 짐을 받아 들었다.

"제가 가져가도 되는데……."

"짐은 또 남자가 들어야지."

그는 괜히 힘 좋은 척하며 혜련의 짐을 자신의 차에 싣고는 출발했다.

"배고픈데 밥 먹고 가요. 내가 살게요."

혜련은 기분이 좋은지 자신이 밥을 사겠다고 했다. 그의 옆자리에 앉은 혜련에게서 베이비파우더 향이 났다.

"좋아."

"드시고 싶은 거 드세요."

"그럴 생각이야."

"하여튼 이기적이야."

혜련이 입을 쭉 내밀었다. 그 모습이 몹시 사랑스럽단 생각을 한 창섭이었다. 그가 혜련을 마음속에 둔 지 벌써 5년째였다. 대학 때부터 그는 혜련이 좋았다. 처음 봤을 때 다른 건 다 사라지고 혜련만 눈에 들어왔다.

작고 귀여운 그녀는 그의 이상형이었다. 창섭은 다이처럼 키 큰 여자보다는 혜련처럼 아담한 여자가 좋았다. 그렇게 마음으로만 좋아했는데 혜련이 자신의 부서에 온 걸 보고 천운이라고 생각했다.

그리고 지난번에 자동차 극장에서 처음으로 키스까지 했다. 그다음부턴 기회를 잡지 못했는데, 오늘이 기회인 것 같았다.

"뭘 그렇게 생각해요?"

"네 생각."

솔직하게 말했다. 지금 창섭은 혜련의 입술에 키스하고 싶었다. 하지만 무턱대고 했다가는 뺨 맞기 십상이었다.

"미쳤어요?"

"그런 것 같아."

"······파란 불이에요."

혜련은 그 후로도 이상하게 덤덤한 것 같았다.

"어디로 가요?"

"우리 집."

"왜요?"

"먹고 싶은 거 먹으라면서."

"집에 맛있는 거 있어요?"

혜련은 가끔 답답할 정도로 순진했다. 그는 자신의 아파트로 혜련을 데리고 갔다. 이렇게 그의 집에 여자를 데리고 가는 건 처음이었다. 오늘은 즉흥적인 생각이었지만 그래도 떨렸다.

"여기 살아요?"

강남에서 가장 좋은 아파트에 사는 그였다.

"응."

"부자네."

"부자는 내가 아니라 아버지지."

그의 아버지와 어머니는 청과 시장에서 크게 과일 장사를 하셨다. 동네에서 알부자로 소문난 집의 외아들이 바로 그였다. 물론 어디 가서 티를 내고 다니진 않았지만 말이다.

"어른들은요?"

"여기 나 혼자 살아."

지금 사는 곳은 40평대의 아파트였다.

"설마, 자가는 아니죠?"

"맞아."

혜련이 놀라고 있었다. 그러면서 장난스럽게 엄지를 척하고 들어 보였다. 놀란 것 같기는 했지만, 그의 재력엔 그다지 관심이 없어 보였다.

"부자였구나."

그녀는 별일 아니란 듯이 말하고는 주방으로 향했다.

"먹을 거 있어요?"

냉장고엔 과일과 채소뿐이었다. 어머니께서 일주일에 한 번은 그의 집에 과일과 채소를 보내 주셨다.

"이제 만들어야지."

"뭘 해 줄 건데요?"

"라면."

"……."

혜련은 허탈한 표정으로 그를 바라보았다.

"농담이죠?"

"아니, 난 음식 할 줄 몰라."

"후……. 내가 얼른 만들어 줄게요."

혜련은 이렇게 말하고는 빠르게 밥과 된장찌개를 했다. 그리고 계란찜도 빠르게 만들었다.

"어떻게 이렇게 잘해?"

"오랜 자취 경력 덕분이죠. 기자 생활을 하면서는 못 하고 살았지만, 저 음식 잘해요."

그는 혜련이 차린 음식을 먹고는 깜짝 놀랐다.

"우리 엄마보다 잘하는 거 같은데?"

"거짓말."

"정말이야."

진심이었다. 섹시한 줄만 알았는데 음식도 잘하다니. 정말 혜련이를 놓치고 싶지 않았다.

"내일 뭐 할 거야?"

"첫째도 잠, 둘째도 잠, 셋째도 잠이죠. 일요일인데……."

기자들은 언제나 잠이 모자랐다.

"맛있다."

"잘 먹으니까 좋네요."

혜련이 그를 보며 미소 지었다.

"웃지 마."

"네?"

"그렇게 다른 놈들한테 웃는 거 싫어. 웃으려면 내 앞에서만 웃어."

"왜요? 이제 웃는 거까지 난리네요. 선배가 뭔데 그래요?"

"네 남자 친구."

혜련은 놀란 눈으로 그를 바라보았다.

"내가 혜련이 남자 친구 아니었어? 우리는 키스도 했고."

"그게 도둑 뽀뽀지, 키스예요?"

혜련이 발끈해서 그를 보았다. 얼굴이 빨개져서 화를 내는 모습도 귀여웠다.

"쓸데없는 소리 그만해요. 다 먹었으면 설거지하게 이리 줘요."

"아직 안 먹었어."

"밥 더 줘요?"

혜련이 그의 밥그릇을 가지고 가려고 하자 그가 혜련을 자신의 무릎 위에 앉혔다.

"어머, 뭐 하는 거예요?"

혜련이 놀라서 버둥거렸다.

"이제 먹고 싶은 거 먹으려고."

"읍!"

혜련의 입술을 삼켜 버렸다. 그녀의 입술은 그 어떤 것보다도 맛있었다. 그리고 뭐든 참은 만큼 더 맛있는 법이었다.

"왜 이러는 거예요?"

"그동안 너무 먹고 싶었어."

"……."

그의 말에 혜련은 아무런 말도 하지 못하고 있었다.

"학교 다닐 때부터 널 좋아했어."

"선배……."

"작고 귀여운 게 마음에 들었어. 너와 자동차 극장에서 키스하던 날 이후로, 난 잠도 제대로 못 잤어."

"……왜요?"

"너랑 하고 싶어서."

그의 입술이 다시금 혜련의 입술을 삼켰다. 혜련도 싫지 않은 듯 수줍게 그의 혀를 받아 들였다. 그의 손이 자연스럽게 혜련의 상의 안으로 들어가 가슴을 쥐었다. 생각보다 풍만한 혜련의 가슴에 창섭은 자극을 받았다.

이렇게 섹시한 여자를 그동안 가만히 두다니 그는 정말 바보였다. 그는 혜련의 상의를 머리 위로 벗겨 냈다. 혜련의 핑크색 브래지어가 그의 눈을 사로잡았다.

"선배……."

"이제는 남자 친구니까 이름 불러."

"……."

"어서."

"창섭 씨……. 읍!"

그는 혜련의 입술을 다시금 삼켰다. 정말 미칠 것만 같았다. 그의 혀가 그녀의 입안 깊숙이 들어가 목젖까지 닿았다. 이렇게 깊은 키스를 한 건 처음이었다. 키스만으로도 갈 것 같았다.

그는 혜련의 브래지어를 벗기고 그녀의 하얀 가슴에 입을 맞추었다.

"너무 자극적이야."

그는 거친 숨을 몰아쉬며 혜련을 안고는 침실로 향했다.

"창섭 씨, 난……."

"오늘은 내가 먹고 싶은 거 먹어도 된다며."

"……."

그는 딱 부러지게 말하고는 혜련을 침대 위에 눕혔다. 그리고는 빠르게 자신의 옷을 벗어 버렸다. 기다림이 너무 오래되어 그는 자제력을 잃어버렸다. 옷을 찢듯이 벗어 버린 그는 혜련의 나머지 옷들도 벗겨 바닥으로 던졌다. 완벽하게 나신이 된 혜련은 너무나 아름다웠다.

"예뻐……."

그의 목소리가 떨렸다.

"선배, 나 처음이에요."

"……."

혜련의 뜻밖의 고백에 그는 미칠 것만 같았다.

"혜련아, 난 못 참아……."

"참으라는 건 아니에요."

혜련의 얼굴이 붉게 물들었다.

"난 어떻게 하는 줄 몰라서……."

"괜찮아, 아프지 않게 할게."

그는 이렇게 말하며 혜련의 입술을 삼켰다. 두 명의 알몸이 겹쳐졌다. 피부와 피부가 닿는 느낌이 너무나 좋았다. 그의 손은 혜련의 가슴을 주물렀고 그의 다른 손은 여성을 만지고 있었다.

"하아……."

혜련의 입에서 신음이 터져 나왔다. 창섭은 참지 못하고 혜련의 다리를 벌린 다음 그녀의 질에 자신의 페니스를 넣었다. 혜련이 처음이라 조심스럽게 하고 싶었지만, 그는 자신의 욕망을 제어하지 못하고 거칠게 그녀의 안으로 들어갔다.

창섭은 자신이 자제력이 있다고 생각했는데 오늘부로 아니라는 걸 깨달았다. 이렇게 거칠게 여자를 안기는 처음이었다. 그렇다고 여자 경험이 많은 건 아니었지만 이렇게 앞뒤 분간 못 하고 덤빈 적은 없었다.

"헉헉헉……."

그는 거친 숨을 몰아쉬며 혜련의 질 안에 자신의 페니스를 깊숙이 넣었다. 혜련의 질이 그를 잡고 놓지 않았다. 감당하지 못할 쾌감으로 인해 죽을 것만 같았다. 그는 처음인 혜련을 배려하진 못했다.

그렇게 거친 첫 섹스 후에 혜련은 그의 품에서 기절하듯 잠이 들었다.

따뜻한 품 안에서 눈을 떴다. 꿈인 줄 알았는데 창섭의 맨가슴이 얼굴에 닿아 있자 혜련은 정신이 번쩍 들었다.

어제, 사고를 치고 말았다. 창섭과 자동차 극장에 다녀온 후로 어색했었다. 두근거리고 좋기는 했지만, 그다음 진도로 나가지 않아서 혜련은 솔직하게 속상한 마음이었다.

그냥 한번 찔러 봤나? 뭐 그런 생각도 했었다. 하지만 어제 창섭은 그녀에게 마음이 있다는 확신을 주었다. 사귀자는 말은 하지 않았지만, 자신이 남자 친구라고 말하는 창섭이 싫지는 않았다.

마른 체형이라고 생각했는데 은근히 근육질이었다. 항상 안경을 쓰고 있어서 굉장히 날카롭다고 생각했는데 이렇게 안경을 벗고 편안하게 자고 있으니 은근히 잘생겼다는 생각이 들었다.

"으으음, 그만 보고 조금 더 자."

"깼어요?"

"아니."

그가 혜련을 다시 품에 꼭 끌어안았다.

"어제 무슨 생각으로 이런 거예요?"

"……좋으니까."

"뭐가요?"

"네가."

그가 다시 그녀를 꼭 끌어안았다. 그의 향이 그녀의 심장까지 파고드는 것 같았다. 진한 남자의 향이었다.

"무슨 향수 써요?"

"그런 거 안 써."

"거짓말."

"첫째도 잠, 둘째도 잠, 셋째도 잠이라며?"

그가 어제 그녀의 말을 기억하고 있었다.

"잊어요. 어떻게 이 상황에서 잠이 와요."

"왜?"

"난, 어제 첫 경험이었다고요!"

그의 담담한 반응에 혜련은 짜증이 나고 있었다.

"그래서 이를 악물고 참고 있으니까 움직이지 말고 자."

"……."

"난 밤새 잠도 못 잤고, 지금도 괴로워."

그러고 보니 그의 페니스가 단단해져선 그녀의 배를 누르고 있었다. 혜련은 저도 모르게 손으로 그의 페니스를 잡았다.

"윽, 혜련아……."

"다음은 어떻게 하는 거예요?"

그녀는 순진하게 물었다.

"이제 도저히 힘들어."

"참지 말아요."

그녀의 말은 또다시 신호탄이 되어 그의 욕망의 뚜껑을 연 모양이었다. 그가 혜련을 뜨겁게 덮쳐 왔다. 혜련은 왠지 모르게 이 남자와 평생을 이렇게 아웅다웅할 것 같다는 생각이 들었다.

그의 키스를 받으며 혜련은 피식 웃었다.

철창 안에 남자가 거품을 물고 당직자들을 밤새도록 괴롭게 했다. 대호는 잠도 제대로 못 자고 새벽에 양치하러 화장실로 향했다.

"형사님……."

아직 잠에서 덜 깬 기자 하나가 그에게 다가왔다.

"오늘 뭐 좀……."

머리를 하나로 묶고 눈곱도 떼지 않은 얼굴로 그를 올려다보는 여자는 민국일보의 수습기자였다.

"없습니다."

"없긴요. 어제 밤새 저기 철창에 갇힌 아저씨 때문에 다들 잠도 못 주무셨으면서."

"없어요."

그가 옆으로 비켜 가려고 하자 기자가 그의 길을 막았다. 며칠째 이 기자에게 시달리고 있는 대호였다.

"한빛 보육원 아시죠?"

"네, 압니다."

그가 나온 시설이었다.

"저, 거기 있었어요. 다이 언니랑도 잘 알고요."

"누구?"

그의 기억엔 없었다. 하긴 그의 모든 기억은 다이뿐이었다. 물론 지금은 그런 마음을 접으려고 애쓰는 중이었지만 말이다.

"저, 한보름이에요."

"아!"

얼굴이 많이 달라지긴 했지만, 울보 보름이 맞았다. 다이하고는 두 살 차이였다.

"어떻게……."

"다이 언니가 너무 멋져 보여서 저도 언론학 전공하고 기자가 됐습니다."

그가 저도 모르게 보름의 머리를 쓰다듬어 주었다.

"그래서 뭐 좀……."

"그래. 있다, 있어."

그는 보름을 데리고 형사과 안으로 들어가 밤새 그들을 괴롭게 한 놈이 무엇 때문에 들어왔는지 알려 주었다. 술에 취해 부인을 칼로 찌른 사건이었다. 큰 사건인데 굳이 일을 크게 벌이고 싶지 않아서 말을 안 해 준 것이었다.

"죽었어요?"

"혼수상태야."

"저기도 혼수상태인데요?"

"저긴 술 깼어. 괜히 저러는 거야."

보름의 취재하는 모습에서 다이의 모습이 겹쳐 보였다.

"왜요?"

"뭐가?"

"제가 너무 예쁜가요?"

"눈곱이나 떼고 말해."

보름은 그의 구박도 슬쩍 넘길 줄 알았다.

"일요일에 원장님 만나러 갈 거야."

"같이 가요."

이후, 너무나 자연스럽게 둘은 친해졌다. 다이도 둘을 보며 신
기하다고 할 정도였다. 그렇게 두 달이 흐르고 수습 딱지를 뗀
보름이 그에게 술을 사 달라고 했다.

"경찰이 무슨 돈이 있어서 소고기야?"

"맞아요, 삼겹살로 합시다."

한우와 삼겹살을 같이 파는 식당에서 둘은 실랑이를 하고 있
었다.

"입은 툭 튀어나와 가지고……. 여기 등심 주세요."

그의 말에 보름이 미소를 지었다. 먹을 걸 많이 먹이는데도 보름은 마른 몸을 가지고 있어서 항상 걱정이었다.

"이렇게 먹이면 뭐 해. 살도 안 찌는데."

"대신 오빠가 찌잖아요."

"뭐?"

하긴 요즘 살이 오른 그였다. 운동해서 보기 싫지는 않았지만 그래도 체중이 불었다. 이건 다 매일같이 보름과 술을 마시기 때문이었다.

밥을 맛있게 먹고 나온 대호는 보름과 대치중이었다.

"왜?"

"자고 갈래요."

"집에 가."

"싫어요."

보름이 그의 등에 업혔다. 너무나 가벼워서 업은 줄도 모를 정도로 보름은 말랐다.

"나 재워 줘요."

"내가 왜?"

"내 남자 친구니까."

"미친……."

항상 이런 식이었다. 띠동갑인 그들이었다. 대호는 어린 여자를 좋아하지 않았다. 하긴 다이도 열 살이 어리긴 했지만 말이다. 그는 그렇게 보름을 업고 자신의 집으로 갔다. 보름이 모르고 있는 건 그는 금욕 생활에 익숙하다는 것이었다.

"자."

예전에 다이가 쓰던 침대에 보름을 눕혔다.

"어딜 가려고."

자는 척하던 보름이 그의 목을 끌어안았다.

"이거 안 놔?"

"못 놔."

한동안 씨름이 벌어졌지만 결국 그가 지고 말았다. 그들의 입술이 뜨겁게 부딪쳤다. 이렇게 키스에 빠진 적은 단 한 번도 없었다.

"헉헉, 다음은 안 해요?"

"뭐?"

"옷 벗겨야죠. 설마, 키스로 끝내려던 건 아니죠?"

보름이 너무 당당하니까 그도 할 말이 없었다. 그렇게 그는 보름에게 몸과 마음을 동시에 빼앗기고 말았다. 이제 그의 가슴속엔 다이가 아니라 보름이 꽉 차 있었다.

　3년 후.

　리빙 잡지 기자 생활을 오랫동안 했지만 이렇게 한국적이면서
서양적인 대저택은 처음이었다. 외관은 옛날 사대부 대감댁 같
은 어마어마한 기와집인데 내부는 완전 현대식 양옥이었다.

　우리나라 한옥 최고의 명인이 지은 청솔당은 총 네 채로 구성
된, 그야말로 으리으리한 기와집이었다. 외관만 촬영하는 데 몇
시간이나 걸릴 정도였다.

　"가평 최고의 명당이다."

　사진작가가 감탄했다. 셔터를 누르면 다 A컷이었다. 내부도
출구부터 끝까지 대리석 바닥이 펼쳐졌다. 주인의 깔끔한 성격
을 말해 주듯이 모든 가구의 색은 화이트였다.

　고급 샹들리에가 포인트인 거실은 마치 갤러리를 가져다 놓은
듯 유명 작품들이 전시되어 있었다.

　집주인은 마당에서 검은색 래브라도 리트리버와 자신의 두 살
배기 아들과 함께 놀고 있었다. 아름다운 풍경은 보는 사람들도
편안하게 만들었다.

　"앉으셔서 차 한 잔 드시고 찍으세요."

안주인의 따뜻한 배려에 촬영팀 모두가 감사 인사를 했다.

"오늘 이렇게 촬영을 허락해 주셔서 감사합니다."

"별말씀을요. 집만 나오는 건데요, 뭐."

안주인의 화사한 웃음을 담고 싶었지만 그건 정중히 거절했다. 기자 생활 10년 만에 오너의 집은 첫 방문이었다. 섹시한 남자 1위로 뽑힐 만큼 도시적인 분위기의 김 회장은 집에선 그냥 따뜻한 가장이었다.

"회장님께서 아드님과 잘 놀아 주시네요."

"아이가 아빠를 좋아해요."

"우리 아들은 저만 보면 도망가기 바쁩니다. 아기 엄마는 택배 아저씨를 아빠로 알 거라면서 집에 좀 들어오라고 말하죠."

"슬픈 얘기네요. 기자가 얼마나 바쁜 직업인지 사람들은 잘 모르니까요."

안주인은 아기를 낳기 전까지 민국일보의 기자였다. 청주 연쇄 살인 사건으로 유명한 기자였다.

"차 맛이 참 좋네요."

"이번에 보성에 가서 직접 만들어 온 녹차예요."

안주인의 미소가 집과 잘 어울렸다.

"어떻게 한옥을 지을 생각을 하셨어요?"

"나무의 느낌을 좋아해서요. 저는 하옥에 서재를 짓고 싶었거든요. 그 나무 향과 종이 냄새를 좋아해요."

"책에서 향이 나긴 하죠."

이 집의 보물은 안주인의 말처럼 커다란 별채에 만들어진 서재였다. 마치 도서관 같은 그곳은 온갖 종류의 책으로 가득 차 있었다.

"서재가 만들어진 특별한 이유가 있다면서요?"

"네, 생일 선물 대신에 서재를 만들어 달라고 했어요. 그게 더 좋을 것 같아서요."

"비싼 선물을 받으셨네요."

"아니에요. 지금은 저보다 그 사람이 더 많이 사용하는데요."

안주인과의 인터뷰는 편안한 가운데 이루어졌다. 이번 리빙 잡지가 대박이 날 거란 걸 기자는 알았다. 지금 한국에서 가장 관심을 많이 받는 셀럽의 집이었다.

"오늘 감사했습니다."

"네, 안녕히 가세요."

안주인의 환대를 받으며 기자는 민국그룹 회장에게 눈도장을 찍은 후에야 집을 나섰다.

"힘들었지?"

"아뇨, 기자분들이 힘들었겠죠."

"그런가."

"찬우야."

아들을 보며 다이가 팔을 벌리자 찬우가 그녀를 향해 뛰어 왔다. 하지만 아들보다 리트리버 벤이 먼저 그녀의 품에 안겼다. 유기견인 벤은 그녀가 원해서 입양한 반려동물이었다. 덩치는 산만 한데 그녀만 보면 정신을 못 차리는 게 범후와 비슷해서 안 데려올 수가 없었다.

행복한 오후였다. 기자 생활을 그만둔 다이는 집에서 책을 쓰고 있었다. 작가로 거듭나기 위한 발버둥을 쳐 보지만, 글이란 게 그렇게 쉽게 써지는 건 아니었다.

"나도 안아 줘야지."

그가 다가와 그녀를 안아 들었다. 그리고 다이의 입술에 가볍게 입을 맞췄다.

"오늘, 혜련이하고 조 선배가 와요. 알죠?"

"오늘은 왜 이렇게 손님들이 많아?"

"그러네요. 하지만 초대는 내가 했어요. 그 사람들이 쳐들어오는 건 아니라고요."

"알아."

토요일은 보통 쉬는데 오늘은 손님이 많이 찾아왔다. 범후가 그녀의 뒤로 가서 안아 주었다.

"우리 찬우가 봐요."

"뭐 어때. 엄마, 아빠의 사이 좋은 모습인데. 아주머니!"

그가 유모를 불렀다. 하여튼 못 말리는 사람이었다. 언제 어디서나 안고 싶으면 사람들 눈차 안 보고 그녀를 안거나 키스하는 바람에 다이는 민망한 적이 한두 번이 아니었다.

"뭐 하려고요?"

"잠깐만."

유모가 찬우를 데리고 가고 그는 다이의 손을 잡고 어딘가로 데리고 갔다. 그곳은 그들의 서재가 있는 별채였다. 이 집은 한옥 구조로 된 집이었다. 지금 서재는 따로 지어진 독립된 공간이었다.

"여긴 왜……. 읍!"

서재에 들어서자마자 그는 다이의 입술을 삼켰다. 종이 향과 그의 체향이 은은하게 섞여 그녀를 자극하고 있었다.

"으으음."

그의 혀가 그녀의 입술 안을 헤매고 있었고 그녀의 손은 그의 바지 안을 헤매었다.

"우리 부인께서 아주 야한 짓을 하시네."

그가 숨을 헐떡이며 장난스럽게 말했다.

"제 손이 나쁜 짓을 좋아합니다."

그녀의 손 안에 그의 페니스가 있었다. 다이는 그의 페니스를 위아래로 움직였다. 그들은 이렇게 가끔 서재에서 은밀한 짓을 하곤 했다. 침실에서도 좋았지만, 이상하게 서재에서 하는 섹스는 더 만족감이 들었다.

"이리로……."

그가 다이의 손을 잡고 자꾸만 어디론가 향했다.

"뭐예요."

"얼마 안 있으면 당신 생일이잖아. 그래서 준비했지."

범후가 그녀를 위해 구하기 어려운 책을 구해 준 것 같았다. 다이는 잔뜩 기대에 차서 그를 따라갔다.

"여기 눌러 봐."

"네?"

"그동안은 비밀로 했는데 이제 다 준비되어서 보여 주려고."

책을 들어 올리고 그 안의 버튼을 누르자 신기하게도 책장이 열리고 지하로 내려가는 계단이 나왔다.

"이게 뭐예요?"

서재에 1년을 넘게 다니면서도 처음 보는 신기한 것이었다.

"내 선물."

그는 정말 아이같이 좋아했다. 이럴 때가 더 위험하다는 걸 아는 다이였다. 경계심을 늦추면 안 되는 상황이었다. 범후는 가끔 이상한 짓을 할 때가 있었다. 예를 들어 그녀의 작가적인 상상력을 위해 준비했다면서 야릇한 기구를 사 가지고 오기도 했고, 야한 속옷도 다 그가 주문해서 온 것들이었다.

그의 머릿속은 온통 그녀와의 섹스가 가득했다.

"이 안의 것들은 내가 다 채운 거야."

다이는 그의 손을 잡고 아래로 내려갔다. 뭘 채웠다는 건지 불안한 마음이었다.

"와!"

지하 세계의 문이 열리고 그 안의 광경을 본 다이는 그만 놀라고 말았다.

"이게 다 뭐예요?"

그 아래에는 그녀가 상상하지 못한 기구들이 가득했다. 성인용품점보다 더 많은 것 같았다. 성인용품점은 알 만한 것들이지만 이곳은 어떻게 보면 고문실 같기도 했다.

"고문할 거예요?"

"아니야, 우리들의 성적인 유희를 위한 공간이지."

성적인 유희라니. 다이는 좀 생소하다는 생각이 들었다. 이렇게 범후가 그녀와의 성생활에 만족하지 못할 줄 몰랐었다.

"도구가 필요했어요?"

그녀가 그를 보며 실망한 얼굴로 물었다.

"아니, 그런 게 아니야."

범후가 다이를 품 안에 꽉 끌어안으며 웃었다.

"그런데 이게 다 뭐예요?"

그들의 침실만큼 커다란 침대도 있었다.

"이런 반응을 원한 건 아닌데……."

그가 약간 실망한 듯한 표정을 지었다. 다이는 그가 뭘 원하는지 알았다. 하지만 그건 좀 쑥스러운 짓이었다. 다이가 그의 허리에 팔을 두르고 입을 맞췄다.

"구하느라 고생했어요."

다이는 이렇게 말하고는 그의 기대와는 다르게 그가 꾸민 공간을 나왔다.

"가요, 손님들 와요."

그는 아무런 말 없이 그녀의 뒤를 따랐다. 실망한 그의 표정이 자꾸만 그녀를 웃게 했다.

"안녕하세요?"

저녁에 혜련과 조 선배가 찾아왔다. 결혼 1년 차인 그들은 깨
가 쏟아지는 부부였다. 이번에 조 선배가 미국에 다녀오면서 한
동안 보지 못해 오늘 초대한 것이었다. 물론 이 사실을 입이 툭
튀어나와 있는 범후는 싫어했지만 말이다.

"어서 오세요."

그녀가 손님들을 식탁으로 모셨다.

"안녕, 찬우야."

찬우가 혜련을 보더니 좋아했다. 찬우는 아빠를 닮아 또래의
두 살배기 아이들보다 머리 하나는 더 클 정도로 키가 컸다.

"우리 잘생긴 찬우야, 이모의 영원한 아이돌 하자."

"네."

뭔지도 모르면서 혜련의 품에 안겨 답하는 찬우 때문에 모두
들 웃었다.

"오랜만이에요."

"이번 출장이 좀 길어서……."

오너의 눈치를 살피느라 조 선배는 끝까지 말을 하지는 않았다.

"왜 내 눈치를 봐?"

"아닙니다."

조 선배가 출장에 불만인 이유는 혜련이 임신을 했기 때문이었다. 혜련은 임신 3개월이 되었다. 그것도 아직 범후는 모르고 있었다. 그녀가 일부러 말하지 않았다.

"오늘은 혜련이가 좋아하는 잡채도 하고 갈비찜도 했으니까 많이 먹어."

"고맙다."

"임신 축하하고."

다이가 그녀를 위해 준비한 선물을 주었다.

"이건 뭐야?"

"아가 옷, 여자일지 남자일지 몰라서 노란색으로 샀어."

"고마워."

혜련이 격하게 고마워했다.

"그런데 회장님은 표정이 왜 그러세요?"

"왜, 내가 어때서?"

"저 축하 안 해 주세요?"

"축하해."

정말 입이 나온 게 보였다. 몸은 어른인데 아직 정신 연령은 어린 것 같았다. 그리고 범후는 임신을 싫어했다.

"조 선배 축하해요."

"응, 나도 기뻐. 다이는 둘째 안 낳아?"

"……."

오늘 둘을 부른 이유가 둘째 때문이었다. 범후는 다시는 아기를 안 낳는다고 선언을 한 상태였다. 아이를 갖고 싶다는 말만 해도 경기를 일으키는 그였다. 다이가 찬우를 낳을 때 고생을 해서 그렇기도 했지만 그가 몇 달 동안 다이를 안지 못한다는 사실을 극도로 싫어했다.

"우리는 찬우로 족해."

"……."

범후는 한마디로 잘라 버렸다.

"왜요? 우리는 셋은 낳을 건데? 우리 어머님이 창섭 씨 하나 낳고 후회했다고 난 셋은 낳으래. 돈 걱정은 말고."

"좋겠다."

다이가 진심으로 부러워했다. 그 모습은 범후가 찬찬히 보고 있었다.

저녁 식사를 하는 내내 그는 말이 없었다. 다이는 그에게 자극을 주고 싶었는데 그는 아닌 모양이었다. 혜련은 그동안 밀렸던 말을 쏟아 내고 있었고 조 선배는 그런 혜련을 사랑스럽다는 듯이 보고 있었다.

다이는 두 사람이 잘 어울리는 한 쌍이라고 생각했다.

"난 선배가 혜련이 학부 때부터 좋아한 거 알았어."

"정말?"

"응, 너 있으면 눈을 못 떼고 너만 봤으니까. 여자의 촉이지."

"……."

범후는 같이 있었지만 다른 공간에 있는 사람 같았다.

"회장님은 오늘 컨디션이 안 좋으신가?"

혜련이 눈치를 보며 물었다.

"오늘 오전에 기자들이 와서 청솔당 촬영해 갔거든. 우리 에너자이저 찬우랑 한참 놀아서 그래."

"애들은 어쩜 그렇게 체력들이 좋아."

"너도 낳아서 키워 봐. 네가 생각했던 거보다 백배는 더 하니까."

저녁 식사를 마치고 다과를 하는 동안에도 범후는 말이 없었다. 혜련과 창섭이 돌아가고 범후는 침실로 먼저 들어가 버렸다.

"소심하긴."

다이는 범후가 만들어 놓은 곳으로 가서 안을 살폈다. 그리고 범후에게 전화를 걸었다.

"뭐 해요?"

[그냥⋯⋯.]

"서재에 잠깐 와요. 아까 혜련이가 책 좀 찾아 달라고 했는데 너무 높은 데 있어요."

[알았어.]

범후는 퉁명스럽게 말하면서도 그녀가 있는 곳으로 온다고 했다. 다이는 미소 지으며 남편을 기다렸다.

범후는 오늘 기분이 좋지 않았다. 둘째 이야기만 나오면 그는 할 말이 없어졌다. 자그마치 3개월을 다이를 옆에 두고도 안지를 못하는 상황이 싫었다. 물론 다른 방법으로 욕구를 풀 수 있지만 그건 만족스럽지 않았다.

그런데 더 문제는 다이가 둘째를 원한다는 것이었다. 지금을 즐기고 싶은 그와 아기를 원하는 다이와의 차이는 언제나 문제였다.

"쌍둥이를 낳았어야 했어."

그는 한 방에 끝내는 게 나을 뻔했다는 생각을 했다. 하지만 그건 그의 영역이 아닌 신의 영역이었다.

범후는 서재로 향했다. 서재의 층높이가 높지는 않지만, 사다리를 타고 올라가야 꺼낼 수 있는 책들이 있었다.

한번은 다이가 떨어질 뻔한 걸 그가 안아서 겨우 다치는 걸 막은 적이 있었다. 그다음부터는 높은 곳에 있는 책은 그가 아니면 꺼내지 못하게 했다.

"다이야."

그가 서재에 들어서자 다이는 보이지 않았다.

"한다이……?"

그가 두리번거리는데 그가 만든 지하실의 문이 열려 있었다. 이 지하실은 서재를 만들면서 그가 특별히 주문한 공간이었다. 그의 머릿속엔 야릇한 계획이 있었다. 하지만 그 계획은 오전에 무너져 버렸다.

얼마나 실망을 했는지 다이는 모를 것이다.

"다이야……."

그는 다이의 이름을 부르며 지하실로 내려왔다.

"별로라며? 왜 내려온 건데?"

입이 튀어나온 범후는 지하실로 내려가며 투덜거렸다.

"……."

지하실로 내려간 그는 그 자리에서 멈추고 말았다. 검정 캣우

먼이 가죽 채찍을 들고 서 있었기 때문이었다. 캣우먼의 가면과 주요 부위만 가린 수영복에 기다란 손톱까지 붙인 다이가 그를 기다리고 있었다.

"다이야……."

"아니, 날 주인님이라고 불러."

"……."

그녀는 당당하게 말하면서 그의 곁으로 다가왔다. 그녀의 몸에선 정신이 아득해지는 사향 냄새가 뿜어져 나오고 있었다.

"이건……."

"나의 향기가 마음에 드나?"

"네, 주인님……."

"좋아, 그럼."

그녀가 그를 끌고 가서 침대 앞에 세우고는 칼을 가져왔다. 아랍에서 쓰는 작은 단검이었다. 그녀는 그 칼을 그의 셔츠 사이로 넣었다.

톡!

단추 하나가 튕겨 나갔다. 범후는 훅 하고 숨을 들이마셨다.

"날 죽일 셈이군."

"아마도……."

톡!

그녀의 칼이 그의 단추를 하나씩 뜯어내고 있었다. 범후의 눈은 흥분으로 짙은 색이 되어 그녀를 잡아먹을 듯이 바라보았다. 다이의 거친 호흡으로 인해 가슴도 들썩였다. 유두도 튀어 나와 수영복을 뚫을 것 같았다.

"너무 자극적이야."

그녀가 혀를 내밀어 그의 벌어진 셔츠 사이로 보이는 가슴을 쓸었다. 마치 고양이가 그의 가슴을 핥는 느낌이었다.

"다이야……."

그는 숨을 쉬기가 힘들었다. 다이의 허리를 감싸 안았지만 그녀는 야속하리만치 쉽게 그의 품을 빠져나갔다.

"오늘은 내가 시키는 대로 할 거예요?"

"뭐든."

"그래요?"

"그럼, 나에게 아기를 만들어 줘요."

"안 돼."

그건 안 될 말이었다.

"아기를 가져도 이렇게 즐길 수 있어요."

"……."

그녀가 그를 침대 위로 쓰러뜨렸다. 침대에 앉은 그는 다이를 잡으려 했지만 다이가 또다시 그의 품을 빠져나갔다.

"날 원해요?"

"너무……."

그는 간절했다. 다이가 갑자기 바닥에 엎드리더니 네 발로 기어 그에게 왔다. 가슴이 거의 다 드러나 흔들거렸다. 그녀의 눈은 오로지 그만을 향해 있었다. 그녀가 그의 무릎 사이로 들어왔다.

"난 둘째를 원해요."

"다이야, 제발……. 윽!"

다이가 그의 페니스를 손으로 잡았다.

"여기서 멈출까요?"

"협박이야?"

"뭐……."

그녀의 작은 손에 놀아나는 기분이었다.

"괜히 만들었어."

"난 좋은데……."

그녀가 그의 지퍼를 내리고 페니스를 꺼냈다. 그의 발기한 페니스는 곧 터져 버릴 것 같았다. 고통스러웠다.

"으윽!"

"싫어요?"

"……."

범후는 내적 갈등이 심했지만, 오늘 다이를 이기지 못할 거라는 걸 알았다.

"요물!"

"악!"

그가 벌떡 이러나 다이를 들어 올렸다. 그리고 침대에 눕혔다.

"난 널 이기지 못해. 알지?"

"알아요."

다이가 그의 가슴을 손으로 쓸었다.

"그래, 둘째를 갖자. 매일같이 나의 분신을 넣어 줄게."

"좋아요, 얼마든지 받아들일 자신 있어요."

다이는 이렇게 말하며 그의 입술을 삼켰다. 그는 으르렁거리는 소리를 내며 그녀의 수영복같이 생긴 의상을 단번에 찢어 버렸다.

"아까운데……."

"다른 옷 더 있어."

"픕!"

다이가 웃었다. 하지만 그는 웃을 기분이 아니었다.

"내가 졌어."

"당신은 날 이길 수 없어요."

"알아."

그는 인정할 수밖에 없었다. 세상에 이렇게 섹시한 여자를 어떻게 이길 수 있겠는가? 그의 손이 다이의 풍만한 가슴을 쥐었다.

"하아……."

"이제부터 각오하는 게 좋을 거야."

"네."

그는 마음이 급했다. 다이의 입술을 머금고 한 손은 다이의 가슴에, 다른 한 손은 다이의 여성을 만지고 있었다. 다이의 몸에서 손을 떼고 싶은 마음이 없었다. 그들은 결혼 3년 차였고 이제는 다이의 몸에 흥미를 잃을 때도 된 것 같았지만 그는 점점 더 다이를 원했다. 그녀의 단단해진 유두가 그의 손바닥을 자극했다. 그는 다이의 목을 핥으며 점점 더 아래로 입술을 내렸다.

그녀의 쇄골을 지나 그녀의 풍만한 가슴도 혀로 핥았다.

"오늘은 다 맛볼 거야."

그는 욕심을 드러내며 다이의 유두를 거칠게 빨았다. 그리고 그녀의 탄탄한 배로 입술을 내렸다. 아이를 낳았다고는 전혀 생각되지 않는 완벽한 몸이었다. 그녀의 깊은 배꼽에 혀를 넣자 다이가 몸을 부르르 떨었다.

그는 배꼽에서 한참을 머문 후에 그녀의 검은 숲을 향해 입술을 내렸다. 그녀의 터럭이 그의 코 가를 간질였다.

"아아아……."

자극을 받았는지 다이가 몸을 휘며 신음했다. 그는 다이의 다리를 벌리고 그 안에 입술을 내렸다. 그녀의 검은 숲은 아름다웠다. 그 숲을 가르고 들어가 그는 작은 클리토리스를 찾아냈다.

할짝!

그가 클리토리스를 핥자 다이가 그의 머리카락에 손을 집어넣었다. 그리고 더 안으로 당겼다. 그는 다이의 여성을 한입에 넣고 빨아들였다. 다이의 향이 가득한 여성은 그의 이성을 놓게 했다.

그는 혀로 미친 듯이 핥으며 다이를 먹어 버렸다.

"하아, 거기는……."

"헉헉, 여기?"

다이의 젖은 질에 입술을 대고 말했다.

"거기는……."

"어떻게 해 줄까? 빨아 줄까?"

그는 다이의 답을 듣기도 전에 다이의 질을 빨아들였다. 다이만 보면 그는 정신을 차릴 수가 없었다. 이제 더는 힘이 들었다. 범후는 다이의 다리를 양쪽으로 벌리고 그 가운데 섰다.

"빨리요."

다이가 그를 보며 보챘다. 그는 자신의 페니스를 한 손으로 쥐고 그녀의 젖은 질에 넣었다.

"아아앙……."

다이가 신음하며 그에게 매달렸다. 그는 다이와 함께 쾌락의 리듬을 탔다. 그녀의 질은 그의 페니스를 꽉 조이며 그를 쾌락의 끝으로 몰고 갔다.

퍽퍽퍽!

"좋아?"

"아흐, 좋아요……. 더 깊이……."

그녀는 그를 끝까지 몰아붙이고 있었다.

"사랑해요."

그녀의 말에 그는 자신의 분신을 그녀의 몸에 쏟아 냈다.

"헉헉헉, 둘째를 그렇게 갖고 싶었어?"

"네, 당신 닮은 아이가 또 있었으면 해서요."

그가 다이의 땀에 젖은 머리카락을 쓸어 올려 주었다.

"사랑해."

다이가 그를 보며 웃었다. 그녀의 웃음은 그에게 행복을 주었다. 그들은 그렇게 한참을 침대에 누워 있었다.

"여기 구경 좀 하고 싶어요."

"이리 와."

그들은 옷을 벗고 마치 상점을 구경하듯이 그가 꾸며 놓은 은밀한 방을 구경했다.

"성인용품점이라고 하기엔 너무 희한한 물건이 많아요."

다이가 흥미를 보이고 있었다. 그는 다이에게 중국 황실에서 쓰던 옥구슬을 보여 주었다.

"예쁜 구슬이네요."

"아니, 못된 구슬이야."

그가 다이의 질 안에 그것을 밀어 넣었다.

"하아……."

세 개의 구슬을 넣고 다이를 걷게 하자 다이가 자지러졌다.

"아아아앙……. 당장 빼요!"

놀란 모양이었다. 하지만 그 모습이 너무 섹시해서 범후는 다이를 잠시 그대로 두었다.

"못됐어."

다이가 그를 보며 눈을 흘겼다. 그는 다이를 다시 침대로 데리고 갔다. 그의 섹시한 마녀는 그렇게 오늘도 그를 유혹했다. 다이는 어떤 야릇한 행동을 안 해도 존재 자체만으로 자극적이었다.

"으으음……."

그들의 두 번째 섹스는 이렇게 시작되었다. 범후는 자신이 이 여자를 끝까지 놓지 못할 거라는 걸 알았다. 그렇게 사랑을 속삭이며 그들의 밤은 영원히 계속되었다.

『A4, 나와 그의 거리』 완결